KB053071

밥 한번 먹자 말하지만
얼굴 좀 보고 살잔 뜻입니다

밥 한번 먹자 말하지만
얼굴 좀 보고 살잔 뜻입니다

정영욱 지음

자주 보지 못한 친구의 얼굴이 그리울 때 "언제 밥 한번 먹자."
헤어지기 아쉬워서 또 보고 싶을 때 "조만간 또 밥 한번 먹자."
애정표현 서툰 아빠가 나를 부를 때 "밥 한번 먹으러 와라."
어색한 우리 사이가 한걸음 가까워지고 싶을 때 "밥은 먹었어요?"
무거운 분위기를 전환시킬 때 "어떤 음식 좋아해요?"
재수 없는 사람들에게 "밥맛 떨어진다."
걱정이 많아 혼자 있고 싶을 때에 "밥맛없어."
오늘도 출근해서 욕먹는 이유는 "밥 벌어 먹고살기 위해서."
그러고도 아등바등 버텨내는 이유는 "밥줄 끊기기 싫어서."

우리가 살아가는 이유의 대부분은 사람 때문이었고,
그 과정에 언제나 밥이 있었다.
누가 말한 것인지는 모르겠지만,
인간의 행복지수의 대부분은 밥이 차지한다잖아.
그러니까 우리 언제 밥 한번 먹자.
다른 건 필요 없고 그냥 밥 한번 먹자.
그게 우리가 살아가는 방식이고,
그러한 방식 속에 우리가 살아가는 것이니까.
그냥 그게 다야. 우리 언제 꼭 밥 한번 먹자.

"우리 언제 꼭 밥 한번 먹자."

차례

- 004 서문 : 밥으로 대신해서 전하는 이야기

〰〰〰〰〰〰〰〰〰〰〰

- 010 고집불통 입맛이 변하듯 관계도 변하기 마련이다
- 020 밥 배와 디저트 배
- 030 사람은 맞춰가는 맛으로 만나는 것이다
- 038 엄마의 닭볶음탕처럼
- 046 돌체라떼 같이 조화로운 사람
- 056 밥 먹듯 알아가고 밥 먹듯 사랑할 것
- 066 상술에 속아 주는 마음
- 076 오해와 오이는 향이 남는다
- 086 인맥 다이어트의 양면
- 094 삼겹살과 소주
- 104 이유 없이 나를 싫어하는 사람
- 114 겉은 바삭하고 속은 촉촉한 사람
- 126 옛날 통닭과 영화 코코
- 134 누구에게나 받아들일 수 없는 마음이 있다
- 144 부먹과 찍먹 그리고 깔먹
- 154 음식은 식으면 짜게 느껴진다

◦ 162 사랑과 교정기

◦ 172 모든 성격에는 단점만 있지 않다

◦ 182 홍어를 먹을 수 있는 비위

◦ 192 뉴욕에서 느낀 김치의 소중함

◦ 202 혼밥은 마음 건강의
        불균형을 유발시킬 수 있다

◦ 212 사랑하는 일과 밥을 먹는 일

◦ 224 관계의 처방은 혼자 하는 것이 아니다

◦ 234 모두는 간이 센 기억을 안고 살아간다

◦ 244 뷔페에서의 폭식

◦ 254 끝을 생각하지 말고 사랑하자

◦ 264 공복에는 오히려 음식이
        잘 들어가지 않는다

◦ 276 적절히 식은 온도의 삶

◦ 286 관계에는 뜸 들이기가 필요하다

◦ 294 함께 먹는 이들이 있음에 감사합니다

◦ 306 내리는 글 : 모든 관계 속에서 어른이 되어간다

서문

: 밥으로 대신해서 전하는 이야기

꼬마였던 나를 생각해 본다. 엄마는 아침마다 시끌벅적한 주방기구 소리를 내며 나를 깨우곤 했다. "영욱아 아침 먹어라." 더 누워 있고 싶은 마음이 컸지만, 소시지가 구워지는 고소한 냄새에 벌떡 일어나 식탁에 앉아 하루를 시작하곤 했다. 나의 꼬마 시절 일과는 밥을 먹고 친구들을 만나 노는 것이었다. 동네 친구들과 흙먼지 묻혀 가며 놀고 있으면, 금세 집에 가야 할 시간이 온다. 그때마다 나는 밥 먹으러 가야 하니까 내일 보자는 말을 하면서 집에 들어가곤 했다. 어쩌면 밥을 먹는 과정에서 나의 해는 뜨고 지기를 반복했다.

학교에 들어가게 되었다. 처음 본 아이들이었지만 금방 장난을 칠 정도로 친해졌고, 며칠 사이에 점심을 함께 먹는 친구들이 나와 가장 친한 친구들이 되어 있었다. 아주 자연스러운 일이었다. 꼭 학년이 올라가면서 반이 바뀌면, 친한 친구들이 조금씩 바뀌게 되었다. 그때마다 나의 점심시간을 함께하는 이들 또한 바뀌어 식탁 위에 올라갔다.

청년이 되었다. 캠퍼스의 낭만을 한껏 기대하고 들어간 대학교에선 연애다운 연애를 처음 겪어 본다. 그때 상대에게 데이트 신청을 하기 위해 꺼낸 첫 한 마디는 진부했다. "밥 한 끼 할까요?"정도의. 우리는 데이트를 할 때마다 맛집을 자주 찾아다녔다.

요즘은 제법 익숙했던 나의 주변 사람들이 다른 사람들로 채워지고 있었다. 부모님도, 동네친구들도, 학교친구들도 전부 나와 떨어져 살게 되었다. 그리곤 제법 끈끈한 정을 나누지만, 어느 정도의 경계는 있는 직장동료들이 나의 점심시간을 메꾸어 준다. 그들과 가장 많이 나누는 것은 상사에 대한 뒷담이었다. 그 대부분은 "그 사람 정말 밥맛 없어." "밥맛 떨어진다." 정도가 차지했다.

요즘은 아침마다 나를 깨워 주는 사람이 없다. 덕분에 자연스럽게 아침을 거르는 일이 많아졌다. 바쁜 일상에 그나마 여유가 있는 점심시간이 되면 가끔씩 아빠에게 전화가 온다. "밥은 잘 먹고 다니고?" 익숙한 목소리가 들려온다. 우리 아빠는 내 얼굴이 보고 싶을 때마다 밥 먹으러 오라는 말을 마지막에 종종 남기셨다.

가끔은 이런 나의 일상을 들여다보면서 우린 많은 관계나 만남이나 이야기에 대해 밥으로 대신해서 전한다는 것을 느낀다. 밥을 먹으며 시작했고 되돌아간다. 또 친해졌고 안부를 묻는다. 이야기를 했고 사랑을 했다. 약속을 했고 마음을 전했다 또는 미워했다.

요즘은 뜸해진 주위 사람들이 그립다. 그때마다 전화를 건다. 서로가 말한다. "조만간 밥 한번 먹자." 꼭 그렇게 말했지만, 모두가 같은 뜻이었다. "얼굴 좀 보고 살자." 어쩌면 그것은 현실적이면서도 애틋한 마음들을 대변하고 있었다.

영원히 지속되는 관계는 없을까?

응. 아마도 영원한 건 없다고 생각해.

너 기억나? 마늘은 곧 죽어도 안 먹겠다면서 고집부렸던
내가 지금은 고기를 먹을 때 마늘 없인 못 먹는 것처럼

싫어했던 사람이 용서되고, 또 좋아했던 사람이
미워지고 하는 게 사람 살아가는 것이더라고.

고집불통 입맛이 변하듯 관계도 변하기 마련이다

얼마 전엔 약속을 미루고 미루다 1년 남짓한 시간 만에 만난 친한 언니가 있다. 아니지, 이제는 '예전에 무척이나 친했던 언니'라고 불러야 하는 것이 적당하달까. 우리의 사이는 예전에 비해 소원해졌음이 분명했지만, 그런 둘 사이에 오가는 대화는 지난 세월이 무색할 만큼 예전과 다를 것이 없었다.

예전부터 우리 대화의 대부분은 '걔네들'로 이루어져 있었다. 이 세상에서 가장 흔하며, 가장 많은 욕을 먹고, 가장 많은 질투와 부러움을 사는 '걔네들' 말이다. 물론 그렇다고 해서 '걔네들'이라는 뜻 자체가 나쁘게 쓰이는 것만은 아니다. 걔네라는 측에 낀다고 하더라도 굳이 욕을 먹을 이유는 없으니 말이다. 아주 단순히 '걔.' 혹은 '걔 알아? 걔 요즘 취업해서 여행 다니고 난리도 아니더라. 아 부러워.' 정도의 부러움을 살 수 있는 걔. 또는 '걔 남자친구랑 하는 짓 보면 꼴사나와서 못 보겠어.' 정도의 복통을 유발할 만큼 사랑받고 있는 걔.

언니와 대화를 하던 도중에, 어떠한 생각이 내 머릿속을 스쳐 지나갔다. 아, 이 언니에게 언제부턴가 나도 '걔네들'에 속했을 수도 있겠구나. 아니지, 나는 이미 이 언니에겐 '걔네들' 중 한 명일 거야. 이런 생각. 이 언니랑 예전에 같이 다니면서 참 많은 걸 했었는데. 예쁜 카페도 자주 갔었지. 그러다 서로가 뜸해지기라도 하면, 서운함을 감추지 못해 온몸으로 표현하기도 하고. 이미 답이 정해져 있는 연애상담을 몇 시간에 걸쳐 하기도 하면서.

하지만 언제부턴가, 시간이 맞지 않는다는 핑계로 약속이 자주 펑크 났고, 그만큼 우리의 관계도 어딘가 구멍이 뚫려 데굴데굴 굴러가는 타이어와 같았다. 관계의 가속도가 줄어버린 것이었다.

이 언니랑은 고등학교 때부터 친한 선후배 관계로 쭉 지냈는데, 우리 둘 다 어찌나 남 이야기를 하는 걸 좋아했는지. 지나가는 사람들의 외모를 평가하는 것은 일상다반사였고, 둘이 공통적으로 알고 있는 지인에 대해서도 이야기를 참 많이 했었다. 그 많은 사람들 중에 유독 기억나는 사람이 있다면 초등학교 저학년 때 언니의 필통을 훔쳐서 고등학교 졸업 때까지 언니의 미움을 한 몸에 받은 어떤 언니의 이야기였다.

요즘은 좀 달라졌지만, 지방에 사는 학생들은 그 지역의 초등학교, 중학교 또 고등학교까지 집 근처로 가는 것이 당연한 진학 방법이었고, 나도 언니도 그 과정을 물 흐르듯 거치면서 자연스럽게 고등학교에서 만났다. 언니와, 필통을 훔친 언니 또한 한동네에서 자라다 보니 매번 같은 학교로 진학을 하게 되었고 초등학교 이후로 같은 반이 된 적은 없지만 서로 마주치는 일이 자주 있던 탓에, 끊어지지 않는 악연일 수밖에 없었고 그때마다 언니는 항상 필통을 훔친 언니를 욕하기 바빴다.

"야, 너 개 기억나지 미연이 있잖아, 미연이. 내 필통 훔쳤던 애."

"아… 기억나지. 그 언니 왜?"

"있잖아, 나 요즘 걔랑 같은 회사 다니거든. 어쩔 수 없이 계속 마주치게 되더라. 언제까지고 모르는 척 하긴 좀 그래서, 몇 번 인사 주고받다가 말도 붙이고 해봤는데 애가 진짜 착해졌더라. 옛날에 내 필통 훔친 것도 이젠 나이가 먹으니 그땐 그럴만한 나이였지 싶기도 하고…"

둘은 십 년을 넘게 웬수가 따로 없는 사이로 지냈지만, 서로에게 있는 감정의 골이 잊혀질 쯤에 극적으로 같은 곳에서 만났다. 그리고 고작 며칠도 안 가 과거에 있던 모든 일에 대한 화해를 했던 것이었다.

"아 진짜? 대박이다. 친해졌겠네?"

"응. 나 요즘은 걔랑만 다녀. 걔가 성격도 진짜 털털해서 나랑 잘 맞는 거 같다니까. 이번 여름휴가 때 함께 여행도 같이 가려고 항공권도 예약해놨어."

이쯤 되면 내 생각은 틀림이 없었다. 고등학교 다닐 때만 해도 나와 언니 사이에서 필통을 훔친 미연 언니는 '걔네들' 중에 속했지만, 이제는 오히려 내가 그 둘 사이에서 '걔네들' 중에 한 명일 것이었다. 예상컨대 내일 회사에 출근을 하게 되면 언니와 필통을 훔쳤던 미연 언니와의 대화에서 나는 '걔네들'측에 속해져서 "나 어제 걔 만났어. 옛날에 고등학교 때부터 나랑 붙어있던 애 있잖아." 이런 식의 대화가 오갈 것이었다.

일 년 만에 만난 언니는 미연 언니에 대한 이야기 이외에도 참 많은 것이 변해있었다. 정확히 말해서 언니라는 사람 자체가 변했다기보단, 언니의 주변에 맴도는 일종의 온도 같은 것들이 변했다는 것이 정확할 것 같다. 온도가 변하면서 계절이 변하고 그러면서 잎사귀가 새로운 색을 갈아입듯. 먼저 언니의 주위에 있는 사람들이 변하기 시작했고, 그 때문에 삶의 색깔도 계절마다 언제 그랬냐는 듯 형형색색 변해가고 있는 것이었다.

우리는 그 대화를 필두로 어떻게 밥을 입에 넣었는지 기억나지 않을 정도의 수다를 떨었고, 다음에 또 밥 한번 먹자는 말과 함께 헤어졌다. 나는 집에 가는 버스에 앉아 생각했다. '참 별것 없다.' 예전에 서로 단짝처럼 붙어 다니던 우리는, 서로가 서로에게 1년에 한 번쯤 먹을법한 특별식 같은 존재가 되었고 언니에게 있어 필통을 훔쳤던 미연 언니는 꼭 마늘처럼 예전엔 손을 절레절레 내던지며 싫어했지만, 요즘은 없어서 못 먹게 되는 그런 기호음식이 되었다.

언니, 그러고 보니 언제부터 삼겹살 쌈에 꼭 생마늘을 넣어 먹더라. 옛날에 마늘 냄새가 그렇게 싫다면서, 어쩌다 먹을라치면 바싹 구워진 것만 몇 점 집어먹더니 말야. 아 참, 나도 다를 게 하나 없지. 옛날엔 우리 엄마가 달래 무침을 왜 좋아하는지 도통 이해가 가지 않았지만, 요즘은 집에 가면 달래 무침 어디 없냐고 가장 먼저 찾는 거 보니까 말야.

오래전부터 달고 살았던 고집불통의 입맛이 나도 모르게 변하듯, 모든 관계도 결국 같다는 걸 알게 되었다. 영원히 입맛에 맞는 것은 없고 영원히 입맛에 맞지 않는 것도 없다. 영원히 빛날 것만 같던 관계도 어느 순간 빛이 바랜 사진처럼 누렇게 갈변해갔고, 영원히 미워할 것만 같던 사람도 시간을 비껴가지 못해 오해라는 단단했던 겉포장이 닳아져서, 언제 그랬냐는 듯 새롭게 보이는 것이 관계였다.

좋지 않게 말하면 멀어진 것이겠지만, 언니에게 있어 달콤한 조각 케익처럼 매일같이 입에 달고 살았던 나는 일년에 한 번쯤 입에 넣게 되는 별미에 가까운 음식이 되었고 언니 또한 이제 나에게 주식으로 먹기엔 다소 어울리지 않는 신맛 나는 샐러드 같은 사람이 되었다. 우리는 서로 매일 같이 먹을 만큼 입맛을 다시지는 못하지만, 언제가 되면 문득 끌리게 되는 그런 사람들이었고 그런 관계가 되었다. 밥 한 끼 하면서 소화가 가능한 그런 할 말이 잔뜩 쌓여있는 관계. 또 언제 보면 다르지만, 언제 보면 늘 같은 사람인 것만 같은 그런 관계 말이다.

어쩌면 당연한 것이었다. 서운할 것 하나 없고 신기할 것 하나 없는 당연한 일. 영원한 것은 없다. 하루라도 같이 있지 않으면 허전한 사람이 어느 순간부턴 허전한 날이면 가끔씩 보게 되는 것이 관계이고, 마주칠 일이 없었던 '걔네들'에 속하던 사람이 언제부터는 매일 같이 마주치는 일상적인 사람으로 한순간 바뀌는 것이 관계이다. 다시 생각해도 별것 없다. 이것이 부정적인 뜻으로 별것 없다는 것이 아니라, 정말 그 말 자체로 관계에 대한 너무 깊은 고민이나 걱정 그리고 시기와 질투 미움 모두 별것 없는 일일 수도 있다. 어떤 상황으로, 계절로, 마음으로 입맛 따라 나이 따라 변하는 것이 사람 관계였고 나의 고집불통 입맛도, 사람이라는 따뜻한 음식도 지금 이 순간조차 시시각각 변하는 중이었다. 그래서 질리지 않고 살아갈 수 있나 보다. 그래서 이어갈 수 있나 보다. 영원히 밉고 싫어할 것 같은 사람이 어떤 바람에 따라 나의 인생의 가장 굳센 지지대가 될 수도 있고, 어쩌면 나의 인생에 별 의미 없던 사람이 나의 생에 가장 중요한 사람으로 자리 잡을 수도 있기 때문에.

그러기 때문에, 우리는 너무 깊이 고민하고 깊이 생각하는 것을 놓아 버려도 괜찮다. 너무 미워하지도 말고 시기하지도 말고 그렇게 살아가도 된다. 단지 흐름과 변화를 이해하며 받아들이고 살아가자. 너무 서운해하지 말고. 조급해하지 말고. 또 목메어 끌려가지도 말고.

"언니 우리 또 서로 잊혀질만할 때쯤에 만나자. 완전히 잊혀지지는 않게끔 말이야. 언제 또 밥 한번 먹자."

마늘 :

마늘을 왜 이렇게 싫어했을까? 이렇게 맛있는 걸.

상추에 무쌈까지 :

어릴 땐 그저 고기만 먹기 바빴는데,
입맛도 관계도 이렇게 언젠가는 변하나 봐.

시간이 지나면서 고집불통 입맛이 나도 모르게 변하듯, 언제
부턴가 나도 모르게 변하는 것이 관계의 입맛이었다. 어느 순
간 마늘을 먹게 되는 것처럼 달래 무침을 좋아하게 되는 것처
럼. 사람도 그와 같았다. 스스로가 노력한다고 해서 쉽게 변
하는 것이 아니었고 노력하지 않는다 해서 변하지 않는 것도
아니었다.

요즘은 연애를 한다고 해도 외로울 때가 종종 있더라….

나도 그래. 어쩌면 당연한 일 같아.
배가 불러도 디저트가 끌리곤 하잖아.

꼭 밥 배랑 디저트 배가 따로 있는 것처럼, 외로움에
대한 충족 또한 여러 종류가 있다고 생각해.

퇴근하고 시간이 남을 때 술 한잔하자고
할 친구가 없는 '관계적 외로움' 또 자취방에 혼자
있으면 괜히 쓸쓸해지는 '소속감에 대한 외로움'

어쩌면 연애가 행복해도 외로운 건 당연한 거야.
행복하더라도 외롭다는 말은 모순이 아니란 거야.

밥 배와 디저트 배

　꽤나 오랜만에 만난 친동생은 어김없이 우리가 즐겨 먹던 크림 파스타를 먹자고 했다. 닮은 구석이 없는 우리에게 공통점이 있다면 긴 시간이 지났어도 느끼한 음식을 좋아한다는 것이었고 이 공통점만 빼면 둘이 자매라고 하기엔 딱히 닮은 구석이 없는 사람들이었다. 또 하나의 공통점을 끄집어낸다면 비슷한 삶의 흐름이었다. 동생과 나는 성인이 된 직후로 대학이라는 곳에 들어갔다. 대학을 졸업해선 쉴 틈 하나 없이 사회에 내던져지면서 반강제적으로 각자가 처한 환경에 적응해야 했다. 그러면서 자연스럽게 멀리 떨어져 살게 되었고 서로의 얼굴을 보고 사는 일이 뜸해졌다.

　서로 떨어져 있다 보니 동생과의 관계는 예전과는 사뭇 다른 결이 있었다. 서로 붙어있으면 이빨을 드러내며 헐뜯기 바빴던 우리는, 언젠가부터 멀리에서 메신저를 주고받으며 서로를 응원하는 사이가 되었고, 가끔씩은 보고 싶다는 말까지 나누었다. 그것이 정말 우리가 독립하면서 서로에게 애틋함이 생겨서인지, 우리가 어느 정도 성숙한 어른이 되어서인지는 잘 모르겠지만 말이다.

성인이 되면서 평생을 같이 살던 가족과 떨어져 살다 보면 동생과의 관계 말고도 달라지는 것들이 있었다. 비교적 최근에 되어서야 느낀 건데, 이제야 혼자 사는 것에 좀 익숙해졌다 생각이 드니까 외로움이라는 감정이 몰려오는 날이 잦아졌다. 어쩐지 나의 집은 지금 여기에 있지만, 내가 있어야 할 '진짜 집'에서 툭 하고 홀로 이탈되었다는 기분이 자주 들었다.

저녁을 먹는 도중에 문득 동생에게 물어보고 싶은 것이 생겼다. 혼자 떨어져 살아가다 보니 느끼게 된 외롭다는 감정에 대해 나와 같은 처지인 동생도 이해할 수 있을까. 동생에게 요즘은 자주 외롭다는 이야기를 꺼냈다. 그리고 동생 또한 언니도 그러냐면서 자신도 요즘은 외로운 느낌이 자주 든다고 수긍을 했다. 우리는 둘이 가지고 있는 외로움이 어떤 외로움인지 설명하진 않고 단지 외롭다는 말만 나누었다. 그리고 그 외로움에 대해서 무언의 공감을 나누었다.

우리 둘은 각자 좋은 사람을 만나 연애를 하고 있는 중이었다. 심지어 동생은 지극한 사랑꾼에 속했는데, 그런 동생의 입에서 '나도 요즘은 외롭다'는 말이 나오리라곤 상상도 하지 못했다. 우리 둘이 외롭다는 공통분모를 가지고 있는 것, 자세한 설명을 덧붙이진 않아도 서로의 외로움이 어떤 외로움인지를 알고 있다는 것은 참 묘한 일이었다. 완벽하진 않아도 비슷한 감정을 느끼고 있다는 일종의 작은 동질감이랄까. 같은 것을 알고 있고, 느끼고 있다는 약간의 안정감 정도. 둘이 가지고 있는 외로움은 친구와 연인으로는 도저히 채울 수 없는 우리 둘만이 알 수 있는 그런 외로움이었다.

우리는 메신저로는 다 하지 못한 긴 이야기들을 하면서 배불리 크림 파스타를 먹고, 그다음으론 디저트 집을 가기 위해 자리를 일어섰다. 디저트 집은 여기에서 걸어서 15분 정도 걸리니까 소화시키면서 가자는 말과 함께. 그러면서 서로가 너무 먹보처럼 보였는지 피식했고, 삐져나오려는 웃음을 손으로 막으면서 힘겹게 계산을 마쳤다.

"우리 참 먹보다 그치? 밥 먹고 또 디저트를 먹으러 가는 것 봐."

"원래 밥 배랑 디저트 배랑 따로 있으니까. 음. 당연한 거지."

배가 부르면서도 디저트를 먹으러 가는 것에 대해 먹보 같다는 말을 꺼냈더니, 동생은 당연하다는 듯 '밥 배'와 '디저트 배'가 따로 있다고 했다. 나는 동생에게 뜬금없는 질문을 했다. "정말로 밥 배와 디저트 배가 따로 있는 걸까?" 이에 동생은 과학적으로 설명할 순 없지만 분명 그럴 거라며 호언장담을 했다.

동생의 말에 의하면 우리의 배에는 두 가지 배가 있다. 밥 배와 디저트 배. 나 또한 이 두 가지 배의 종류가 과학적으로 나뉘어 있다는 걸 인정하는 건 아니지만, 분명 그렇게 생각될 정도로 배가 불러도 디저트가 끌리는 순간이 있다는 것을 안다. 그렇다면, 과연 그것이 정말 우리의 위가 밥을 넣는 공간, 디저트를 넣는 공간 이렇게 각각 나뉘어 있기 때문일까? 모두가 알고 있다시피 그것은 아니다. 단지 그 의미가 배가 불러도 디저트가 '끌리는 것'뿐이다. 동생이 한 말도 그냥 그렇다는 농담이었지, 정말 배가 따로 있다고 생각할 정도로 바보는 아니었다.

느끼한 식사를 했다면 그 식사를 할 때에 느꼈던 느끼함을 가시기 위해 우리는 상큼한 과일을 찾게 된다. 또, 짜고 매콤한 식사를 하게 되었다면 자극적인 입안을 잠재워줄 달달한 케익 종류의 디저트를 찾게 된다. 또 퍽퍽하고 소화가 안 되는 식사를 했다면 그것을 소화시켜줄 만한 시원한 음료를 찾게 된다. 꼭 이런 식사엔 이런 디저트라고 딱딱 구분되어서 정해진 것은 아니지만, 식사 후에 그것과 맞는 디저트가 끌리는 것은 어쩌면 당연한 이치였다.

충분히 불러버린 배에도 디저트가 끌리는 것처럼, 우리의 충족된 어떤 마음 뒤에도 그것과는 다른 마음이 끌리는 순간들이 있다. 나는 동생만큼의 사랑꾼은 아니었지만, 실제로 연애를 하면서 행복함이 가득한 나날을 보내는 중에도 뜨문뜨문 외로운 날이 있었다. 특히 동생과 전화를 하거나 엄마랑 전화하게 될 때에. 또는 집에 들어와 온기 하나 없이 텅 빈 방안을 보고 있자면 그런 감정이 더욱더 증폭되어서 돌돌 말아 누운 이불 안까지 파고들어왔다. 나의 마음은 사랑으로 가득 차서 충분히 행복했지만, 그럼에도 가끔씩 외로움이란 것은 나에게 어떤 감정에 대한 충족을 요구했다.

내가 아는 선에서의 마음이 원하는 충족에는 크게 세 가지 정도 있다고 생각한다. 이성으로부터 얻는 충족, 친구로부터 얻는 충족, 가족으로부터 얻는 충족. 나와 동생은 집을 나온 이후로부터 이성으로부터, 친구로부터의 충족은 어느 정도 얻으며 살아왔지만, 가족으로부터의 충족엔 구멍이 생겨 버렸고, 좀처럼 익숙해지지 않았던 벅찬 하루에도 어느 순간 적응을 하면서 무감각했던 그 외로움이 느껴지게 된 것 아닐까. 오히려 살아갈 여유가 생기게 되면서 느껴진 것 아닐까. 일종의 내가 살아왔던 둥지라는 곳에서 벗어난 후부터 느껴지는 소속감의 부재랄까.

이성으로부터 얻는 충족을 예로 들자면, 너덜너덜해진 나의 하루를 꼬옥 안아주는 끈끈한 애정이 오고 가는 전화 한 통, 날이 좋을 때 함께 좋은 날을 공유하며 어디론가 떠날 수 있는 그런 시간과 장소의 공유. 친구로부터의 충족은 조금 더 스스럼이 없는 것이다. 맘 놓고 육두문자를 섞어가면서 부장을 깔 수 있는 허심탄회함, 술을 먹으며 망가진 나의 모습을 보일 수 있는 자유로움. 가족으로부터의 충족은 애잔하다. 집에 도착했을 때에 나를 반겨줄 누군가 있는 소속감, 힘든 하루 끝에 나의 늦은 밤을 따뜻하게 감싸 안아줄 엄마의 준비된 저녁밥.

그래서 행복하지만 외롭다는 말은 모순이 아니다. 뜬금없이 즐거운 날에도 외로워진다. 아니, 오히려 즐거운 날이라 외로워지는 것이 사람 마음이다. 나와 동생의 외로움은 마지막 외로움에 속하는 가족으로부터의 충족의 부재였다. 우리의 삶이 하나의 그림이라면 다른 곳은 전부 화사하게 색이 칠해져 있었지만, 딱 그곳만이 색이 칠해져 있지 않아 영 허전한 미완성의 그림 같았다.

나와 동생은 디저트 집에서까지 과일이 잔뜩 들어간 케이크와 과일 주스를 해치웠다. 느끼함을 가시게 하는 우리만의 방식이었다. 그리곤 다음엔 조만간 같이 고향집으로 가자는 약속 인사와 함께 각자가 사는 집으로 향했다. 사실 나는, 오늘 동생으로부터 가족 간에 채울 수 있는 마음의 충족을 그다지 채우지 못했다. 오늘 같은 부류의 충족은 사실 내가 언제든 메꿀 수 있는 종류였다. 오늘의 짧은 데이트는 가족으로부터의 충족이 아닌, 친구들에게서 얻을 수 있는 충족과 비슷한 맥락이었기 때문이다. 간단히 만나서 이야기하고 웃고 떠들며 헤어지는. 과일 케익이 담긴 접시를 비워내듯 일상에 찌들어 비루해진 마음을 비워내는 정도의.

예상은 했지만 소속감에 대한 외로움을 아무렇지 않게 견뎌내기엔 벅찬 나이였다. 집에 들어서는 순간 검은색으로 텅 빈 나의 원룸엔 어질러져 있는 옷가지들이 한가득이다. '틱' 현관 등을 켜도 보이는 것만 많아졌지, 밝아진 것 같지 않은 찜찜함. 동생도 비슷한 상황일 것이다. 우린 오늘 웃고 떠들며 배부르게 비워냈지만, 또 집에 가선 무기력하게 누워 어두운 방에서 핸드폰만 뚫어져라 보겠지. 웃기지도 않은 대화에 'ㅋㅋㅋㅋㅋ' 따위를 붙여가며. 입에 거미줄 쳐질 것처럼 아무 말도 하지 않은 채로. 아무 표정도 짓지 않은 채로.

그래서 나와 같이 외로운 사람들이 결혼을 갈망하는 것이라 생각한다. 그것이 꼭 이성으로서 외로움을 충족하려는 것이 아니고, 가족으로서 외로움을 충족하기 위해서 말이야. 언제까지 부모님 곁에 빈대처럼 붙어서 살 순 없고, 그렇다고 혼자가 되어 살아가긴 외롭고. 집에 도착한다 해도 집에 온 것 같지 않은 이 외로움과 공허함은 언제가 되어야 충족될까 하면서. 돌아갈 곳이 없는 우리들은 돌아갈 곳을 그리워하면서 서로가 서로를 만나 돌아갈 곳을 스스로 만드는 것인가 보다.

당신도 나와 같은 마음을 느끼며 살 것이다. 마음에 대한 충족 욕구에는 종류가 있으니 말이다. 외로움에도 종류가 있으니 말이다. 이런 사람에게는 이런 외로움 이렇게 딱딱 잘라 말할 순 없지만, 분명히 그런 종류가 있다. 그래서 사람과 사람이 만나는 동안 외로움이 문득 파고들기도 한다. 잘못된 것이 아니다. 밥을 채워 넣은 배에도 디저트가 끌리는 것처럼, 당신이 누군가와 행복하던 누군가와 함께하던 외롭다는 것은 어쩌면 필연적으로 당신의 삶에 따라오는 당연한 일이다. 그러니, 우리는 외로움을 조금 더 단순하게 생각하자. 그것은 언제나 삶에 따라올 수밖에 없는 것이니. 우리가 가진 욕심 아닌 욕심으로부터 나오는 것이니. 외롭다는 것은 당신이 다른 쪽에서의 행복을 누리고 있다는 것을 뜻하기도 하니까 말이다. 우리, 앞으로도 무던히 행복하고 무던히 외로울 것이다.

행복해도 외로울 수 있다는 것을 알게 된 때는 혼자살이를 시작한 지 딱 삼 년 차 정도가 되었던 때였다. 앞으로도 행복할 테지만, 무던히 외로운 날이 가득할 것만 같은 막연함이 꽁꽁 싸맨 이불 안을 파고 들어왔다.

케이크 :

내 마음에 빈 곳을 충족시키는 것들.
밥으로는 채워지지 않는 부분도 있으니까.

라일 :

느끼한 걸 먹었을 땐
상큼한 라일로 마무리 할 것!

"밥을 채워 넣은 배에도 디저트가 끌리는 것처럼,
우리에겐 행복하더라도 외로운 순간들이 꼭 있는 거니까."

남자친구랑은 어때? 잘 지내?

응. 뭐 사소한 것부터 잘 맞지 않아서 티격태격하지.

잘 안 맞는구나 그치?

응. 근데 당연한 거라고 생각해. 서로 따로 살아온 시간이 있는데, 어떻게 바로 잘 맞겠어.

나는 사랑을 하면서 그런 것을 맞춰가는 맛이 있다고 생각해. 사랑에서 나오는 고유의 불편함이랄까.

이런 불편함 하나 없으면, 무슨 맛으로 사랑을 하나 싶어. 사람은 맞춰가는 즐거움이 있단 말이지.

사람은 맞춰가는 맛으로
만나는 것이다

"치킨은 뜯는 맛으로 먹는 거야."

치킨 집에서 어떤 치킨을 주문할 것인가 고민하는 옆자리 커플의 대화는 참 귀엽기 그지없었다. 나는 수많은 사람들 중에 유독 그 둘의 대화를 토끼처럼 귀를 쫑긋 세워 엿들었다. 닭다리 같은 것을 뜯어먹는 모습이 아직은 부끄러운지, 여자 친구는 순살 치킨을 시키자 했지만 남자친구는 치킨은 뜯어 먹는 맛이 있어야 한다며 고집을 부리는 중이었다. 이에 여자 친구는 순살이 아니면 먹지 않겠다느니 하면서, 이후로도 참 귀엽다 느껴질 만한 장난기 섞인 말다툼이 오갔다. 얼핏 보아도 옷차림에 잔뜩 힘을 준 것이 확연히 느껴지는, 즉 만난 지 얼마 되지 않은 커플일 것이란 확신이 들었다.

어쩐지 예전에 함께했던 연인을 떠올리며, 나도 저런 때가 있었지 한참을 멍 때리곤 둘의 이야기에 빠져들었다. 너무 빤히 쳐다보면 이상하게 느낄 수 있으니 핸드폰을 보는 척하며 자연스럽게.

맞아, 한참 저 정도 때에는 사소한 것 하나하나 삐그덕 소리를 내며 맞춰가는 맛이 있었지. 서로 다른 부분에 힘 주어 나사를 조이면서 끼-익 끼-익 조립하듯, 그것은 당연한 흐름이었다. 각자 다른 방향의 삶을 이어온 사람들이 하나로 합쳐졌으니 서로를 이어 붙이기 위해서는 응당 조립하는 과정이 필요했다. 정말 사소하게는 잠자는 버릇부터 걸음 속도 그리고 좋아하는 날씨까지도. 어쩜 하나부터 열까지 다른 부분이 많았기 때문에 우리는 서로 양보와 이해를 배워야 했던 것이었다. 그것이 연애를 하며 심한 고민거리로 자리를 잡거나, 그것 때문에 헤어지거나 했던 것은 아니었다. 사람과 사람 사이에 당연히 있는 삐걱거림이었고, 어쩌면 그 과정에서 느끼는 불편함이라는 것이 사랑의 묘미 아닐까 생각했다. 맞아. 지금 생각하면 그러한 불편함은 너무나 미묘한 마음이었다.

꽤나 오래전에 만났던 나의 연인. 그 사람과 나는 닭발을 참 좋아했었다. 하지만 닭발 집에 들어선 우리의 의견은 완벽히 갈라섰다. 입이 화끈거릴 정도의 매운맛이나, 국물 닭발을 선호한다는 공통점은 있었지만, 저쪽 테이블의 귀여운 커플과 같이 '뼈 닭발'과 '무뼈 닭발'의 호불호가 극명했기 때문이었다.

그때엔 발라먹는 것이 귀찮기도 했고, 뼈 사이사이에 잇몸을 내밀며 먹어야 하는 추한 꼴을 보이기 꺼렸던 탓에 '뼈 없는 닭발'을 선호했다. 하지만 돌아오는 반응은 저쪽 테이블에 있는 남자친구의 반응과 같았다. "닭발은 뜯는 맛으로 먹는 거야." 그것 때문에 참 귀엽게 다투면서 홀숫날은 뼈 없는 닭발, 짝숫날은 뼈가 있는 닭발. 이렇게 규칙을 정하기도 하면서, 그러면서 사랑하는 묘미를 알아갔던 것이었다.

그때에 나는 스무 살 초반이었다. 기억을 한참이나 거슬러 올라가야 하는 오래전의 일이다. 어쩌면 그 사람과의 애틋한 사랑을 주고받았던 기억보다도, 이런 사소한 것으로 삐그덕거리거나 서운한 마음으로 말다툼했던 '맞춰가는 과정'의 기억들이 작은 퍼즐 조각처럼 마음에 남아 있었다. 그때의 우리가 큰 그림의 퍼즐이라면 그것을 완성시키기 위해 나를 가장 고생시켰던 몇 개의 조각들이 기억에 남았달까. 그만큼 딱 맞는 조각을 찾기 어려워 헤매게 만들었던 삐걱거림이 떠오르는 에피소드나 순간들이 기억으로 남아있었다.

그때는 정확히 이해하지 못하는 말이었다. 닭발은 뜯어 먹는 맛으로 먹는다는 말. 어쩌면 이 사람은 일종의 불편함 같은 감정을 은근 즐기며 살아가는 변태적인 면이 있었다고 생각했다. 하지만 요즘은 내가 그런 변태가 되었는지, 순살 치킨이라거나 뼈 없는 닭발보단 가공되지 않은 것들을 선호하고 있었다. 사실 나도 이제 뜯어먹는 맛이라는 걸 좀 알아버렸다. '뼈 없는', '순살' 따위의 접두사가 붙어 버린다면 입이나 손에 묻히지 않고 깔끔하게 먹을 수 있지만, 가공되지 않은 것들에는 손에도 묻히고 입가에도 묻히면서 먹는 그런 고유의 맛이 있었다. 뼈 사이사이에 있는 자그만 살코기를 골라 먹는 그런 재미랄까. 뜯어먹는 맛보다는 그것이 가지고 있는 고유의 불편함을 즐길 줄 알게 된 것이었다. 어쩐지 우리 엄마가 뼈가 없는 갈치를 지나치며, 그냥 갈치를 고집해서 사는 이유가 이런 것들 때문이었을까?

사람과 사람 사이에 있는 불편함은 시간이 지나선 참 행복한 기억이자 달콤한 순간이 되었다. 어쩌면 순살 치킨과 그냥 치킨 사이에서 투닥투닥 거리는 저 커플은 참 행복한 선택을 하는 와중에 있을 것이다. 이전엔 몰랐지만, 서로 맞춰가는 불편함 같은 감정에게는 그 고유의 '맛'이 있다는 걸 알게 된 나의 짧은 생각에 지나지 않겠지만 말이야.

관계 사이에서 나오는 고유의 불편함이란 이러쿵저러쿵 말이 참 많더라도 서로 어떻게든 맞춰가는 과정이 대부분을 차지한다. 테트리스 게임을 하듯 딱 맞아 떨어지기보단 엉성하거나 남거나 부족하더라도 하나씩 하나씩 맞춰가면서 한 단계씩 클리어 하는 그런 기분. 어느 정도 서로 이해하고 인정하는 과정 속에서 우린 묘하게 사랑이 가지고 있는 불편한 맛을 느껴야 했다. 서로에게 묻어나고 서로를 구석구석 알게 되어 좋은 기분이 들게 하는 맛.

잊고 살았던 맛이었다. 어쩐지 나의 입맛은 시간이 가면 갈수록 불편하게 먹어야 하는 것들을 찾지만, 관계의 입맛은 오히려 편한 것만을 원했던 것 아닐까 하는 심심한 반성과 함께 생각했다. 그러니까, 시작부터 잘 맞는 사람을 찾기를 원했고, 애초에 맞춰야 하는 불편함이 가장 적은 상대를 골라 만났던 것 같다고. 사람을 무슨 맞춤 정장인 것처럼 딱 맞춰 만나길 원했던 것 같다고. 일종의 줄자 같은 잣대로 사람의 품을 재보고, 표시하며 재단하고 난 후에야 선택할 수 있었던 것 같다. 그렇게 관계에 대한 건방진 마음은 결국 서로가 묻어나는 일을 적게 만들었고, 금방 잊고 또 다른 사람을 만나는 양산형 관계를 찍어낼 수밖에 없도록 만들었다.

우리에게 사랑은 언제나 애증이라는 사실. 어쩌면 사랑하니까 미워지는 것이 생기겠지. 또 그런 미움들이 결국은 사랑이었지. 사랑과 미움 사이에 있는 고유의 불편함이란 줄에서 짜릿한 줄타기를 하며 그 맛을 알아간다. 넘어지고 떨어지기도 하면서.

사랑하니까 맞춰갈 필요가 있는 거겠지. 한동안 잊고 살았던 본질적인 마음. 우리는 관계에서 나오는 특유의 불편함으로 사랑의 미묘함을 알아간다는 사실이었다.

"그래, 사람은 맞춰가는 맛으로 만나는 거지."

닭발 :

발라먹는 맛이라는 거 말야.
어쩌면 서로 맞춰가려는 마음과 닮았어.

발라진 뼈 :

불편함 없이 편하기만 했다면,
우린 서로를 좋아할 수 있었을까?

"사람은 맞춰가는 맛으로 만나는 거야. 순살이 아닌 닭발을 뜯어먹는 것처럼, 치킨의 뼈를 발라먹는 것처럼 불편한 일이지만 또 그러면서 입에 묻히고 손에 묻고 하면서 서로를 알아가는 것이지."

부족한 나를 무조건적으로 응원해주는 사람이 곁에 있다는 것

어쩌면 그것만으로도 참 행복한 일이 아닐까?

그 응원으로 인해, 당장 변하는 건 없더라도 해결되는 건 딱히 없더라도

그런 사람이 있다는 곁에 있다는 것만으로 살아갈 힘이 생기는 것 같아. 고마워 엄마.

엄마의 닭볶음탕처럼

우리 엄마는 음식 솜씨가 없는 사람이다. 그것은 십몇 년이 흘러도 변하지 않는 안타까운 사실이었다. 엄마 스스로도 어느 정도 요리에 소질이 없다는 것을 인정할 정도니까 말이다. 그래도 우리 가족의 식사를 책임지는 사람은 아빠도, 나도, 언니도 아닌 엄마였다. 엄마가 음식에 솜씨가 별로라고 해도, 우리는 자신들이 엄마보다 요리를 잘하지 못할 걸 알고 있었기에 불평불만을 내놓지 않고 그럭저럭 잘 살아왔다. 이 정도면 유전적으로 요리에 소질이 없는 구성원들이었다.

엄마에게는, 특별한 날이면 당연하게 식탁에 내놓는 비장의 무기가 있었는데 그것은 다름 아닌 '닭볶음탕'이었다. 누군가는 특별한 날에 닭볶음탕이 식탁 위에 올라오는 것에 대해 "에게게…. 이런 특별한 날에 겨우 닭볶음탕?"이라며 무시할 수 있겠지만, 엄마에게는 제일 자신 있는 메뉴였기에 우리 집 식탁 위에 닭볶음탕이 나온다는 것은 그만큼이나 특별한 이벤트이거나 누군가를 초대했을 때에나 있을법한 귀한 대접이었던 것이다.

그래서인지, 나는 어릴 적부터 엄마의 어떤 음식보다도 닭볶음탕을 좋아했다. 그때는 누군가 가장 좋아하는 음식을 물어보면, 생각할 것도 없이 닭볶음탕이 입 밖으로 툭 나오곤 했다. 하지만 나이를 먹고 엄마의 품을 벗어나게 되면서 집 밥 이외에도 먹을 수 있는 음식의 폭이 다양해졌고, 점차 내가 가장 좋아하는 음식은 닭볶음탕이 아닌 다른 부류의 음식들로 바뀌게 되었다. 이제 나의 주변인들은 내가 닭볶음탕을 좋아했다는 사실조차 모를 것이다. 단 한 사람, 우리 엄마만 빼고 말이다.

우리 엄마는 아직도 내가 닭볶음탕을 좋아한다고 알고 있다. 그 이유는 내가 고향 집에 도착해, 신발을 다 벗기 전부터 "엄마, 닭볶음탕 해줘"를 외치기 때문이다. 물론 엄마는 내가 도착하기 전에 이미 준비를 마친 상태이겠지만 말이야.

그렇다. 나는 닭볶음탕보다 파스타가, 샐러드가, 피자가 더 좋지만 엄마가 해준 음식에선 닭볶음탕이 가장 맛있는 것이다. 닭볶음탕은 채소와 닭 그리고 고추장만 넣어도 어느 정도 완전한 음식처럼 맛이 살아있기 때문이었다. 비법 소스도 딱히 필요 없었고, 간이 잘 맞지 않는다고 해도 흰쌀밥과 비벼 먹으면 그럭저럭 맛있는 음식이었다. 요리에 소질이 없는 엄마에겐 그만큼 대접하기에 안성맞춤인 음식이 없었던 것이다. 그런 이유로 엄마는 특별한 날이면 모두가 맛있게 먹어줄 수 있는 닭볶음탕을 내놓게 되었다.

언젠가 알게 된 사실이지만, 울 엄마는 닭볶음탕을 그다지 좋아하지 않았다. 정확히 말하자면 육류가 아닌 해산물류를 더 좋아했고, 엄마를 제외한 식구들 입맛과는 다르게 비린 것도 잘 먹는 편이었다.

누구에게는 특별하지 않고 단순하게 느껴질 수도 있는 엄마의 닭볶음탕. 그것은 꼭 우리 엄마와 닮았다. 어쩌면 조금 부족한 요리 실력이라고 해도 고추장처럼 매콤달콤한 진심 어린 마음을 섞어 내가 가장 좋아하는 음식으로 만들었으니. 또, 삶은 가끔 식탁과 같았다. 엄마의 요리 실력처럼 원래가 허술하기도 하고 형편없을 수도 있다. 또 어떤 이유로 간 조절에 실패해 엉망진창인 마음을 선보일 때도 있을 것이다. 우리의 삶은 늘 실수와 허술함 투성이이기 때문이다. 그렇지만 어땠는가. 그럼에도 맛있게 먹어줄 사람 또한 늘 있었다. 누군가에겐 '에게게..겨우?' 할 수 있는 별것 없는 나의 마음일지라도 세상에서 가장 행복하게 받아줄 고마운 내 사람들이 있었다. 물론 우리 엄마와 나의 관계처럼, 서로가 다른 음식을 더 선호한다는 것을 모르고 살아갈 수도 있지만 적어도 서로의 앞에서만큼은 그 진심과 마음을 보고 세상 맛있는 마음으로 받아주는 사람이 곁에 있었다는 것이다.

나는 생각했다. 그런 진심이 묻어 나오는 사람들과 함께라면, 이 형편없이 지나간 하루의 끝에도 그럭저럭 살만하겠다. 비록 실수투성이의 나일지라도 형편없는 나일지라도, 그런 나에게 진심어린 지지를 해주는 사람이 있다면. 또 그런 나의 진심어린 마음을 맛있게 받아줄 사람이 있다면. 그렇다면, 나는 든든한 마음으로 살아갈 수 있겠다. 비록 변하거나 해결되는 것이 하나도 없다 하더라도 그런 사람이 있다는 것만으로 그럭저럭 버티면서 살 수 있을 것 같았다.

이번에도 어김없이 식탁 위에 올라온 닭볶음탕이 엄마의 삶을 대변하는 것처럼 느껴졌다. 허술한 요리 실력이라도, 상대방에게 좋은 것을 대접해주고 싶은 마음. 그것은 꼭 지금의 나와도 비슷하게 느껴졌다.

언제부턴가, 우리 엄마도 지겹지 않았을까 생각이 들었다. 어쩌면 그녀의 생일이라던가 기념일같이 특별한 날만큼은 좋아하는 해산물 요리를 먹고 싶었을 텐데. 나도 이젠 '닭볶음탕'같은 음식을 엄마에게 대접해 줄 수 있지 않을까? 허술한 솜씨겠지만, 엄마라면 맛있게 먹어줄 만한 해산물 음식 하나 정돈 만들 수 있지 않을까?

체감상으로 긴 시간이었다. 추석에 고향집에 내려갔었고, 이젠 연말이 가까워졌으니 3개월 정도 되었으려나. 안 봐도 비디오라는 말처럼, 나는 알 수 있었다. 우리 집 현관문을 열자마자 닭볶음탕 향기가 진동할 것이라는 걸. 난 그렇게 또 우리 집 식탁 위에 닭볶음탕을 내놓은 엄마에게 해주고 싶은 말이 있다.

엄마, 나 옛날부터 멍청하단 소리도 많이 듣고 굼뜨다는 소리도 많이 듣고 그랬잖아. 그런 나를 보고 엄마가 뭐 하나 특출난 것도 없고 실수투성이인 거 타고나서 그렇다고. 엄마가 배운 것이 없어서 그렇다고 참 미안해했지. 그러면서 애는 사회생활을 어떻게 할까 많이 걱정도 하고 그랬잖아. 그래도 나 있잖아, 나름대로 어울리는 소스를 뿌려서 누군가에게 내 마음을 대접해주고 있어. 그걸 맛있게 먹어줄 사람들도 옆에 있고. 꼭 엄마한테 배운 삶처럼 말이야. 엄마의 음식 솜씨도 나처럼 굼뜨고 부족하지만 늘 맛있게 먹어줄 내가 있잖아. 그치? 그리고 사실대로 말하면 나 닭볶음탕 좋아하는 거 아냐. 밖에 나가서 닭볶음탕 내 돈 주고 사먹어 본 적 없고 그래. 엄마는 다 알고 있었으려나? 다행이다 우리. 이렇게 부족한 사람이지만 늘 찾아주는 사람들이 있으니까 말이야. 이번에 나 다시 올라가기 전에, 꼭 해물탕도 만들어 먹고 그러자. 이제 우리가 좋아하는 거 말고 엄마 좋아하는 것도 먹고 그래 보자. 그래도 나 혼자선 아직 자신 없으니까, 옆에서 도와줄 거지? 엄마는 내가 만든 거 맛없어도 맛있게 먹어줄 거지?

나는 닭볶음탕이 맛있는 게 아냐. 그냥, 엄마가 해준 음식이 세상에서 가장 맛있어.

감자 :

서툰 엄마의 마음을 조금 더
두근하고 따뜻하게 만드는

닭볶음탕 닭다리 :

닭볶음탕에서 제일 맛있는 부위, 그러고 보니
엄마는 매번 이걸 나한테 양보했었지.

일류 요리사가 만든 음식처럼 완벽하진 않더라도 제법 든든하게 살아갈 수 있는, 속에서부터 나를 감싸주는 소중한 사람들의 진심 어린 마음들이 있었기에. 그렇기에 오늘 하루도 제법 포만감을 느끼며 살아낼 수 있었다. 그 마음, 잘 먹었습니다.

사람들에게 사랑받고 선택받는 사람들이
되려면 어떻게 해야 할까?

음. 우리는 스스로를 조화롭게 만들어야
할 필요가 있는 거 같아.

조화롭게?

응. 예를 들자면 이 돌체라떼가 사랑받을 수 있는 이유 정
도랄까? 우리는 쓴맛과 단맛을 조화롭게 섞는 바리스타가
되어야 한다고 생각해.

너무 쓴맛은 뱉어지기 쉽고, 단맛은 질리기 쉬우니까.

달콤 쌉쌀한 사람 정도가 되면 어떨까.

돌체라떼 같이
조화로운 사람

　많은 사람으로부터 사랑받는 사람은 어떤 특별함이 있을까? 나는 늘 그런 사람이 되고 싶었다. 그러나 나의 성격은 좀처럼 사랑받는 성격과는 거리가 멀었고, 그렇다고 해서 사람들을 자주 만나는 활발함이라는 것도 딱히 없는, 관계에 대해 소극적인 사람이었다. 하지만 영원불변한 것은 없다고 했던가. 이런 나에게도 언젠가 사소한 부분에서부터 조금씩 변화의 바람이 불어왔다.

　최근에 들어서 주변인들이 나를 보고 놀라는 일이 많았다. 예전엔 안경을 쓰지 않았던 사람이 어느새 안경을 쓴 사람이 되어있는 것처럼, 머리를 길게 길렀던 사람이 짧은 숏컷으로 분위기를 전환하는 것처럼 나에게도 제법 눈에 띄는 변환점이 있었기 때문이었다.
　나는 카페에 가는 것이 지루한 일이라고 생각해 왔다.

쓴 커피를 일부러 먹기 위해 가는 무의미한 행위를 하는 곳이라는 생각과 함께. 그러다 보니 카페에 가는 것을 꺼려 했던 적이 빈번했고 카페를 즐겨 가는 지인들은 내가 껴있는 것을 불편해하기 시작하면서, 자연스럽게 카페를 자주 가는 무리에 끼지 못했던 적도 많았다.

하지만 이런 내가 요즘은 밥을 먹으면 곧장 카페를 들리는 카페 중독자가 되었다. 집중할 일이라도 생기면 카페를 향했고 집에서 딱히 할 일은 없고 밖의 날이 좋다면 그런 날도 어김없이 카페로 향했다. 카페를 좋아하는 친구들에게 먼저 카페를 가자고 말을 꺼내는 일도 생겼다. 이렇게 변화한 나를 보며 주변인들은 놀라 했고, 카페도 늦바람이 무섭다면서 놀리는 친구들도 제법 있었다.

내가 이렇게 카페에 중독된 것은 카페인 중독이라기 보단 어떤 맛에 대한 중독이었다. 얼마 전부터 S사 카페 브랜드에서 유행시킨 메뉴가 하나 있다. '돌체라떼'라는 메뉴인데, 씁쓸한 커피 본연의 맛인 에스프레소와 우유 그리고 달콤한 연유를 섞어 만든다. 예전에 쓴 커피를 마시는 친구들을 보며 '저 쓴 걸 왜 돈 주고 사 먹지?'라고 생각했던 내가, 유일하게 돈을 주고 사 먹어도 아깝지 않다고 느낄 정도로 그 조화가 예술이었다. 아, 물론 지금도 즐겨 마시는 메뉴이다.

근래에 수면 위로 올라온 돌체라떼의 맛은 신선한 충격이었고, 커피도 맛있을 수 있다는 생각이 들게끔 만들어 주었다. 나는 이 커피를 계기로 카페에 자주 가게 되었고, 그러다 보니 휴일에 집에서 쉬기보단 카페를 가는 '카페 중독자'들을 이해하는 단계까지 이르렀다. 그러니까, 돌체라떼는 나의 카페 입문 커피이자 최애 커피인 셈이었다.

돌체라떼. 사람들은 흔히 '연유라떼'라고 부르기도 했다. 기존 에스프레소에 쓴맛을 희석하는 정도의 우유가 아닌, 달콤한 연유를 넣어 '달콤 씁쓸하다'라는 맛을 느낄 수 있게 해주었다. 이와 비슷한 맥락으로 또 최근 들어서 유행이 되고 있는 메뉴는 '아인슈페너'라는 메뉴이다. 아인슈페너라고 부르는 사람도 있고 '비엔나커피'라고 부르는 사람도 있었다. 이 메뉴 또한 씁쓸한 커피 위에 달콤한 크림을 가득 얹어 크림의 달콤함과 쓴맛의 커피를 함께 느끼는 메뉴인데, 그 씁쓸함과 달콤함의 조화로움 때문에 찾는 사람이 많았다.

많은 이들이 선호하는 두 메뉴의 공통점이 있다면, 쓴맛과 단맛을 조화롭게 섞었다는 것에 있었다. 너무 달아서 마시는 내내 갈증이 나거나 질리는 맛이 아니었고, 너무 쓰기만 해서 입안이 텁텁해지거나 넘기기 힘든 것도 아니었다. 그 두 가지 맛을 모두 가지고 있었지만, 어색하지 않게 적절히 배합했다.

어쩌면 커피를 싫어했던 나의 입맛과 같이, 나의 삶은 늘 쓴맛을 꺼려 했다. 나의 앞에 놓인 씁쓸한 마음들을 억

지로 삼켜야 할 때면 인상을 찌푸리는 날이 많았다. 그렇
다고 또 너무 단 것을 선호하지도 않았다. 너무 달기만 한
마음들은 그 뒤에 느끼는 감정의 감미를 푹 죽여 버렸고,
나의 맘은 갈증을 요구했기에 불만족스러운 상황의 연속
이 되었기 때문이었다.

하지만 삶은 나에게 이 두 가지 감정을 적절히 섞어내는
바리스타가 될 필요가 있다고 말하고 있었다. 누군가에게
선택받기 위해 또 내가 그런 사람이 되기 위해 말이다.

선택받는 사람이 되기 위해선 돌체라떼처럼 쓴맛, 단
맛의 편식 없이 조화롭게 섞여야 했다. 내가 좋은 말만 골
라 하고 착한 척만 한다면 모든 이들은 나에게 더 많은 이
해를 바랄 것이고, 나에 대하여 쉽게 싫증을 느낄 것이다.
또 내가 싫은 소리만 하며 그들이 인상을 찌푸릴 만한 쓴
맛만 건네어선, 그들은 나를 삼키지 못하고 뱉어낼 것이
다. 물론 나 또한 조화롭게 받아들여야 한다. 가끔은 따끔
한 말도, 씁쓸한 슬픔도 수용해야 하고 나아가야 한다. 행
복한 순간을 맞이하더라도 언제가 있을 쓴맛이 너무 씁쓸
하게 느껴지지 않도록 적당히 심취해야 한다.

물론, 말하는 대로 쉽게 이루어지리란 생각은 하지 않
는다. 조화롭게 두 가지 맛을 적절히 받아들이고 대접하
는 일만큼 어려운 것이 없다. 언제까지고 착한 사람으로

남고 싶은 대상이 있을 것이고, 늘 밉게만 느껴져서 도저히 착하게 대해줄 수 없는 사람이 있다. 나 또한 분명히 누군가에겐 그런 두 부류 중에 한 사람일 것이다.

하지만 생각해보자. 카페 브랜드 S사의 경우 이 조화를 맞추기 위해 얼마큼의 커피 원두를 버렸을까? 또 얼마큼의 우유와 연유를 버렸을까? 삶은 늘 단번에 베스트를 뽑을 수 없다. 내가 닳아버린 만큼 성장한다는 일종의 법칙이 있기 때문이다. 쓴 것을 무던히 경험하고, 단 것도 무던히 겪어보고. 그래서 그 두 개를 섞어 보기도 하고 나아가 그 비율을 어느 정도 맞춰보기도 하고. 그것을 대접했다가 실패하기도 하고. 그러다 보면 인생에서의 나만이 알고 있는 베스트 레시피를 찾을 수 있지 않을까?

굳이 누군가에게 선택받고 싶지 않다면, 마이웨이로 가도 된다. 그러나 나는 선택받고 싶었다. 사랑받고 싶었다. 이것이 나의 마이웨이이다. 우리 삶에서 관계만 쏙 빼놓고 맘 편히 살 수 없기 때문에. 그렇기 때문에, 나는 조화롭고 싶다.

정말이지, 요즘은 주변인들이 하나같이 나를 보고 놀란다. 카페에 늦바람이 불었다는 것 말고도 사회에 내던져지면서 그 뭣 같은 성격이 조금은 온순해졌다고 말이다. 밖에도 곧잘 돌아다니면서 사람들을 만나는 것 보면, 성격이 참 많이 활발해졌다고. 우리 엄마, 아빠도 요즘 들어 변화한 나의 이런 모습이 제법 어색한가 보다. 오래 살고 볼 일이라는 말을 하는 것 보니까. 말대꾸 꼬박꼬박 하면서 엇나가는 줄로만 알았는데, 언제 이렇게 어른스러운 사람이 되었느냐고 나의 손을 꼬옥 잡아주었다.

예전부터 부정적인 부류의 잔소리를 자주 듣고 살았던 나는, 누군가에게 지금껏 너무 쓴맛만 내보인 건 아니었을까? 내가 사회에 덩그러니 남겨져 쓴맛을 무던히도 맛보다 보니 오히려 내 안에 있던 고유의 쓴맛이 희석된 것일까? 그렇다면 단맛에는 무엇이 있을까. 내가 알고 있는 선에선 딱히 별다른 것은 없었다. 특별하지 않은 날에도 전화 한 통 걸어서 잘 지내고 있냐고 물어봐 주는 일. 또, 밤잠 설치는 날에 잠이 들기 위해 아등바등 노력하기보단, 문자 한 통 넣어서 사랑한다고 말해 주는 일. 필요한 것을 사면서 어쩌면 필요할 수도 있는 내 사람들을 위해 같이 주문하는 정도의 사소한 것들.

'많은 사람으로부터 선택받는, 사랑받는 사람은 어떤 특별한 것이 있을까요.'라는 물음을 받는다면, 그런 사람이라도 전혀 특별할 것 없다고 말할 것이다. 그 누구라도 특별할 것 없이 단맛, 쓴맛 둘 다 가지고 있는 보통의 존재들이니까. 단맛만 선택받을 수 없을 것이고 그렇다고 쓴맛만 선택받을 수도 없을 테니까. 단지 그것을 조화롭게 섞을 수 있을지가 어떻게 보면 특별하다는 것의 비법 아닌 비법 아닐까?

아직은 그 비율이 완벽하지 못할 순 있어도, 그 맛이

조금 엉성할지 몰라도. 누군가에 입맛엔 영 별로일지 몰라도. 그래도 지금껏 나를 맛 봐왔던 사람들에게는 나름대로 변하고 있는 내가, 어느 정도 입맛에 맞아가고 있나 보다. 전에 나란 사람은 선택받지 못했고, 뱉어지는 일이 많았었는데 요즘의 나는 조금씩 마음을 주고받으며 상대할만한 가치가 있는 사람이 되어가고 있나 보다. 삼킬 수 있을만한 정도의 맛이 되었나 보다.

언제부턴가 나, 조금씩 섞여가고 있었다.

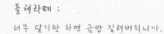

돌체라떼 :
너무 달기만 하면 금방 질려버리니까.

가운데 부분 :
단 맛과 쓴 맛의
황금 비율이 중요해!

크림 :
나의 씁쓸한 마음의 일부를
조금 달달하게 만들어 줘.

우리는 모두 각자의 삶의 주인장인 바리스타이다. 달콤한 마음 한 스푼, 씁쓸한 마음 한 스푼. 그렇게 건네주고 맛보면서 각자 겪어가는 만남에 있어 가장 조화로운 레시피를 알게 되는 것 아닐까.

걔 또 남자친구 바뀌었다면서? 밥 먹듯 사람 만나고 헤어지는 사람들 참 이상해.

밥 먹듯 만나는 게 어때서?

우리에게 숨이 소중하다고 해서 아껴서 쉬는 것도 아니잖아.

한참 많이 만나볼 수 있을 때 이 사람 저 사람 만나 보는 것도 나쁘지 않다고 생각해.

밥 먹듯 알아가고
밥 먹듯 사랑할 것

　예전에는 밥을 먹을 때 좋아하는 반찬이 먼저 없어지는 것이 아쉽게 느껴진 탓에 늘 아껴 먹기 일쑤였다. 좋아하는 음식을 아낀 다음 마지막에 몰아서 먹는 것은 누구나 한 번쯤은 해봤을 법한 행위일 것이다. 많은 사람들이 그렇겠지만, 나 역시 밥을 먹을 때가 아니더라도 나의 삶에는 좋아하는 것을 아끼는 버릇이 구석구석 깊이 박혀 있었다. 좋아하는 것, 소중한 것을 함부로 쓰다가 닳아 버릴까 걱정이 되어 쓰는 것을 미루게 되었고, 대부분 몇 번 쓰지도 못한 채로 그것을 잃어버리게 되거나 구석에 꽁꽁 숨겨놓은 채로 잊어버리게 되었다. 이러한 일들은 물건과 음식뿐만 아니라 사람과 사람 사이의 관계에서도 늘 있었다. 아니, 어쩌면 우리는 관계에서 더욱 그런 일을 경험하고 살아왔다.

　세밀한 관계에 있어서 그들은 나의 삶을 지탱해 주는 필수적인 존재였으므로 늘 무겁게 생각했고 소중하게 여겨왔다.

나에게는 인연이라는 것은 귀하고 소중하게 느껴진 탓에, 나와는 반대로 쉽게 관계를 이어가고 끊어가는 사람들에게 한심하다는 듯한 눈초리를 날린 적이 많았다. 간단히 말해서 긴밀했던 사람들과 아무렇지 않은 듯 '쌩'을 까는 그런 행위 말이다. 서로 부딪치지 않기 위해 노력하고 또 마주치더라도 모른 척하고 지나가는 행동. 시각적으로 마주친다거나 감정적으로 부딪치는 것을 멀리하는 행동. 그런 행동을 너무도 쉽게 할 수 있는 사람들.

"쟤는 밥 먹듯 남자친구가 바뀐다더라." "쟤는 얘네들과 친했는데, 이번엔 걔네들과 친해졌다더라." 하면서 뒤에서 그런 부류에 대해 호박씨를 깐 적도 만만찮게 있었다. 하지만 시간이 지나 나의 삶을 뒤돌아보았을 때, 느낀 것이 있다면 한심하게 봐왔던 그들을 다른 한편으론 부러워하는 감정도 만만찮게 섞여 있었다는 것이다.

나는 사람 한 명, 한 명에게 마음을 다했고 느리게 느리게 그러나 진심으로 관계를 유지하기를 원했다. 또 우리들은 꼭 그렇게 이어져 있을 거라고 믿었다.

하지만 언젠가 이런 나의 굳은 믿음에 작은 균열을 일으켰던, 정말 별것 아닌 해프닝이 하나 있었다. 아직까지도 '초딩입맛'이라는 꼬리표가 달려있는 나에겐, 급식에 이 메뉴가 나오기라도 한다면 가장 먼저 급식실로 전력질주를 할 만큼 좋아하는 반찬이 있었다. 소야볶음. 소시지와 케첩 그리고 채소를 함께 볶은 '소시지 야채볶음'이었다. 나는 그것을 좋아하는 만큼이나 금세 줄어드는 것을 싫어했기 때문에 야금야금 아껴 먹었고, 그날도 어김없이 마지막까지 듬뿍 남아 있는 소야볶음 보고 안도하고 있었다. 하지만 장난기 가득한 친구들은 그런 나의 급식판을 보고, 소시지가 남았냐는 말과 동시에 너도나도 한 개씩 집어 먹었고 결국, 내가 좋아해서 아껴 놓았던 것을 무기력하게 빼앗겨 버리는 불상사가 생긴 것이다.

엄마가 입버릇처럼 말하던 '아끼다 똥 된다'는 말이 이런 것이구나, 처음으로 와닿게 되었다. 그 작은 사건을 기점으로 나에게는 '아끼다 똥 되는' 일들이 빈번했다. 아니, 늘 빈번했지만 그때 처음으로 인식하게 되면서 그런 사건들이 계속해서 눈에 밟히게 되었다.

그 이후로 굳이 음식이 아니더라도 비슷한 류의 사건들은 하나둘씩 나의 마음 깊숙한 곳에서부터 얹히기 시작했고 그런 사건들이 맘속에 비집고 들어와 겹겹이 쌓이면서, 깊게 박혀있었던 '소중한 것을 아끼려는 습관'이 점차 마음 밖으로 밀려나오기 시작했다. 그것은 마치 깊게 박힌 가시를 밀어내면서 뽑아내는 과정 같았다.

점차 시간이 지나면서, 소중한 것에 대해 가볍게 생각해야 할 필요성을 느끼는 빈도가 늘어났고 어떤 것이든 가볍게 생각할 배포가 있어야 나의 삶이 무겁지 않음을 몸소 경험하는 횟수가 많아졌다. 그 무엇을 소중히 여긴다 해도 영원한 것이 아닌 유한적인 것이었고, 내가 온 맘을 다해 소중하게 여긴다 해도 그 관계의 소중함이 쌍방으로 성립되리라는 보장은 없었다. 아끼기만 해선 내가 깊게 경험해보지 못하고 끝나게 될 것들이 이 세상엔 너무 많았다.

그것을 점차 이해하며 살아가는 일은 좀처럼 익숙해지지 않는 일이었다. 마음 깊이 손가락을 넣어 그동안의 습관을 토해내는 것처럼 고역이었다. 역으로 내가 좋아하는 것들이 쉽게 내 곁을 떠날 수 있다는 걸 알아가는 길이었기 때문이다. 그 사실을 인정하는 일은 깊게 박힌 가시가 뽑히는 것처럼 아픈 일이었고, 한동안 나의 마음에는 구멍이 듬성듬성 생겨났고 단기간에 채워내지 못했다.

하지만 생각했다. 밥 먹듯 사랑하고 헤어지는 사람, 밥 먹듯 사람을 사귀고 또 쉽게 연을 끊는 사람. 그런 사람이 되더라도 매 순간, 온 맘을 다하면 되는 것 아닐까. 잠시 지나치더라도 그 잠시의 시간 동안은 온 힘을 다하면 되는 것 아닐까. 밥 먹는 것처럼 자연스럽고 당연하게 흘러가면 되는 것 아닐까. 우리에게 숨이 소중하다고 해서 숨을 아껴 쉬는 것은 아닌 것처럼, 나는 모든 소중한 관계에 대해서 부질없이 아끼다 끝나버릴 상황을 서서히 거부하기 시작했다. 예전엔 그런 부류의 사람들을 겉으로 욕하면서 속으로는 부러워했던 아주 작은 감정이 시간을 거듭할수록 거꾸로 증폭되어서, 어느 순간 대놓고 부러운 눈길로 바라볼 때가 많았기 때문이었다. 저 사람은 나보다 상처를 덜 받겠구나, 상처를 덜 안고 살아가겠구나. 아쉬움이 덜하겠구나. 맘 편히 누워 잘 수 있겠구나. 이렇게.

물론 예전의 나와 같은 사람은 공감하지 못하는, 그런 부류에 속하는 사람만의 상처가 있을 것이다. 내가 했던 생각처럼 '가볍게 사람을 만나는 사람'이라는 주변인들의 부정적인 인식도 그중에 하나일 것이고, 또 언젠가는 너무 쉽게 지나쳐 버린 모든 관계에 대해 스스로가 깊은 후회를 느끼게 될 날도 있을 것이다. 하지만 사람 관계에 정답이 있던가? 우리가 경험하는 모든 것에 장점만 있는 것이 있던가? 당신이 생각하는 그것이 맞다. 정답은 절대로 없고 있어서도 안 된다.

오늘도 흘러가듯 관계를 받아들이면서 이전에 생겨 버린 구멍들을 차곡차곡 채워 넣었다. 관계를 가볍게 받아들이는 연습을 통해 받은 아픔과 구멍을 이제 가벼운 사람들을 통해 차곡차곡 메꿔나가기 시작했다. 아끼기만 하다 잃어버리는 일이 없도록, 무겁게만 여기면서 버거워지지는 않도록. 소중하게만 다루다가 내가 상처받지 않도록.

모든 무겁게 느껴졌던 관계에 대하여 조금은 가벼운 마음으로 다가가야지 다짐했다. 조금 더 대담히 받아들이고 가볍게 생각하며 또 언젠가 있었던 일처럼 잊고 언제 있었냐는 듯 일어나선 다시 나아가야지. 그러므로 나는 이제 모든 가볍게만 느껴졌던 관계에 대하여 특별함을 느끼며 살아가야지. 오늘도 밥 먹듯 알아가고, 밥 먹듯 사랑해야지. 밥 먹듯 만나고, 밥 먹듯 잊어가야지. 그렇게 별 볼일 없으면서도 밥 한 공기 없인 하루 종일 기운 내지 못할 것처럼, 밥 한 그릇 없이 결코 살아가지 못하는 것처럼 나는 그렇게 필사적으로 밥 벌어먹듯 관계를 벌어먹고 살아가야지.

오늘도 고마운 나의 사람들. 나의 하루를 든든하게 지켜주는 가벼운 사람들. 그러나 결코 가볍지 않게 든든한 사람들. 정말 고맙습니다. 내일도 나와 당신이 살아갈 수 있도록, 가볍게 그러나 든든하게 잘 부탁합니다.

"오늘도 잘 먹었습니다."

소시지 야채볶음 :
소중해서 아끼고 아끼다가
혼자 남겨진 마음이랄까.

비어있는 반찬 칸 :
조금은 쉽게쉽게 생각하는 마음

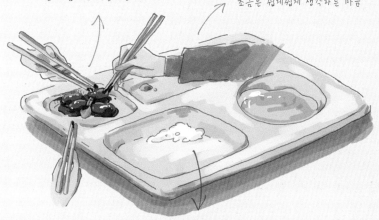

얼마 남지 않은 밥 :
정작 다른 반찬이랑 다 먹어버린 밥.

"아끼기만 하다 잃어버리게 되는
속상한 일이 없도록,
우리 과감하게 밥 먹듯 만나고
밥 먹듯 헤어지기도 하자는 거야."

"밥 먹듯 까먹는다."와 같이 밥 먹듯 무엇을 한다는, 즉 자연스럽게 빈번히 일어나는 일을 나타내는 '밥 먹듯'이라는 관용구를 떠올리며 아주 적절한 표현이라는 생각을 했다. 꼭 귓갓길에 아무 생각 없이 핸드폰을 보며 길을 걸으면 집에 도착해 있는 것 같이 아주 자연스러운 일이 떠올려질 법한. '아무 생각 없이 있어도 그것을 빈번히 한다.'라는 정의에 딱 맞아 떨어지는.

그런 의미에서 어쩌면, 사람을 만나는 것에도 '밥 먹듯'이란 꾸밈이 어울린다는 생각을 종종 한다. 꼭 사람이 사람을 밥 먹듯 만나는 것은 생물의 귀소본능처럼 당연히 이루어지는 본능에 가깝달까. 오늘도 밥 먹듯 사람을 만나고 헤어졌다. 너무나 자연스러운 일처럼. 그리고 내일도 또 그럴 것처럼.

사랑하는 것에도 이것저것 현실을 섞어 따지다 보니까 진짜 사랑 한번 못해본 사람이 되더라.

어쩌면 사랑을 하는 연습이란 건 그럴싸하게 말하는 기술이거나, 상대가 좋아하는 행동을 연습하는 것이 아니야.

'재고 따지는 것을 줄이는 연습'을 하는 것 같아.

그게 성숙한 사랑으로 가는 방법인 것 같아.

상술에 속아 주는 마음

사랑이라는 것에 조건이 있다면 '이것저것 따지지 않는 마음'이라 생각한다. 곧, 사랑은 세상에서 가장 이해타산적이지 못한 감정이어야 한다고 말이다.

그러한 것이 사랑이라면, 예전의 나는 사랑과는 좀처럼 가까워질 수 없는 사람이었다. 사랑이라는 감정에도 늘 손익 계산을 무던히 해오며 살아왔고, 그럼에 지금껏 깊은 사랑이 오갔다 자부할 수 있는 만남이 몇 없었다. 어쩌면 사랑이라는 것을 좀 더 넓혀서 연인뿐 아니라, 사람과 사람 사이의 사랑하는 마음. 즉 우정, 동료애 같은 것을 따지고 봐도 말이다. 그것은 참으로 딱한 일이었다. 진정한 사랑을 하고는 싶었지만, 늘 무언가 따지려는 이놈의 성격 때문에 영원히 그런 사랑을 할 수 없는 것일까 걱정하기도 했다.

이런 생각들은 예전에 함께했던 사람에게 성숙한 사랑의 의미를 배우기 전까지의 일이었다.

나는 어떠한 기념일을 챙기는 것에 대해 긍정적인 반응
은 아니었다. 하지만 옛 연인은 나와 반대로 기념일을 꼬
박꼬박 챙기는 세심한 사람이었다. 그렇다고 해서 내가 기
념일 자체를 병적으로 싫어하는 것은 또 아니었다. 100일
200일 300일 같은 온전히 둘 사이에 있는 기념일은 행복
한 마음으로 함께해야 한다고 생각했다. 하지만 우리와 상
관없는 발렌타인데이, 화이트데이, 빼빼로데이 등 상업적
인 상술이 끼어 있는 기념일은 굳이 챙기지 않아도 된다는
생각을 가지고 살았던 것이다. 나에게는 그런 '상업적인
기념일'에 의미를 부여하는 걸 꺼려하는 마음이 강했는데,
끽해봐야 상술일 것이었고 그런 상술에 휘둘리는 것은 멍
청한 일이란 생각 때문이었다. 굳이 억지로 끼워 맞춘 숫
자에 의미를 부여해서 소비자에게 구매욕을 일으키게끔 하
는 장사치들의 뻔한 상술 말이다.

발렌타인, 화이트, 빼빼로 이 세 가지 기념일은 전 국민
이 알고 있을 정도로 대중화되어 있는 기념일이지만, 매년
이러한 '기념일' 즉, 'OO데이'가 끊임없이 생겨나고 또 부
질없이 잊히고 있다. 얼마 전이었다. 한 직장동료는 블랙
데이, 오리데이, 체리데이 등등 많은 기념일을 꿰고 있었
고 블랙데이엔 짜장면을 먹어야 한다며 나를 중국 음식점
으로 끌고 가는 일도 있었다. 물론 짜장면은 맛있게 먹었
지만, 이런 상술에 속아 넘어가다니 하면서 속으로 한심하
게 생각했다.

우리 그날 저녁에 볼까?

어느 정도 예상했던 일이었다. 11월 11일, 그러니까 빼빼로데이가 가까워 오자 나의 연인은 그날에 데이트를 하자는 이야길 꺼냈고 나는 굳이 그날에 만나는 이유가 무엇이냐 물었다. 이런 부류의 기념일을 싫어하는 나의 성격을 알았는지, 빼빼로데이라서가 아니고 단순히 보고 싶어서 만나자는 거라고 그녀는 답했다.

우리는 그날이 되어, 서로의 바쁜 일상을 잠시 뒤로 하고 데이트 장소로 향했다. 사실 우리는 데이트 일정이 거의 주말에만 이뤄지는 주말 커플이었다. 서로 각자의 일에 열정이 있어 바쁘게 사는 상황도 한몫을 했고, 일주일에 두 번 정도 시간을 내면 족하지 않을까 하는 마음도 있었다. 그 정도가 아주 적당하고 시간적 여유가 있는 만남이라 생각되었기 때문이다.

그해의 빼빼로데이는 주말이 아니었지만, 보고 싶다는 그 사람의 말에 선뜻 그러자고 했고 우리는 일이 끝난 늦은 저녁이 돼서야 각자 사는 곳의 중간지점에서 만났다. (그때는 몰랐지만, 그 사람은 나를 보자마자 잔뜩 기대한 표정을 하며 손을 잡고 거리를 걸었다.) 나는 꽤나 오랜만에 있는 평일 퇴근 후 데이트에 만족했고, 어쩐지 초롱초롱한 그 사람의 눈빛에 기분이 좋아 발걸음이 가벼웠다. 하지만 그 사람은 얼마 지나지 않아 한숨을 푹푹 쉬며 시무룩한 모습을 연신 보였다. 딱 보아도 같이 있기 싫은 사람처럼 보였다.

계속 이렇게 시무룩할 거면 왜 보자고 한 거야?

나는 이해가 가지 않았고, 그런 그녀의 행동에 대해 언성을 높여 화를 냈다. 하지만 그런 나의 반응은 오히려 화날 사람은 가만히 있고 잘못한 사람이 화를 내는 격이었다. 솔직히 말하자면, 나도 전혀 모르고 있던 것은 아니다. 내가 빼빼로데이 같은 기념일에 대한 선물을 준비하지 않아서 그 사람은 나를 만나는 내내 시무룩해 있었던 것이다. 하지만 그것을 알고 있고도 이해가 가지 않은 탓이었다. '빼빼로데이'라서가 아니라 그냥 보고 싶어서 만나자는 말을 꺼낸 것도 그 사람이었고, 내가 이런 기념일을 챙기는 것을 싫어한다는 사실을 아는 사람이라 생각했기 때문에 나는 오히려 당당하게 화를 냈다. 이해해줄 거라는 혼자만의 생각으로. 그런 나의 뻔뻔한 반응에 그녀는 허탈하게 자리에 주저앉아 울었다. 그때 엉엉거리며 들었던 소리는 '다을 바다보으 거 하나더 못바다버구 나느'같이 정확하지 않지만, '다들 받아보는 거 하나도 못 받아보고 연애한다'는 억울함과 속상함이 들어있는 앓음이었다.

누가 보면 이해되지 않을 이야기겠지만, 나에게는 정말 사랑하는 사람이었다. 단지 빼빼로데이에 빼빼로 선물을 주지 않는다는 나의 고집 때문에, 우리를 이런 상황까지 몰아간 것이었다. 나는 그 사람이 엉엉 우는 모습이 너무 미안해서 근처 편의점에 달려가 아몬드 빼빼로를 사다 주

었고 그녀는 바로 뚝 하고 눈물을 멈추진 않았지만, 시간
이 얼마 지나지 않아 세상 행복한 얼굴로 나를 용서해 주
었다.

　이런 만남의 유통기한은 그다음 해의 2월까지였다. 우
리의 사랑은 얼마 지나지 않아 그해, 가장 추운 날 막을 내
린 것이다. 나의 계산과 오만에서 나온 서운함이 그녀의
마음에 차곡차곡 쌓여 있던 탓이었다. 별것 없는 고집에
의해 우리는 가장 친근한 사람에서 완전한 남으로 등 돌려
버린 것이다. 쉽게 잊지 못할 사람이었다. 그때 사준 천원
남짓한 빼빼로에 그 사람은 세상에서 가장 행복한 표정을
지었다. 어쩌면 그 사람보다 그 표정 하나를 잊을 수 없을
것 같았다.
　나는 그런 일을 겪은 후에도 여전히 부족한 사람이었지
만, 조금씩 발전을 거듭했다. 어쩌면 '상술에 속아 주는 마
음'이 사랑일 수도 있겠구나. 이런, 생각까지도. 상술을 뻔
히 알고 있으면서도 속아줄 수 있는 멍청함이 사랑에 있어
노련함이라고. 물론 사랑은 조금 더 복잡하고 깊은 희생이
있는 감정이다. 하지만 나에게 있어선 일단, '재고 따지는
마음'이 아닌 '다 알면서도 속아 주는 마음' 정도로 '정의
해야겠다'고 생각했다.

　그해, 추운 겨울에 이별을 겪고 난 후엔 눈이 내리는 것
을 무던히도 보며 후회했던 탓일까. 어쩌면 나의 사랑이라

는 것은 눈덩이처럼 생각되었다. 사랑은 하면 할수록, 굴러가는 눈덩이처럼 점점 살이 붙어 버린다. 이런저런 상황과 현실 그리고 고민과 같이 작은 것들이. 그래서 사랑에 조건이 참 많아진다. 제법 커졌기 때문에 예전처럼 쉽게 굴러가지 못하는 것이다. 하지만 그 눈덩이가 굴러가면서 속도가 붙고, 제법 빠르게 길을 나아가다 보면 돌부리 같은 것에 걸리면서 툭. 툭. 하고 멈춘다. 서운한 마음, 그것으로 인한 진부한 마지막, 슬픈 이별을 겪기도 하면서. 그렇게 툭. 툭. 멈추고 다시 굴러가기를 반복한다. 그러면서 오히려 눈덩이는 붙어 있던 살을 탈탈 털어놓는다. 툭 툭. 이별에 걸릴 때마다 어떠한 조건이나 상황 같은 것들이 떨어져 나간다. 그 마지막에는 가장 큰 돌부리와 나의 눈덩이가 부딪힌다. 생에 가장 아픈 이별을 겪게 되는 것이다. 그러면서 내가 가지고 있던 눈덩이는 공중분해 된다. 예컨대 '무조건'이라는 조건처럼 사랑에는 조건이 없음을 몸소 알게 되는 것이다. 옛 연인으로부터, 그보다 더 옛 연인으로부터 하나씩 알아가고 배워가고 또 그 과정에서 조건을 잃어버리면서 나의 사랑이 무거워졌다 가벼워지기를 반복한다.

어쩌면 사랑을 하는 연습이란 건 그런 것이었다. 그럴싸하게 말하는 기술이라거나 상대가 좋아하는 행동을 익히는 것이 아니었다. 단지 삶에 무던히 묻어있는 계산적인 마음을 툭. 툭 털어내는 연습. 그러한 연습이었다.

그 쉬운 행동 하나 해주지 못하고 제 고집 하나 꺾지 못해 사랑하는 사람을 잃어버렸다. 나보다 지혜롭고 잘난 사람들이 얼마나 많은데, 그 사람들도 다 알고 속아 주면서 마음을 전하려고 하는데. 나는 왜 미련하게 상술이라는 것으로 치부하며 마음 하나 달래주지 못했나. 어쩌면 이 일을 계기로 사랑을 따져가며 하는 습관을 조금씩 버리게 되었다. 눈덩이가 돌부리에 툭 툭 걸리며 부풀어버린 무게를 털어내 버리듯.

그러면서 나름대로 속아 주는 연습을 할 수 있었다. 빼빼로데이에는 작은 편지와 빼빼로를 전하는 연습. 어버이날에는 실속 없는 카네이션을 사 가는 연습. 또 생일인 친구를 조만간 만나더라도 열두 시를 기다리며 시간에 맞춰 축하 메시지를 보내는 연습. 조금은 더부룩하더라도 어머니가 차려준 식탁의 음식을 남기지 않는 연습.

그래. 어쩌면, 나이가 들수록 연습이 필요한 것이 사랑이라 생각한다. 사람의 머리는 자라나며 이해력이 늘어나고 어떤 상황에 대해 계산하는 법을 배우기 때문에. 그러기 때문에 그러한 배움을 덜어내는 연습이 필요했다. 어른의 사랑은 어릴 때에 생각했던 장황하거나 큼직한 것들이 아닌, 유치해지고 사소해지는 것이구나 오히려 미련해져야 하는 것이구나. 나는 이때까지 그것이 진정한 성숙인지 모르고 살아왔다. 그것이 정말 성숙한 사랑이라는 것을 모르며 살아왔다. 상술에 속아 주는 마음. 어쩌면 그런 미련한 마음이 성숙한 사랑의 길이었다.

너에게 줄 편지 :

어른의 사랑이 이렇게 유치해지고 사소해지는 것인 줄 몰랐어.
이런 무조건적인 마음이 정말 성숙한 사랑이라는 것도.

아몬드 빼빼로 :

사랑은 가성비를 따지면서 하는 게 아니래.
그런 의미에서 빼빼로데이 따위를 챙기는 거야말로
사랑의 증명일 수도 있겠다.

빼빼로데이가 상술뿐이라고 하더라도 그 상술에 속아주면서 마음을 전하는 것. 어쩌면 그런 계산하지 않는 유치한 마음들이 사랑의 시작 아닐까 한다. 너무 쉬운 일이었지만 어쩐지 쉬운 일이라고 느끼기까지 어려움이 있었다. 머리가 커지면서 계산적인 생각으로 삶을 살아가고 있는 탓이었다.

정말 친했던 사람끼리도 한 번의 오해 때문에
남 대하듯 돌아서는 거 보면 다 부질없는 것 같아.

부질없기보단, 당연한 일인 것 같아.

원래 오해라는 게 생겨서 한번 머릿속에 맴돌면,
아무리 지우려고 해도 지워지지 않기 마련이니까.

김밥에서 오이를 뺀다고 해도 김밥에 오이 냄새가 배어있는
것처럼. 오해란 것은 쉽게 없어지지 않는 법이지.

그런 오해가 쌓이고 쌓이니까
돌아서게 되는 것이고.

오해와 오이는
향이 남는다

어떤 관계이든 오해라는 것이 하나도 없는 무결점의 관계는 없다. 사람들은 늘 오해를 하고 그것으로 인해 속상함이라는 감정이 생기면서 결국에는 불신이라는 감정에까지 이르게 되는 것이다. 그것이 가장 믿을 만한 친구던, 피를 나눈 가족이던 상대와는 상관없이 오해라는 것이 차곡차곡 쌓여 사이가 완전히 끊어지는 경우도 허다하다. 오해. 나에게는 오해라는 단어를 생각하면 떠오르는 것이 하나 있다. 그것은 다름 아닌 '오이'였다. 오해와 오이가 소리 내어 말할 때 언뜻 비슷한 느낌을 주기 때문은 아니다. 그것과는 무관하게 오해와 오이는 서로 긴밀하게 엮여 있었다. 나에겐 오이와 관련되어 오해가 생긴 뼈아픈 사건이 있었기 때문이었다.

나에게 오이 알러지가 있다는 것을 알게 된 것은 아주 어릴 때 일이었다. 밥을 먹은 직후 식곤증이 몰려와 낮잠을 자고 일어났는데, 목구멍이 가렵고 두드러기 같은 것들이 올라온 날이 있었다. 부모님은 놀라서 나를 병원에 데

려갔다. 의사 선생님은 퉁퉁 부은 내 목을 보고 알러지일 것이라고 차분한 목소리로 말하면서, 어떤 걸 먹었는지 기억해 보라고 했고, 그날 엄마가 해주신 새로운 반찬으로는 오이소박이가 있었다.

오이 특유의 냄새를 병적으로 싫어하는 사람들과는 다르게 나는 오이의 냄새를 거리낌 없이 받아들였지만, 몸에서 오이를 받아들이지 못하는 거였다. 뭐, 오이를 유별나게 좋아하진 않았으니 살아가는데 딱히 불편함은 없었다.

엄마는 그 이후로 모든 음식에 오이를 넣지 않았다. 그덕에 나는 혹 식당에서나 급식에서 오이 들어간 음식이 나올 때마다 기가 막히게도 오이를 찾아낼 수 있었다. 나에겐 이제 쉽게 마주칠 수 없는, 익숙하지 않은 향이었기 때문이었다.

오이 사건의 전말은 중학교 때의 일이었다. 나에게 오이 알러지가 있다는 것을 전해 들은 친구들은 내가 정말 오이에 알러지가 있는 것인지 내심 궁금해했었다. 그 무리의 친구 중 한 명은 그 궁금함을 이기지 못하고 두 눈으로 확인하고 싶었는지, 장난이랍시고 상추쌈에 오이를 꽁꽁 숨겨둔 뒤 건네준 것이었다. 나는 그것을 씹어 삼키면서 오이의 향을 약간 느꼈지만, 자극적인 양념에 의해 그 향이 묻혔는지 '상추 끝부분에서 나는 채소 고유의 향' 정도로 인식하고 삼켜버렸었다. '설마 이런 장난을 쳤겠어.'라는 그 친구에 대한 믿음 또한 제법 가지고 있었다. 하지만 친구의 별생각 없는 장난 덕에 점심시간이 얼마 지나지 않아 목이 퉁퉁 부어올랐고 양호실에 가게 되었다. 그리고 양호실에선 해결할 수준이 아니었는지 병원까지 가서야 사단이 마무리될 수 있었다.

물론 지금은 아무렇지 않게 이야기할 수 있는 일이지만 그 일은 서로의 부모님 연락까지 오갔고 내게 '오이'라는 별명까지 붙어 버린, 꽤나 규모가 큰 이벤트로 남았다. 그 사실을 빼면 완벽한 학교생활이었다. 그 아이의 말에 의하면 '알러지'의 증세가 단순히 '가려움'을 유발하는 정도로 인식되었던 것 같았다. 나 또한 그 친구가 이 정도로 심각한 알러지 반응이 올지 몰랐다는 걸 알고 있었기에 용서를 해주었지만, 우리 둘은 서먹서먹한 사이가 되었다. 친한 무리 안에 속해있었지만, 유독 말을 섞기가 어려운 관계. 단둘이 남는다면 잠깐의 침묵도 불편한 사이가 된 것이었다.

그 이후로 한동안 잊고 살았던 오이에 대한 두려움이 다시금 생기게 되었다. 하지만 이 사건이 '오해'를 생각하면 '오이'를 생각나게 하는 직접적인 요인은 아니었다. 나에게 장난을 쳤던 그 친구와 나 그리고 오이로 이어진 또 다른 사건이 있었다.

사건은 소풍날 일어났다. 엄마는 평소 나를 깨우는 시간보다 일찍 일어나서 김밥을 싸주셨고 그날의 김밥 역시 '오이'가 들어가지 않았었다.

소풍의 점심시간이 되자 아이들은 서로의 도시락 통을 자랑하며 김밥 나눔을 하기 위해 바쁘게 움직였다. 하지만 나는 김밥 나눔에 쉽게 참여할 수 없었다. 나의 별명을 '오이'로 만들어 주었던 그 사건 때문인지, 아이들이 나에게 김밥을 공유하는 것을 일부러 피한다는 느낌을 강하게 받았다. 혹여나 김밥에 오이가 있으면 내가 아플 것이기 때문이었다. 몇몇 아이들은 내가 김밥을 먹으려고 하면 김밥에 오이가 있다며 손을 절레절레했다. 어쩐지 서운한 기분이 들었다. 오죽하면, 그때 아이들은 김밥을 주기 싫으면 나에게 오이가 있다고 거짓말을 했을 수도 있구나 하는 생뚱맞은 생각을 하기도 했다. 그런 나의 모습이 안타까웠는지, 이렇게 된 것이 자신의 탓이라고 생각했는지 상추쌈에 오이를 넣은 장난을 쳤던 친구가 조심스럽게 와서 자신의 김밥을 건네었다.

"괜찮으면 우리 엄마가 싼 김밥 먹어볼래? 나도 너네 집 김밥 먹어보고 싶어."

나는 오늘을 계기로 그 아이와의 서먹서먹한 관계가 어느 정도 풀리나 싶었다. 나에게 먼저 다가와 김밥을 건네는 그 친구가 고맙게 느껴졌다. 내가 그 김밥을 입에 넣기 전까진 말이다.

아니나 다를까, 그 아이가 건넨 김밥을 입에 넣었을 때 오이의 향이 강하게 나는 것이었다. 사각사각한 것이 씹히기도 하면서. 나는 반쯤 삼킨 김밥을 그 아이 앞에서 내뱉고 정색했다. 두 번째는 실수가 아닌 의도된, 그러니까 적대적인 행동이라는 생각이 들었다. 나는 굳은 얼굴로 그 아이의 도시락 통을 확인했고, 많은 김밥 가운데 하나도 빠짐없이 박혀있는 연두색 오이를 발견했다. 그 순간 화가 치밀어 올라 도시락 통을 뒤집어엎고, 목으로 넘어간 오이로 인해 알러지가 올라올까 걱정되어 물을 벌컥벌컥 마시면서 입과 목구멍을 헹구기 시작했다. 맘 깊은 곳에서부터 차오른 그 아이에 대한 고마움이 입을 헹굼과 동시에 전부 헹궈지고 뱉어졌다.

하지만 어쩐 일인지, 소풍날 오이가 들어간 김밥을 먹고도 알러지가 올라오지 않았다. 그 친구가 나에게 준 김밥엔 오이가 없던 것이었다. 친구들의 말론 김밥 안에 들어가 있는 오이를 빼내서 나에게 주었고, 그 오이 조각은 도시락 통 뚜껑에 내팽개쳐 있었다고 했다. 그리고 아삭아삭한 식감이 났던 것은 아마도 단무지가 아니었을까 싶었다. 하지만 웬일인지 김밥에는 오이의 향이 그대로 남아 있었다. 오이의 그 특유의 강한 향이 남아 있는 성질 때문이었다. 뒤늦게 그 아이의 배려를 알게 된 나는 다음날 미안한 마음이 들어 연신 사과를 했지만, 이미 우리는 오해와 오해가 섞여 버려 감정의 골이 깊어진 상태였다. 우리는 전보다 더 서먹서먹한 관계가 되었고, 고등학교에 진학하기까지 별다른 말을 섞지 않으며 인사만 주고받는 사이가 되었다. 더 이상 친구로 남지 못하는 사이가 된 것이었다.

나에게 '오해'라는 단어가 '오이'를 떠올리게 하는 이유는 이것이었다. 어쩜 단어의 소리가 비슷하게 들리는 것처럼 오해와 오이는 많은 것이 닮아 있었다. 오해라는 것은 김밥에 들어간 오이처럼 한 번 박혀 버리면 좀처럼 지울 수 없는 향을 풍겼다. 상추쌈 사건으로 박힌 그 아이에 대한 인식. 그것으로 생긴 오이에 대한 민감함. 오해라는 것은 김밥에 들어간 오이처럼 어떠한 검은 막 안에 돌돌돌 여러 상황과 함께 말려져 있었다.

사실 그 애가 김밥을 줄 때에 그 김밥에서 오이의 유무를 확인하고 먹으면 되는 일이었지만, 나에게 친절을 베푸는 사람에게 의심 가득한 행동을 보이기가 미안했다. 아주 사소한 일이지만 온전히 믿지 못함을 밖으로 표출하는 것이기 때문이었다. 그래서 김밥을 썹는 동안 나도 모르게 오이가 혹시나 있을까 온 신경을 곤두세웠다. 그것이 예전에 상추쌈 사건으로 생긴 오해라는 향이었다. 내가 그 애를 믿었다면, 그 애도 나에게 있었던 일을 감안하여 오이를 뺐다는 언질을 주었다면, 그랬다면 우리는 어쩜 지금까지도 연락하는 친밀한 사이가 될 수도 있었다.

우리는 오이로 인해 생긴 해프닝을 계기로 오해가 아닌 이해가 오가는 관계가 되었을 수도 있었다.

하지만 오해라는 것 자체가 서로에 대한 이해가 부족하기에 생기는 것 아닌가. 또 오이처럼 그만의 향이 있어, 빼낸다고 해봤자 그 향이 깊게 남아 있는 것 아니겠는가. 어떤 관계이든 오해라는 것이 하나도 없는 무결점의 관계는 없다. 나뿐만 아닌, 모든 사람은 오해라는 것에 알러지를 가지고 있다. 그러기에 서로에게 있는 오해라는 사건에 대해 예민하게 받아들이며, 그것으로 인해 상처받지 않기 위해 집중한다. '오해' 그 자체보다도 그러한 알러지를 가지고 있기에 우리는 한 번 오해가 생긴다면 서로에게 멀어지는 것 아닐까. 오해라는 단일적인 사건 때문이 아니라 그것이 일어난 후에 그것에 대해 조심하는 행동으로서 또 그것과 비슷한 상황을 예민하게 받아들임으로써 서로에게 점차 멀어지게 되는 것 아닐까.

이 계기로 나는 오해라는 것이 그리 간단한 것이 아니라는 것을 이해하게 되었다. 우리가 알고 있던 오해는 쉽게 제거할 수 있다. 김밥에서 오이를 툭 빼내듯. 하지만 그렇다고 남아 있는 향까지 없어지는 간단한 것이 아니라는 것이다. 재차 그것에 대해 의심을 품게 되고 또 집요한 집착성이 생기게 되어 우리는 알지 못할 일도, 가볍게 받아들일 일도 의심하게 되고 예민하게 받아들인다. 그것이 오해가 쌓인다는 표현에 가깝다.

이렇게 쌓이는 오해에서 조금은 멀어지는 방법이 있다면, 오해가 단순하게 제각각의 사건으로 이루어진다는 생각을 버리는 것이다. 생긴 오해라는 것이 어떠한 사건으로 한 번 생겼다면, 그 이후로부터는 사건이 아닌 순간순간의 상황도 전부 오해로 이어질 수 있음을 인지하는 것. 오해가 얽힌 상대에 대해 예민할 것 같은 부분을 잊지 않는 '세심함' 정도가 방법일 것이다.

어쩐지 이상한 일이었다. 시간이 지나면서 자연스럽게 오이에 대한 알러지가 사라졌다. 이제 오이냉국도, 오이가 들어간 냉면도 오이가 들어간 김밥도 자연스럽게 먹을 수 있게 되었다. 언제부터인지는 정확히 기억이 나지 않는다. 다만 시간이 흐르고 흘러 나도 모르게 오이를 조금씩 먹게 되면서 몸이 적응한 것일까? 아니면 내 몸의 호르몬 같은 것이 변하게 된 것일까? 받아들이기 힘들었던 오이가 나에게 별 탈 없이 소화시킬 수 있는 것이 되었다. 나의 오이 알러지는 만성이 아니었기에 다행이었다. 어쩌면 이처럼 대부분의 오해라는 것들은 시간에 의해 자연치료가 되는 것 일 수도 있다. 오이처럼, 영원히 지속될 것만 같던 오해도 언젠가부터는 쉽게 소화시킬 수 있지 않을까 하는 소망이 있다.

우리에게 오해라는 알러지가 만성으로 자리 잡는 일은 없다고 믿는다. 시간이 지나면 다, 어떤 계기를 통해 치유되는 것 일 거라고. 그럼에도 우린 언젠가 풀려버릴 신발끈 같은 것들을 꽉 쥐어 매고 등 돌려 나아가는 사람들 아니겠냐고.

누군가 나에게 오이가 들어간 음식을 건네면 아직까지도 움찔한다. 알러지는 없어졌어도 그것은 이미 트라우마로 자리 잡은 탓이었다.

오이 빠진 김밥 :

오이를 완전히 빼내도 향은 남아있기 마련이야.
꼭 한 번 시작된 오해를 쉽게 지울 수 없는 것처럼.

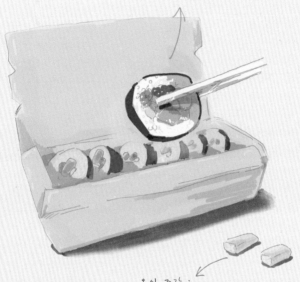

오이 조각 :

나에겐 견딜 수 없던 치명적인 것.
그 친구의 마음도 몰라주고.

"오해는 오이와 닮은 구석이 있어. 김밥에 오이를 빼도 오이
의 향이 남는 것처럼, 오해가 일어난 사건이 풀린다고 해도
그 향이 오랫동안 남게 되는 거야. 오해가 쌓인다는 것은 그
런 거야."

불필요한 사람들이 너무 많은데, 연락처 정리 좀 해볼까? 왜, 인맥 다이어트라고 있잖아.

나는 좋은 것 같아. 관계를 가볍게 줄이는 것이 가벼운 삶으로 향하는 방법이 될 수 있으니까.

하지만 조심해야 할 건 있다고 봐. 혹시나 그런 관계를 줄이는 행동이 습관처럼 된다면, 그건 관계를 기피하는 것에 지나지 않을 수 있어.

여름에 바짝 다이어트를 하는 것처럼, 기간을 두고 몇 번은 해볼 만한 가치가 있는 것 같아.

인맥 다이어트의 양면

다이어트에 관련된 명언이 하나 있다. "먹어봤자 알고 있는 그 맛이다."라는 가수 옥주현 씨의 명언이다. 하지만 그런 다이어트 자극 명언에 "내가 아는 그 맛이니까 오늘도 먹는다."는 우스꽝스러운 반론의 댓글이 있었다. 이처럼 다이어트는 서로의 다른 생각과 관점의 이야기들이 오고 가는 문화이다. 특히나 남성보단 여성의 초점에 많이 맞춰져 있고, 여름시즌이 오면 다수 여성은 '다이어트 해야 하는데'라는 말을 습관적으로 내뱉기도 한다. 뭐 그렇다고 해서 다이어트가 꼭 여성들만을 위한 문화는 아니다. 남녀 성비를 따지지 않는다면 남성들에게도 많은 관심을 받는 문화에 속한다. 젊은 층 그리고 비교적 고령의 연령대에도 적용되는, '남녀노소'라는 말이 어울릴 법한 문화인 것이다.

마치 여름철 날씨처럼 뜨거운 문화인 다이어트와 비슷한 맥락의 신흥 문화가 있다. 남녀노소 구분 없이 다수의 사람들에게 관심을 받고 있는 '인맥 다이어트'라는 것이다. 한 번쯤은 들어봤을 법한 말이다. 인맥 다이어트. 곧, 날씬한 몸매나 가벼운 몸무게를 위해 육체를 가볍게 덜어 내고자 하는 다이어트처럼 날씬한 하루와 가벼운 마음의 무게를 원하는 많은 이들의 니즈는 '인맥 다이어트', 즉 관계를 덜어낸다는 의미의 합성어를 만들어 냈다. 제법 많은 사람이 저장되어 있던 연락처 따위를 정리하며 가벼운 관계의 폭을 유지한다. 하지만 오히려 인맥 다이어트를 하며 느끼게 된 관계에 대한 소중함은 한층 더 뚜렷해질 것이고, 그 관계 하나하나가 더 밀도 있어질 것이다. 어쩌면 그러한 관계를 덜어내는 과정을 거쳤음에도 남아 있는 사람들은 정말 내 사람이라 생각할 수 있는 사람들일 것이다. 마치 다이어트 이후에 느끼게 되는 음식의 소중함처럼 그 이후에도 남아 있는 사람들이 더 소중하게 생각되는 정도로 말이다.

별다른 의미 없이 만났던 사람들에 대해 약간의 거리를 둔다. 이는 내 사람이 될 사람들에게 집중하겠다는 뜻인 동시에, 꼬이고 꼬인 관계에서 나오는 특유의 '뒷말'이나 '말의 와전'을 제거할 수 있다는 것을 뜻한다. 다이어트를 하며 한층 날씬해진 외형에서 나오는 군살 없는 몸매와 같이, 나의 관계에 있어 군살 없는 하루를 보낼 수 있게 해줄 것이다. 이러한 장점을 미루어 볼 때, 인맥 다이어트는 언젠가 한 번쯤 해볼법한 일이라는 사실이 분명하다. 이미 많은 사람들이 '인맥 다이어트'라는 합성어가 나오기 전부터 그러한 행위를 제법 행해왔을 것이지만 말이다. 리프레시라고 할까. 탁해진 우리의 삶에게 새로운 변환을 가져와 주기도 할 것이다.

하지만 주의해야 할 것이 있다. 모든 것에는 필연적으로 양면이 존재한다는 말이 있듯, 무조건 장점만 있을 수는 없을 것이다. 우리가 바라보는 밝은 달의 표면 뒤에는 우리가 보지 못한 어두운 면이 있는 것처럼 이러한 '인맥 다이어트'의 보이지 않는 곳에는 어두운 면이 존재하고 있다.

인맥 다이어트는 우리의 삶에서 언제까지고 지속할 수 없는 순간의 유행일 가능성이 많다.

생에 지속적으로 다이어트를 하는 사람들을 보며 꼭 이런 생각을 했다. 행복에 기준은 없다지만, 먹는 행복을 최소화하며 어떻게 살아갈 수 있는 걸까? 먹는 행복은 실로 삶에 있어 많은 비중을 차지할 것이다. 그러한 행복을 거부하고, 자신의 군살 없는 육체를 보며 만족을 하는 것일까? 사실은 그럴 것이다. 만족과 행복에 기준은 없다지만, 어쩌면 다이어트에 대한 행위들은 만족이라는 행복을 넘어 '강박관념'으로 번질 가능성이 크다. 습관적으로 운동을 해야만, 다이어트를 해야만 나의 자신감을 유지할 수 있을 것 같은 강박관념. 물론, 모든 '다이어터'들의 행복 자체를 부정하고자 하는 것은 아니다. 단지 이런 생각이다. 다이어트의 행복감보다 먹는 것에서 오는 행복이 안정적인 측에 속한다 정도랄까. 다이어트를 하는 행복보다 먹는 것에 대한 행복이 조금은 더 본질적인 의미의 행복을 가리키고 있지 않을까. 그것은 강박관념이나 충족 욕구를 일으키는 일이 적고, 지금 이 만족을 위해 다른 행복을 그르치는 경우가 적지 않을까?

인맥 다이어트에서도 이런 생각의 요점은 같다. 삶에서 또는 관계에서 나오는 행복을 포기할 만큼, 군살 없는 관계나 가벼운 마음에 만족과 여유를 느끼며 살아갈 순 있다. 그러나 그러한 것은 자칫 잘못되면 관계를 덜어 내야만 하는 '강박관념'으로 번질 수 있고, 주변을 갈아치우는 것이 습관적인 일로 번질 수 있는 우려가 있을 뿐이다. 우리의 삶에서 먹는 것이나 관계를 이어가는 행위에서 오는 행복함은 우리의 생각보다 꽤나 많은 비중을 차지한다. 이는 다이어트라는 일종의 덜어 내기 같은 것에서 오는 행복보다 조금 더 본질적이며 안정적이다.

너무 심한 인맥 다이어트에 대한 집착은 결국, 본인은 느끼지 못하지만 삶을 뿌리에서부터 차근차근 시들시들하게 몰아갈 수 있다. 모든 과한 것은 해가 된다. 그러한 주변인을 정리하는 행위는 인생에 있어 '습관처럼'이 아닌 몇 번 정도여야만, 진정한 가벼움의 행복이 되지 않을까?

내 나이가 스무 살이 넘기 전에 한 번쯤 완벽한 몸매를 가지고 싶다거나 이번 여름에는 비키니를 꼭 입어보고 싶다 같이 기간에 한정된 다이어트와 그에 대한 만족감 정도로 생각하면 이해가 쉽다. 인생에 있어 이 시기만큼은 관계에서 나오는 행복보단, 덜어냄으로써 나오는 가벼운 행복을 느끼고 싶은 구간 정도에 몇 번쯤 해볼법한 행위이다.

나 자신도 이런 생각을 많이 한다. SNS의 친구 목록을 보며, 주소록의 지인들 번호를 빤히 바라보며 이 중에 힘든 날에 술이나 한잔하자고 부른다면 이유도 듣지 않고 선뜻 와줄 사람이 몇이나 있을까. 만약 내가 갑작스럽게 죽는다면, 나의 장례식에 와줄 사람이 몇이나 있을까. 만약 그러한 의구심과 허탈함이 드는 때가 있다면, 한 번쯤은 인맥 다이어트에 대해 생각해 보길 권한다. 이는 곧 인맥 다이어트 그 자체의 직접적인 효과를 배제하고도, 나의 삶을 되돌아보는 충분한 계기가 될 것이고, 그러한 생각이 들었던 이유에 대한 깊은 고찰로 이어질 것이다.

결론은 이렇다. 인맥 다이어트는 다이어트처럼 인생에 몇 번쯤은 해보고 살만한 것이지, 지속적으로 이어가며 살아가진 못할 행위인 것 같다. 먹는 것에서 나오는 행복처럼, 관계에서 나오는 행복을 쭉 누리고 살았으면 좋겠다. 그러다가 문득 가벼움이 필요할 때에는 한 번쯤 시도해 보았으면 좋겠다. 넘치는 정보와 관계의 사회에서 한번쯤은 모든 SNS를 끊어 보길 권한다. 핸드폰은 잠시 내려놓고 진정한 혼자만의 여행을 떠나보기를 권한다. 한 번쯤은 연락처를 가볍게 두고 충분히 혼자만의 시간을 가지기를 권한다.

"먹어봤자 알고 있는 그 맛이다."라는 다이어트 명언에 "내가 아는 그 맛이니까 먹는다."라는 웃긴 반론이 있듯 "맺어봤자 다 알고 있는 그 맛이다."라는 말에 "내가 아는 맛이니까 이어간다."라고 반론할 것이다. 비록 가끔씩은 나의 마음을 무겁게 만들어도, 내가 알고 있는 행복이니까. 내가 지금껏 누려왔고 경험해왔으며 나를 지탱해 주었던 행복이니까. 그곳에서 받는 보통의 위로를 알기 때문에 또 맛보았기 때문에. 사람들에게서 무던히 사랑받고 살아왔고, 또 아무것도 아닌 것 같은 관계들이 모여 결국 나를 여기에 있게 만들어 주었기 때문에. 또 나를 되돌아보게 해주었기 때문에. 그렇기에 나는 이어가며 살아갈 것이다.

단지 가볍기만을 원한다면 관계를 줄이면 된다. 하지만 줄이는 것만이 정답이 아닐 수 있다는 것을 기억하자. 그것이 단순히 습관적인 덜어 내기라면, 오히려 부딪치고 그 안에서 진정한 행복을 되찾아 보는 건 어떨까.

닭가슴살 :

류가철을 앞두고 군살 없는 몸매를 만드는 것처럼
가끔 한 번씩 진짜 내 사람이 누군지 돌아볼 필요가
있는 것 같아. 건강한 삶을 유지하기 위해서랄까.

각종 채소 :

먹먹하기만 했던 내 마음을 달래주는
고마운 존재들.

"가벼운 관계를 지향하는 것은 좋아. 하지만 시즌에 맞춰 다
이어트를 하듯, 인맥다이어트는 인생에 있어 몇 번 정도면
충분한 것 같아. 우리, 조심해야 해. 관계를 줄이는 행위가 습
관이 된다면 그것은 관계를 기피하는 것에 지나지 않을 수도
있으니 말이야."

여자친구랑 또 싸웠어. 난 잘못한 것 없는 것 같은데, 아 진짜 모르겠다. 그냥 잘 안 맞는 것 같아.

글쎄다 야, 잘잘못 따지면 끝이 없지

우리는 모두가 부족한 사람이잖아. 서로 잘못을 따지는 순간, 누구는 못한 거고 누구는 잘한 게 되기만 할 뿐이야.

그것보단, 서로의 부족함을 인정하고 보완할 때 서로가 잘 맞을 수 있지 않을까? 기름진 삼겹살과 시원 쌉쌀한 소주가 찰떡궁합인 것처럼

삼겹살라 소주

"삼겹살엔 소주지"

동네 친구들끼리 다 같이 모이면 우리는 어김없이 삼겹살을 먹었고, 또 삼겹살을 먹다 보면 자연스럽게 소주를 찾게 되는 일이 많았다. 이것은 누구나 한 번쯤 들어봤을 법한 문장이었다. '삼겹살엔 소주지'

어떤 음식을 생각하면 꼭 뒤에 꼬리표처럼 붙어 따라오는 것들이 있다. 라면에는 김치. 치킨에는 맥주. 회에는 초장. 흔히들 어떤 것을 생각했을 때 그것과 짝지를 이루어 같이 떠오르는 것들. 잘 어울리는 것. 둘 중 하나가 없으면 뭔가 부족한 느낌이 드는 그런 것들. 틀림없이 그것만으로도 완성품이겠지만, 다른 한쪽이 없으면 완성품이 아닌 것 같은 느낌이 드는.

소주 몇 잔을 걸치다 보면 한 세트인 것처럼 꼭 나오는 안줏거리가 하나 더 있었는데, 다름 아닌 인간관계에 대한 한탄이었다. 가장 많이 화두에 오르는 연인 간의 관계라든지 아직까지 진정한 사랑을 찾지 못한 것에 대한 한탄 또는 직장동료들 내에서 일어나고 있는 불합리함과 심지어는 가족관계에 있는 불만까지도. 인생의 대부분이 차지하는 걱정과 고민에는 관계라는 것이 끼어 있었다. 그도 그럴 것이, 우리 모두는 관계를 맺으며 상생하는 사람들이었기에 당연한 이치였다.

우리는 서로가 드라마의 주인공이 된 것처럼 하나둘 각장 입장에서의 사연들을 나열하기 시작했고, 그 많은 이야기의 끝은 가면 갈수록 구렁텅이로 빠지기 마련이었다.

유하게 흐르는 관계가 왜 이 세상엔 없을까? 왜 잘 가다가도 삐끗삐끗 쉽게 삐어버리는 것일까? 삼겹살에 소주처럼 이 세상 모두가 인정하는 그런 관계는 찾을 수 없을까?

"삼겹살에 소주를 먹고 있는 우리 친구분들. 이 둘을 보고 배웁시다."

나서기를 좋아하는 친구 한 명은 건배의 잔을 올리며 건배사를 던졌다. 이 문구에는 참 많은 의미가 압축되어 있었지만, 결국 우리가 먹고 있는 '삼겹살과 소주'의 조합은 우리가 맺고 있는 관계와는 다르게 서로 잘 어울린다는 뜻을 품고 있었다. 그리고 그 문장은 과연 무엇 때문에 서로 잘 어울리는 것일까라는 의문으로까지 번져 이야기를 이어나가게 했다.

―"그거야.. 삼겹살은 기름지고, 소주는 알코올이니까 그

것을 분해해 주기 때문에..?"

- "이것이 공대생 감성이라는 건가?"

- "맞다! 회랑 초장도 있잖아. 회는 심심하고 초장은 짭짤하니까."

- "회랑 초장과 삼겹살에 소주는 약간 다른 것 같은데. 회 그리고 초장의 관계는 삼겹살과 쌈장의 관계 아닐까?"

- "라면이랑 김치도 있어. 근데 이 둘은 심심한 거랑 짠 것의 조합이 아닌데. 둘 다 짜잖아."

  서로가 아는 지식을 총동원한다는 것이 이런 이야기들이었다. 어느 논점이 제시되면 벌떼처럼 모여서 각자의 주장만을 펼치는 것이 참 혼란스러웠지만, 이런 우리를 보고 있자면 참으로 단순하기 그지없는 집단이구나 생각했다.

- "뭐 그런 게 중요하냐. 사람이니까, 그래서 변하니까 자꾸 문제가 생기지 않겠냐. 짠하자. 짠!"

  우리는 정말 단세포처럼 단순했다. 저 스스로 질문들을 던지고, 그러한 우리의 질문들은 또 다른 질문을 증식시키는 미련함을 발휘했다. 관계에 대하여 이야기 하다 보니 어느새 궁합이 잘 맞는 음식 이야기가 나왔고, 그렇게 의식의 흐름을 따라 각자의 집에서 먹는 독특한 방식의 음식 궁합 이야기를 꺼내는 지경까지 흘렀다. 이제 우리의 이야기는 처음의 논점으로 되돌아가기엔 너무 멀리 와 버렸다. 그 이후에도 각자의 방법이 맞다느니 이건 좀 아니다 싶은 레시피라느니 하면서 높아지는 언성과 함께 티격태격했지

만, 결국 이야기가 복잡해질 법하면 모른 척하고 다른 이
야기로 넘기는 우리들의 본성은 참 웃겼다.

  그 이후로 얼마가 지났을까. 취기가 오를 대로 오른 우
리는, 하나둘 각자의 집으로 가야 한다는 말이 오갔고, 다
음에 또 술 한잔 하자는 익숙한 약속을 하며 뿔뿔이 흩어
졌다. 나는 같은 동네에서도 같은 방향으로 가는 친구와
함께 집으로 향했다.
  이 친구랑은 집으로 가는 길에 종종 숨겨 놓았던 대화를
나누곤 했다. 나는 친구들 중에서 그나마 말수가 적은 탓
에 듣는 입장으로 있던 적이 많았다. 논란이 일어났을 때
다른 친구들의 대화를 귀 기울이며 내용의 이해와 혼자만
의 생각을 하는 것이다. 어차피 그 혼란 속에서 말을 꺼내
봤자 논란만 커질 것 같다는 이유 때문이었다.
  이 친구와는 같이 걸어가면서, 다 같이 있을 때에는 꺼
내지 않았던 말을 조용히 나누는 유독 친밀한 관계였다.
어떤 무리에서도 유독 친하고 긴밀한 그런 친구 말이다.
나는 조금 소극적인 성향이었고, 이 친구는 적극적인 성향
이라 어쩌면 상극의 성향이었지만 반대되는 성향 때문인지
우리의 대화는 서로에게 유익하거나 신박한 요소들이 쏙쏙
박혀 있었다.
  이 친구는 나를 대할 때 어떤 특징 같은 것이 있었는데,
내가 이렇게 이미 지난 이야기를 다시 꺼낼 때마다 "지금
그 말, 그때 하지 그랬냐." 따위의 말을 덧붙인다는 것이

었다. 적극적인 성향답게 역시나 성격이 급한 사람이었다. 이 친구에게 나는 답답한 사람에 속하겠지만 말이다.

"아까 삼겹살과 소주 이야기 나온 거 말야."

"응?"

"처음부터 잘못 짚었던 것 같아"

"뭐가?"

술자리에서 삼겹살과 소주와 같은 음식이 잘 어울린다는 사실에 관해 이야기하면서 예시를 나열할 때에 잘못된 논점으로 이야기가 흐르고 있다고 생각했다. 삼겹살과 소주는 왜 서로 잘 어울릴까? 라는 의문이 생겼을 때, 모든 이들이 그 둘의 '잘 어울리는 이유'에서 '차이점'이나 '공통점'을 찾으려 했다는 점이었다.

"어떠한 두 가지가 잘 어울린다는 것에는 단순히 차이점 때문이라거나 공통점이 있어서라는 그런 간단한 문제가 아닌 것 같아."

"그럼?"

"틈이 있다는 걸 인정하느냐, 하지 않느냐의 차이랄까?"

틈. 어떠한 것이 완벽하지 못해서 생겨나는 아쉬운 구멍 같은 거랄까. 아니지, 생기는 것보다는 '원래부터 그러한 구멍이 있었다'는 의미가 정확했다. 뭐 치킨이나 라면이나 회나 전부 그냥 먹어도 될 테지만 분명 틈이 있을 것이다.

느끼하거나 심심하거나 금방 질린다거나 하는 일종의 틈. 나물에도 틈이 있어서 초장으로 무침을 해, 그것을 메꾸는 것이고 가래떡에도 틈이 있어 그것을 달콤한 꿀로 메꾸어 버리는 것이다. 이렇게 세상에는 대부분 완벽하지 못하고 틈이 있는 것들로 가득 차 있었다. 그러한 이치는 사람과 사람에게서도 충분히 적용되는 것이었다.

"틈?"

"응 그래 틈. 완벽하지 못한 것이랄까. 우리는 음식을 먹는 입장에서, 그것에 틈이 있다는 걸 잘 알고 있지만, 정작 우리 개개인은 서로의 틈을 인정하지 못하고 숨기기 바쁘니까. 그러니까 음식처럼 잘 어울리는 것을 찾지 못하는 것 아닐까? 서로의 틈을 감추기만 하니까, 곁에 머물게 하지 못하는 거 아닐까?"

"그러게…. 얼핏 들었을 땐 이해가 잘 안되지만 곰곰이 생각해 보면 네 말이 맞는 거 같아. 간단히 말하자면 차이점을 논하기 전에 우리는 완벽하지 않다는 것을 인정하지 못했다는 거지? 것보단 너 또 그러네. 아까 얘기하지 그랬냐. 그럼 좀 더 조용히 술 마실 수 있었을 텐데."

친구의 마지막 말에는 어김없이 나오는 주석이 달려있었다.

맞다. 나는 이렇게 생각한다. 우리 개개인을 포함해 세상에 그 어떤 물건이라도 잘 어울리는 것이 없는 것은 없다. 색깔로만 쳐도 블랙과 골드가 잘 어울리는 것처럼 서로는 서로가 가지지 못한 것으로부터 서로를 감싸 안는 것 같다. 무채색의 검정이 반짝이는 금색과 어울리는 것처럼.

애들아 내 말이 맞는지는 모르겠다. 우리는 모두가 틈이 있고 그것을 인정 못 할 뿐이란 것을 인정하는 순간, 나는 참 모순적인 사람일 수도 있겠지. 다만 나는 그렇게 생각한다는 거야. 우리 같은 사람들도 다 틈이 있는데 저 살아 있지도 않은 삼겹살이라고 틈이 없겠냐. 기름지고 질리기도 하고 어쩌면 심심하기도 하고 말이야. 누군가 그 틈을 알아주고 또, 쟤는 그 틈을 인정하고 다른 것을 받아들이니까 잘 어울리는 것들로 짝을 이룰 수 있지 않았을까. 차이점과 공통점보단 더 깊숙한 곳에 자리 잡은 근본적인 문제를 모른 척하는 본성 때문에 관계가 어렵게 생각되는 것 아닐까 생각했다.

우리들이 가진 틈이 단세포 같은 단순함이라면, 그것을 인정함으로 인해서 우리가 이렇게 단순하게 잘 어울릴 수 있지 않았을까. 성격이 급한 이 친구만 봐도 그렇잖아. 딱 어떤 말을 할지 예상이 되는 그런 단순함. 그러니까 여러 명이 모여도 머리 아프거나 복잡하진 않은 것이겠지. 그렇게 복잡하지 않으니까 이렇게 꾸준히 만날 수 있는 것 아닐까 애들아.

우린 단순하다는 틈이 있지만, 우리가 그걸 알고 있으니까 잘 어울릴 수 있는 거겠지. 어떻게 보면 우리처럼 참 단순하다. 인간관계라는 거 말이야.

삼겹살 한 점 :
자칫 무거울 수도 있는 이야깃거리를
맛있게 해주는 소주와 금상첨화인 삼겹살!

소주 한 잔 :
최고의 안줏거리는 인간관계에 대한 한탄.

"삼겹살과 소주가 어울리는 이유는 서로의 틈을 인정하고 서슴없이 서로를 받아들이기 때문 아닐까. 어쩌면 우리는 그렇게 살아가지 못해서, 어울리는 관계를 찾기 어려운 것은 아닐까."

이유 없이 싫어하는 사람은 어떻게 대처해야 할까?
쉽게 흘리면서 무시할 수가 없어. 나를 이유 없이 싫어
한다면, 앞으로 싫어할 이유라도 만들어줘야 할까?

좋은 방법은 아닌 것 같아. 그렇게 하면 너만
이상한 사람이 될 뿐이야. 다른 사람이 보면
네가 잘 못한 것처럼 보일 테니까.

그냥 얼마 전에 너랑 비슷한 사람이랑 원수를 졌나 보다 편하
게 생각해. 나랑 비슷한 사람에 트라우마가 있나 보다 하고.

그래 뭐 누구든 트라우마는 있으니까.
그게 그나마 속 편하겠다.

이유없이 나를 싫어하는 사람

불편한 일이지만, 살아가다 보면 나를 이유 없이 싫어하는 사람들이 몇 명쯤 나오기 마련이다. 인터넷에 돌아다니는 웃긴 명언에는 '상대방이 나를 이유 없이 싫어한다면, 나를 싫어하는 이유를 만들어줘라.'라는 명언이 있을 정도로, 이해가 안 되는 행동을 일삼는 사람이 주변에 꼭 한 명쯤 나온다는 것이다. 그럴 때, 그런 사람들을 어떻게 상대해야 할까? 라는 물음에 가장 간단한 답은 '무시하면 된다.'는 말일 것이다. 인터넷의 명언처럼 굳이 싫어할 이유를 만들어 줄 필요는 없다. 오히려 증오심만 더 생기게 할 뿐이며, 이러한 사실을 모르는 제삼자가 보았을 때엔 싫어할 이유를 만들어 주려는 내가 되려 이상한 사람으로 보일 것이기 때문이다.

하지만 '무시하면 된다'는 방법은 그 대안이 뚜렷하지 않다. 사실상 이런 막무가내 식 솔루션은 그것을 안다고 하더라도, 쉽게 행해지지 않는 법이다. 우리 모두는 그냥 무시하는 것이 되지 않으니 이런 고민을 하고 있으며, 방법을 찾고 있는 것 아닌가? 그렇다면 우린 어떻게 해야 할까? '무시하는 것'과 비슷한 맥락의 방법이 있다. '트라우마가 있나 보다.'하고 이해로 넘기는 방법은 어떨까? 얼핏보면 둘 다 같은 말일 수도 있다. 하지만 무시하는 방법처럼 '심플하지만 어려운 방법'이기보단 '조금은 복잡하더라도 그나마 납득이 되는 방법'일 것이다.

나에게는 냄새만 맡아도 역한 반응이 올라오는 공포의 음식이 몇 있다.

때는 내 나이 스물이었다. 서해안에 있는 몽산포 해수욕장에 친구들과 여행을 간 적이 있었다. 그때 당시에 주머니 사정이 넉넉지 않은 대학생이었기에 나와 친구들은 펜션 따위의 숙박업소를 구하지 못했고, 집에 있는 큰 텐트를 가져와 소소한 캠핑을 하는 것으로 만족해야만 했다. 우리는 한동안 학업에 찌든 몸과 마음을 파도에 씻겨 보내기도 하고, 바닷물이 빠져 갯벌이 맨몸을 훤히 드러낼 때엔 오로지 잡는 것에만 집중할 수 있는 갯벌체험을 하며 나름의 휴식기를 즐겼다.

몽산포 해수욕장은 조개가 많이 나오기로 유명한 지역이었다. 그에 걸맞게 우리는 갯벌체험에 만반의 준비를 하였고, 바지락처럼 보이는 조개류 따위를 일사불란하게 움직여 한 바구니씩 캐내었다. 우리는 각자의 수확량을 두고 자랑을 하며 캔 조개를 한곳에 모았고 이것을 어떻게 보관해야 할까 고민을 했다. 지금 생각하면 바보 같은 짓이지만, 해양생물이니만큼 물에 담가 두면 되겠다는 단순한 생각으로 생수를 담은 큰 냄비에 넣어 놓았었다.

일정은 나름 빡빡하게 돌아갔다. 저녁에는 바비큐와 맥주를 필두로 파티를 진행하기로 했고, 푹 자고 일어나 라면과 함께 우리가 캔 조개를 넣어 해장하기 딱 좋은 라면을 먹을 생각이었다. 그때는 한창 극성수기였던 만큼, 태양 볕이 강렬한 때였고 우리가 잡은 조개는 생수 안에 하루 반나절 넘게 방치되어 있었다. 아니나 다를까, 다음 날 조개는 냄비 안에서 상해 있었지만, 아무것도 모르던 우리는 그것을 그대로 라면에 넣어 버렸다. 그때까지만 해도 뒤에 올 일은 예상조차 하지 못했기에 술로 뒤틀린 속을 달래기 위해 상한 조개를 넣은 라면을 냄비째 설거지하듯 해치웠다. 그 결과 얼마 지나지 않아 모두가 구토와 설사를 심하게 하는 바람에 여행을 접고 황급히 돌아왔던 안타까운 기억이 있다. 그 때문에 나는 그 이후부터 조개류에 대한 거부감이 상당했고, 조개의 냄새만 맡아도 고개를 휙 돌리기 이르렀다. 이상하게 그 까지는 조개를 싫어한다거나 먹지 못하는 반응이 전혀 없었는데, 그 이후로 아직까지 조개를 싫어하는 내가 있었다. 그 특유의 내장 냄새가 세상에서 가장 비릿한 냄새로 인식되어 있는 것이다.

이런 현상은 조개뿐만 다른 음식에도 적용되었다. 다름 아닌 오렌지 주스. 이 일은 굉장히 어릴 때 겪은 것이었다.

한창 고열의 감기에 걸려 배탈 증상까지 있었던 때가 있었다. 그때 무거운 몸을 이끌고 물을 마시려 냉장고 앞에 갔지만, 하필이면 집에 끓여 놓은 보릿물이 다 떨어져 있었다. 고열 덕분에 입이 바짝 말랐던 나는, 마실 것이 급하게 필요한 나머지 물을 대신해 냉장고에 있는 오렌지주스를 마셨고, 마신 후 얼마 지나지 않아 그것을 다 토해냈던 적이 있었다. 배탈 난 속에서 오렌지주스를 받아들이지 못한 것이었다. 그때의 구토는 정말이지 고통스러운 기억으로 남아 있었다. 오렌지 주스의 신맛과, 먹은 것 없어 나오는 위액의 신맛이 섞여 나왔었기 때문이었다. 참으로 알 수 없는 일이었다. 오렌지 주스와 포도주스 따위의 과일 주스류를 참 좋아했던 나지만, 그 이후로는 오렌지 주스를 마시면 꼭 위액을 통째로 삼키는 느낌이 들어 오렌지주스를 쳐다보지도 않게 되었다. 그때부터 내가 유일하게 찾지 않는 주스는 감귤주스, 오렌지주스 같은 귤과에 속하는 주스이다.

나는 이처럼 조개 그리고 오렌지 주스로부터 기피증이 있는 사람이다. 특정 음식을 잘못 먹음으로 인해서 탈이 나면, 그 특정 음식을 오랜 시간 동안 피하고 싫어하게 되는 경우가 종종 있다. 꼭 '무조건'이라고 말은 못 하지만, 삶에는 그렇게 좋지 않은 인식으로 자리 잡게 되는 것들이 몇몇 있었다. 그것으로 인해 구토를 했던 기억 때문인지 그 아픈 기억을 잊지 못하는 것인지 몸에서부터 다시는 그 음식을 먹지 못하도록 거부하는 것이다. 흔히들 '트라우마'라고 불리는 것이었다.

보통 트라우마라고 하는 것들은 떠오르는 매체만 다를 뿐, 같은 맥락으로 상당히 많은 상황에 녹아있다. 입으로부터 들어와서 몸이 거부하는 '음식에 대한 트라우마' 그리고 어떠한 상황에 대해 심히 불편해하는 '상황적 트라우마' 그리고 어떠한 부류의 사람에 대해 꺼리게 되는 '사람에 대한 트라우마' 정도. 물론 그것보다 더 많은 종류의 트라우마가 있을 것이다.

우리가 그 많은 트라우마 중 주목해야 할 것은 '사람에 대한 트라우마'이다. 내가 조개로 인해 탈이 심하게 난 이후로 조개를 받아들이지 못하는 것처럼, 오렌지 주스를 먹고 심하게 구토를 한 후부터는 오렌지 주스를 거부하는 것처럼, 깊은 감정의 골로 인하여 사람을 쉽게 받아들이지 못하는 사람이 있다. 트라우마라는 것은 입에도, 마음에도 있는 것이기에 사람이라고 하더라도 피해 갈 수 없다는 것이다.

그러니 '나를 이유 없이 싫어하는 사람'이 있다면 이렇게나마 이해하면서 비껴가는 것이 상책이다. 도저히 받아들일 수 없는 어떤 사람만의 말투, 행동, 생김새를 닮은 사람이 있다면 받아들이지 못할 수도 있겠다는 생각을 하는 것이다. 하필 그 대상이 재수 없게 나일뿐이라고.

물론, 정말 잘못된 마음에서 나온 행동이다. 단지 닮았다거나 비슷하다는 이유만으로 타인을 싫어하는 사람은 생각부터가 잘못된 사람이다. 하지만 잘못이라고 해도 조절할 수 없는 것이 사람의 본성이었다. 잘못된 것을 알면서도 싫어하고 미워하고 거부하는 것이 사람의 어쩔 수 없는 이기적인 마음이었다.

억지로 그 사람의 행동을 이해하라고 하지는 않겠다. 다만 그런 상황에 놓일 수 있다는 사람의 본성을 이해하면 그나마 넘길 수 있지 않을까? '트라우마 때문에 그러는가 보다'하고.

'누군가를 이유 없이 싫어하는 사람'들 전부 이와 같은 '사람에 대한 트라우마'를 이기지 못해 타인을 이유 없이 싫어한다고는 생각하지 않는다. 하지만 이해가 되지 않는 그들의 행동에 대해서 이렇게나마 생각해주고 넘기는 편이 현명하다는 것이다. 지난 삶을 쭉 돌이켜보면 당신에게도 이와 비슷한 경험이 있을 것이다. 나에게 큰 피해를 줬던 사람이 했던 말을 똑 닮게 하는 사람 그리고 분위기, 행동, 생김새가 비슷한 사람에게 정이 가지 않는 경험. 단지 당신은 선을 잘 지킨 사람일 뿐이다. 그것을 넘어서 상대를 싫어하는 것처럼 느끼게끔 티를 내지 않았을 뿐이지, 그 사람이 달가워 보이진 않았을 것이다.

나를 이유 없이 싫어하는 사람은 단지 그것의 조절이 참 힘든 사람일 뿐이라 생각하고 넘겨 버리자. 그런 그들과 정면으로 마주치며 싫어할 이유를 만들어 주거나 하는 맞서는 행동은 스스로를 더 힘들게 하는 방법에 지나지 않는다. 그로 인해 겪을 주변인들의 시선 또한 견디기 힘들 것일 것이다. 그것을 왜 잘못을 하지 않은 본인이 짊어져야 하는가? 어쩌면 그 사람의 행동을 이렇게나마 이해하면서, 나를 다시 한 번 뒤돌아볼 기회를 만드는 것이 나에게 백번 이롭다. "나도 누군가를 이유 없이 미워한 적이 있을까?" 정도로 뒤돌아보고 반성하는 계기를 만드는 것이다.

군이 부딪쳐서 나와 주변인들에게 튈 불똥을 만들지 말자. 나는 그것을 이해함으로, 성장해서 나에게 잘못이 없음을 보여주면 그만이다. 이렇게 넓은 마음으로 생각하여 넘어가 주는 것으로 그 사람을 회귀시킨다면 그것이야말로 당신의 진정한 승리일 것이다. 진실은 꼭 드러나게 되어있다. 언젠가 사람들은 내가 아닌 '나를 이유 없이 싫어하는 사람'을 부당하게 볼 것이고, 이러한 이해심으로 인해 나에 대한 긍정적인 반응들은 점차 늘어날 것이다.

"내가 보기엔 ○○씨 잘못 절대 아니야. 드럽지만 오늘도 잘 참았어."

조개 :

쉽게 상하는 마음

국물 맛은 어떨까?

조개를 넣고 끓인 라면 :

상한 것을 먹으면 몸에서 그걸 기억해.

그 뒤로도 쉽게 받아들일 수 있어진다는 거야.

조개에 대해 탈이 난 이후로 조개를 피하게 되는 것처럼, 특정 사람에게 탈이 난 적 있는 사람은 이후로 그런 부류의 사람에 대한 트라우마를 가지고 살아갈 수도 있다.

나를 이유 없이 싫어하는 사람이 있다면, 그렇게 생각하고 넘기자. 괜히 거기에 대고 반응을 하면 나만 이상한 사람으로 몰릴 수 있으며, 스스로의 스트레스만 늘어날 것이다.

나는 겉은 바삭하고 속은 촉촉한 사람이 좋더라.

엥 그게 무슨 말이야? 겉은 바삭하고 속은 촉촉한 거?

왜 있잖아. 처음엔 좀 딱딱해 보여도 알고 보면 부드러운 그런 사람. 나도 그런 사람이 돼볼까 해.

사회생활 하다 보니까 모두에게 나를 바꿔가면서 상대하기 참 어렵더라고. 그렇다고 신경을 안 쓰고 살 수도 없고 말이야. 일종의 컨셉이랄까?

"처음엔 어렵더라도 같이 있다 보면 참 괜찮은 사람" 정도로 나를 브랜딩하면 잘 헤쳐나갈 수 있을 것 같아.

겉은 바삭하고
속은 촉촉한 사람

　사회생활을 하다 보면 참 많은 부류의 사람들과 부딪치게 된다. 여러 물줄기의 시냇물이 각자의 흐름을 타며 바다라는 큰 공간에 모이게 되는 것처럼, 졸졸졸 흐르던 각자의 삶들이 조금 더 큰 공간인 사회라는 곳으로 모이게 된다. 그 때문에 우리는 필연적으로 '일 대 다수'를 상대하게 된다. 실로 많은 부류의 사람들을 혼자 상대하고 있다는 것이다. 그러한 과정에서 나와 친분이 두터운 사람이 생기는 반면, 나와는 영 맞지 않아 멀어지는 상대가 생기기도 한다. 시냇물이 각자의 흐름을 타며 바다에 모이게 되어 서로 융화되는 과정과는 다르게, 사람은 다른 부류의 사람과 섞이는 것을 대체적으로 꺼려하기 때문이다. 단순히 멀어지는 것만으로 끝나면 다행이겠지만, 멀어진 사람이 뒤에서 나에 대해 좋지 않은 이야기를 지어내거나 적대적인 행동을 꾸준히 보이는 경우가 많다. 서로가 N극과 S극인 것처럼 부딪치는 상황이 올 때마다 온 힘으로 서로를 밀어내는 격이다.

원래대로의 나를 꺼내어 행동하면 마음이 편하겠지만, 사회라는 곳은 그렇게 만만한 곳이 아니다. 내가 조금이라도 더 편하게 지내기 위해선 고집을 어느 정도 내려 놓으며 나의 편을 최대한 많이 두는 것이 사회라는 정글에서 살아남는 방법이다. 하지만 그렇다고 해서 모두의 입맛대로 나를 맞춰 줄 수는 없다. 나는 두 개의 눈과 두 개의 손 그리고 한 개의 마음과 한 개의 머리를 가진 한정적인 사람이기에, 여러 명의 성향을 분석하여 개개인에게 모든 것을 맞춰가기란 불가능에 가깝다는 것이다.

안타까운 사실은, 만약 내가 300명이 함께 움직이는 집단에 들어서게 되면, 1:300을 상대해야만 한다는 것이다. 물론, 나와 직접적으로 마주치는 것은 그 300명 중에 일부가 되겠지만 직접 마주치는 사람 중에 나와 반대의 성향을 가진, 즉 나와는 맞지 않은 사람이 생겨 버린다면 그 사람이 속해 있는 무리에서는 나에 대한 소문이 좋지 않게 흘러갈 테니 이는 직, 간접적으로 1:300을 상대하는 것과 같다고 볼 수 있다.

당신도 알 것이다. 큰 집단으로 들어서면 들어설수록 그 많은 사람들에게 맞춤 정장인 것처럼 모든 사이즈를 맞춰서 맘을 건네줄 수 없다는 것을. 아주 조그마한 집단인 가족이라는 공동체와 사회에 비해 작은 집단인 학교라는 울타리를 거쳐 온 당신이기에 마음으로 알 수 있을 것이다.

그렇다면 우리는 어떤 방법으로 살아가야 할까. 나도 만족하고, 그들도 만족시키면서 말이다. 이에 대한 방안으로 '겉바속촉'이라는 대안을 내놓고 싶다.

[겉바속촉]

1.겉은 바삭하고 속은 촉촉하다 의 준말이다. '치킨의 겉껍질은 바삭바삭하고 속살은 촉촉하다'는 뜻으로 많이 쓰인다.

겉바속촉은 근래에 생긴 신조어로 '겉은 바삭하고 속은 촉촉하다'는 뜻을 가지고 있다. 음식에 쓰이는 이 신조어는 내가 선호하는 식감을 표현한 단어 중 하나이다. 포털 사이트에 검색을 하면 위와 같은 설명으로 나오는데 그렇다고 해서 단순히 '치킨'에만 한정된 신조어는 아니다. 예를 들면 튀김, 쿠키와 같이 바삭함과 촉촉함의 조화를 이루어야 하는 음식과 디저트에도 널리 쓰이며 겉바속촉인 음식일수록 '정답'에 가깝게 여겨진다. 많은 식당과 업체들은 생산된 제품의 식감이 겉바속촉에 걸맞도록 많은 연구에 연구를 거듭하고 있고, 이는 많은 소비자가 먹었을 때 가장 맛있다 느껴지는 식감에 가깝기 때문이다.

이쯤에서 의문이 들 것이다. 과연 '겉바속촉'이 복잡한 사회에서 살아남을 수 있는 하나의 대안 책이 될 수 있을까?

이렇게 생각해 보면 어떨까 한다. 기업은 소비자들에게 '브랜딩'을 어떻게 할 것인가에 대한 고민을 수시로 한다. '브랜딩'이란 그 기업에 대해 소비자들이 머리에서부터 시작해 감정적으로까지 느끼게 되는 것을 말한다. 기업은 소비자들이 신뢰감, 편안함 같은 감정을 느낄 수 있도록 긍정적인 경험을 제공하기 위해 노력한다. 이러한 하나하나의 경험들은 해당 기업에 대한 소비자의 '충성도'로도 나타나기 때문이다. 기업이 심어 주고자 의도한 경험 등을 통해 소비자들은 감정을 느끼고, 그것으로 인해 그 기업에 대한 가치와 이미지를 부여한다. 흔히 말해 해당 기업에 대해 떠올려지는 일종의 상징성이라고 보면 된다. 유명 스포츠 브랜드 N사로 예로 들자면, 'just do it'이라는 메시지와 연관된 경험 등을 제공하여 소비자들로 하여금 "무엇이든 두려워하지 말고 그냥 해도 된다."라는 〈도전의 가치〉를 심어 주었다는 것 정도가 될 것이다.

'일 대 다수'라는 환경에 처해진 우리는 개개인에게 이러한 '브랜딩'의 중요성을 말하고 싶다. 다수를 상대로 제각각 맞춰 줄 수 없다면, 다수가 나에 대하여 느낄 수 있을 만한 상징성을 갖춰야 한다. 그러한 상황에 처한 우리가 다수에게 시행해야 할 브랜딩이 바로 '겉바속촉'이라는 것이다. 겉은 바삭하지만, 속은 촉촉한 사람. 풀어서, 겉으로 보면 조금은 딱딱할 것 같지만 상대해보면 마음이 부드러운 사람.

당신에게 묻겠다. 처음 볼 땐 부드러웠지만 만나면 만날수록 나에겐 딱딱해지는 사람이 끌리는가, 처음엔 다소 딱

딱하게 느껴졌지만 만나면 만날수록 나에겐 부드러워지는 사람이 끌리는가? 당신도 느껴왔다시피, 후자의 사람이 환영받는다. 물론 단기간으로만 본다면, 거리감이 생기는 타입이라고 생각할 수도 있다. 나에게 어느 정도 거리를 두는 것처럼 보이기 때문이다. 하지만 이러한 사람으로서 꾸준히 브랜딩을 한다면, 당신이 듣게 될 소리는 "쟤는 처음엔 괜찮았는데 같이 있다 보니 영 아니더라."가 아닌, "쟤는 처음엔 어려웠는데, 같이 있다 보니 참 괜찮은 사람이더라."라는 긍정적 반응에 가까워질 확률이 높다.

이유가 있다면, 사람에 대한 의외성은 곧 그 사람의 본성이나 진짜 성격 정도로 인식되고 신뢰되는 경우가 많기 때문이다. 사람은 본능적으로 '직접 겪어보니' 또는 '오래 지내다 보니'라는 생각에 의외성인 모습에 대해 신뢰감을 갖는다. "내가 직접 겪어보니 의외로 따듯한 점이 있네?", "오래 지내다 보니 의외로 부드러운 점이 있었네?" 이렇게 느껴지는 상대에 대한 의외성을 어쩌면 '그 사람의 본성' 정도로 생각한다는 것이다. 우리는 그런 의외성을 적절히 이용해야 한다. 잘 이용한다면, 조금의 선의를 베풀더라도 그 선의가 상대에겐 깊은 감동으로 받아들여질 수 있다.

겉바속촉이라고 하더라도 처음부터 무뚝뚝함이나 딱딱함 정도를 넘어선 '차가운 사람'으로까지 보일 필요는 없다. 그러한 대처는 오히려 당신에게 독이 될 것이다. 단지 속마음을 표출하지 않는 정도의, 선을 그어놓는 정도의. 가깝게 느껴지지 않을 거리감을 유지한 채로 시간이 흐른 후 조금의 따뜻함만 챙겨주더라도 당신은 '겉바속촉'이라는 브랜드를 가지게 될 것이다.

당신과 전혀 맞지 않는 사람이던, 찹쌀처럼 잘 맞아떨어지는 사람이던 누구에게나 똑같은 방식으로 초기에는 약간의 거리를 두며 시간이 지나면 따뜻함을 표출한다. 중요한 포인트가 있다면 거리를 두는 것은 언제나 같은 농도로, 따뜻함을 표출하는 것은 내 사람과 내 사람이 아닌 정도의 구분을 두어 농도 조절을 하는 것이 되겠다. 자신을 너무 쉽게 내보이지 않고, 내 사람은 확실히 챙기며 나와 다른 부류의 사람도 엄청 친하진 않더라도 뒷말이 나오지 않을 정도의 관계를 유지하는 최선의 방법이 될 것이다.

길고 긴 관계에 있어 비교적 초기의 시기에는 약간의 거리를 둔다. 이로써 내 사람과 내 사람이 아닌 사람을 구분할 충분한 시간을 가지게 된다. 어느 정도 구분된 내 사람에게는 천천히 농도 짙은 따뜻함을 건네줌으로써 둘의 관계를 충분히 발전시킨다. 또, 나와는 잘 맞지 않는 사람이라도 친절함 정도는 비춰줌으로써 나의 이미지를 제법 신뢰 있게 구축해간다. 나와 맞는 사람을 충분히 내 사람으로 두며 함께 공존해갈 수 있는 관계로 만들고, 나와 맞지 않는 사람들에게도 미움을 받지 않을 수 있다. 또한 뒤에서 나오는 나에 대한 평가까지도 어느 정도는 만족할 수 있는 방법이 될 것이다.

관계의 신조라 말하기엔 조금 우스꽝스럽게 들릴 수 있으니, '겉바속촉' 대신 우리의 신조는 '속이 더 부드러운 사람' 정도로 정의하자. '속이 더 부드러운 사람', '친해지면 의외로 따뜻한 사람' 정도. 우리가 내비쳐야 할 브랜딩이 성공하기 위해선 우리가 먼저 그것을 깊이 이해해야 하고, 그렇게 되기 위한 다짐이 필요하다. 그것은 복잡한 인간관계라는 정글에서 살아남을 수 있는 작은 씨앗이 될 것이다. 가면 갈수록 꼬이고 꼬이는 복잡한 사회에서 우리는 이제 자신을 브랜딩 해야 하는 시대를 맞이하고 있고, 이러한 변화에 발 빠르게 맞춰 행동해야 한다.

나는 음식도 사람도 겉바속촉이 좋다. 사회생활을 무던히 거치며 살아남는 나만의 방법은 이러한 겉바속촉 브랜딩이 되어 있다. 꼭 살펴보면 이러한 겉바속촉 같은 면모를 지닌 사람들은 수많은 집단에서 별 탈 없이 살아남는 사람들이었다. 다소 딱딱해 보이면서도 들여다보면 따뜻함이 묻어있는 그 의외의 매력이 참 진중하면서 신뢰가 가는 사람처럼 느껴진달까.

"처음엔 다가가기 어려웠는데, ○○씨 직접 겪어 보니 따뜻한 사람 같아요."

바삭한 쿠키의 겉부분 :
딱딱한 친구인 줄 알았더니 부드러운
구석이 있네.

촉촉한 쿠키 속 :
겉모습만 가지고 딴단하면 안 돼!

조개에 대해 탈이 난 이후로 조개를 피하게 되는 것처럼, 특정 사람에게 탈이 난 적 있는 사람은 이후로 그런 부류의 사람에 대한 트라우마를 가지고 살아갈 수도 있다.

나를 이유 없이 싫어하는 사람이 있다면, 그렇게 생각하고 넘기자. 괜히 거기에 대고 반응을 하면 나만 이상한 사람으로 몰릴 수 있으며, 스스로의 스트레스만 늘어날 것이다.

밥을 먹을 땐 입안의 음식물을 다 삼키고 말을 해야 한다는 말은, 나의 어린 시절에 늘 들어왔던 버릇에 대한 지적이었다. 좀처럼 쉽게 고쳐지지 않을 것 같던 이 버릇도 시간이 차차 흐르면서 자연스럽게 교정 되었다. 지금은 하고 싶은 말이 있다가도 아차 하고 음식물을 전부 삼킨 후에 하려 했던 말을 되새기며 건넨다. 그것은 나에게 식사 매너가 생겼다는 개념보다, 내 속을 보이는 것에 굉장히 예민해졌다는 의미가 컸다. 추태를 쉽게 보이는 것을 멀리한다는 마음 정도.

옛날에는 못난 나라도 좋아해 주는 사람이 많았지만, 요즘은 내가 못나 보인다면 바로 버려질 것 같은 불안감이 넥타이처럼 나를 꽉 하고 옥죄는 기분이랄까. 언제부턴가 아- 하고 내속을 내보이며 말을 하면 꼴 보기 싫은 사람이 된 것처럼, 누군가에게 버림받는 일이 잦았던 탓이었다.

착하다고 해서 사람들에게 기억될 순 없어. 단지, 세상에 수많은 착한 사람 중 한 명으로 잊혀지겠지.

난 착한 사람으로 잊혀지는 게 아닌 나라는 사람으로 기억되고 싶은걸.

배려하느라 꾸며낸 모습으로 살아가고 쉽게 잊혀지는 건 참 슬픈 일이라고 생각해.

이제부턴 꾸미지 않은 모습의 나로 살아갈 거야.

뭐, 그런 모습까지도 착한 사람이라면 어쩔 수 없는 나의 본성이겠지만 말이야.

옛날 통닭과 영화 코코

나에겐 남들은 알지 못하는 부끄러운 취미가 하나 있다. 어두운 방 안에서 편한 옷을 입고, 맛있는 음식과 함께 애니메이션 영화를 보는 것이다. 보통의 취미였다면 '헬스 가야 해서', '끝나고 독서모임 가야 해서' 정도로 말하며 약속을 미룰 테지만, 누군가 나에게 약속을 잡으려 할 때 오늘은 선약이 있으니 다음에 약속을 잡자는 식으로 말하며 기어코 숨길 정도로 내보이기 부끄러운 그런 취미였다.

우리 집은 지하철역에서 약 7분 정도 도림천을 따라 걸어야 하는데, 역과 집 사이 중간쯤에는 트럭을 끌고 다니며 옛날 전기구이식 통닭을 파는 아저씨가 월, 수, 금 마다 나와 있었다. 지나가다 가끔 트럭을 마주칠 때면 옛날에 먹었던 그 감질 나는 맛이 생각나 입맛을 다시곤 했지만, 하필이면 매번 현금이 없던 탓에 아쉬운 마음으로 지나쳐야 했다.

그러다 며칠 전엔 회식이 있어 술 한잔 하고 코인노래방을 간다는 계기로 뽑았던 현금이 있었고, 마침 통닭을 파는 트럭을 지나가게 되면서 이때 처음으로 통닭을 사갈 수 있는 기회가 생겼다. 집에 귀가하는 내내 검은 봉지에서 나오는 통닭의 연기는 제법 쌀쌀한 날씨와 함께 나의 주위를 맴돌았다. 전기구이 통닭은 요즘의 프렌차이즈 튀김 닭에 비해 김이 모락모락 나고, 기름 쏙 빠진 고유의 닭 냄새가 그 연기에서 진동하는 특징이 있다. 그 때문에 집에 가는 내내 나의 입안에선 군침이 맴돌았다.

오늘 이 통닭과 함께 볼 애니메이션 영화는 코코(coco)였다. 연령대가 비교적 낮은 디즈니 영화라는 특징에 맞게 어떠한 복선 같은 장치를 두지 않아 예상하기가 쉬운 편이었다. (죽은 사람은 사후세계인 저승으로 가게 되고, 저승의 세계에 사는 사람들은 이승의 사람들에게 잊혀지지 않는 한 저승에서 영원한 죽음을 맞이하지 않는다는 대략적인 세계관을 가지고 있는 영화이다.)

영화 초반부엔 음악을 갈망하는 어린 소년이 집안의 반대로 음악을 하지 못하는 스토리. 즉, 인생에 있어 하고 싶은 일에 대한 갈망을 표현했다. 그러나 곧, 영화 중반부에선 주인공이 어떠한 해프닝으로 인해 저승 세계로 가게 되면서, 영화 세계관과 주인공의 갈등이 맞물리고 '사람이 잊혀지는 것'에 대한 고찰을 풀어낸 영화이다. 영화 초반에야 별생각 없이 '결국에 주인공은 자신이 하고 싶은 음악을 하게 될 것이고 행복해지겠지.' 따위의 후반부를 예상했지만, 중반부를 넘어가고 나서야 내가 잊고 살았던 것에 대해 깊은 생각을 가지도록 만들었다.

영화 세계관에서는 이승의 사람들로부터 잊혀진 저승의 사람들은 그곳에서 '영원한 죽음'을 맞이했고, 잊혀진 그들은 그러한 사실을 슬프게 받아들였다. 어느 정도 잊혀진 사람들끼리 사는 빈민촌 같은 동네도 있었으니 잊혀진다는 것은 곧 소외됨을 의미하는구나, 생각했다.

잊혀진다는 것. 만약 끈끈했던 사람들에게 스스로가 잊혀졌다는 사실을 알게 된다면 그것은 어떠한 슬픔일까. 그것이 과연 내가 받아들일 수 있는 슬픔일까. 나는 생각했다. 이 전기구이통닭처럼 어느 정도는 잊혀지더라도 누군가 조금씩이라도 찾아준다면, 영원히 잊혀지는 것은 없지 않을까. 영원히 지워지는 마음은 없지 않을까. 나와 같은 사람들이 전기구이 통닭을 잊지 않고 찾아주는 행위가 대물림 되었기에 아직까지 기억되고 있는 것 아닐까. 어쩌면 결국, 나를 미워하더라도 싫어하더라도 또 내가 낡아지더라도 누군가 결코 잊지 않아 준다는 것만으로도 정말 행복한 삶이 되지는 않을까. 이런 생각들.

그리고 후회했다. 나의 존재를 지키기 위해 늘 착한 사람으로 살아온 나에 대해서.

살면서 단 한 번도 잊혀진다는 두려움이나 슬픔을 깊게 생각해본 적이 없었기에, 나는 단지 착하게만 살아왔다.

늘 타인에게 착하게 대하려고 했기 때문에 나의 주변엔 늘 사람들이 머물러 있었고, 그것은 어쩌면 착하게 행동하려는 나의 마음을 지불하고 얻게 되는 일종의 답례 같은 것이었다.

나는 상처받는 것을 꺼리는 사람이었다. 어쩌면 나를 향해 들려오는 '넌 착한 사람이야.' '이해심이 많은 사람이야.' 따위의 말들은 전부 나의 이기적인 행동에서부터 비롯되어 나온 평가일 것이다. 언제까지고 혼자가 되기 싫었던 나의 이기적인 마음. 상처받고 아파하는 것을 죽을 만큼 싫어했기 때문에, 또 그 관계가 끊어질 때에 내가 정말 최선을 다했는지에 대한 아쉬움이 남는 것을 죽을 만큼 싫어했기 때문에. 그렇기에 일관된 착한 태도를 유지하며 살아왔다. 하지만 기억된다는 것은 착한 것과는 무관했다. 지금까지의 나는 관계를 하루하루 이어가기 위해 감정을 지불하는 것에 그치지 않는 사람이었다.

정말 중요한 건 누군가에게 나라는 사람이 가진 색을 표출할 수 있을 것인가, 향을 표출할 수 있을 것인가 이런 것들이 아닐까. 그것으로 인해서 이 세상에 무척이나 많은 '착한 바보'로 남겨지며, 결국 잊혀지는 사람이 아닌 '아 그 사람, 이런 향을 가진 사람이었어.'라는 이야기로 기억되는 것.

영화 코코와 전기구이 통닭은 둘의 의미가 합쳐져 나의 뒤통수를 깊게 때리는 하나의 촉진제가 되었다. 영화 코코는 잊혀진다는 것에 대해 다시 한 번 생각해 보는 계기를 주었고, 전기구이 통닭은 잊혀지지 않으려면 나에게 어떤 것이 있어야 할까 되돌아보게 만들어주었다.

그동안 삶에서 이어온 착한 행동과 습관이 되어 버린 이타적인 사고방식에 대해 자동차 방향 유턴시키듯, 쉽게 틀어버릴 순 없다고 생각한다. 만약 그저 착한 사람이 아닌, 나라는 사람 그대로 행동했을 때에도 내가 착한 사람으로 여겨진다면 그것은 정말 나만의 '착한' 본성일 것이다. 곧, 수많은 착한 사람들 중에 나만의 착하다는 것은 향과 색깔이 있을 것이다. 예를 들어 '벚꽃이 예쁘다.' '눈이 예쁘게 내린다.'와는 다른 맥락의 예쁨인 '말을 예쁘게 한다.' '마음이 예쁘다.'는 말처럼.

나는 점차 나로 살기로 다짐했다. 거짓된 착한 사람이 아닌, 그만의 색과 향을 지닌 나 자체로 기억되기 위해 살기로 했다. 누군가 취미를 묻는다면 독서나 영화 감상이 아닌 집구석에 틀어박혀 맛있는 음식과 애니메이션 영화를 보는 것이 취미라고 말해도 당당하게 걸을 수 있는 나로 살기로 했다. 좋은 사람으로, 착한 사람으로 보여지는 내가 아닌 찌질하고 모난 모습의 나일지라도 그렇게 살기로 했다. 굳이 나를 위해서가 아니라도 괜찮다. 누군가에게 뚜렷한 테두리를 가진 사람으로 남기 위해서, 잊혀지지 않기 위해서. 그러니까, 나는 타인과 나의 관계를 위해서라도 나로 살 것이다. 이러한 다짐이 쉽게 행동으로 나타날 것이란 막연한 기대는 하지 않는다. 사람이란 좀처럼 바뀌기 어려운 존재임을 마음 깊이 알고 있다. 하지만 생각했다. 시작이 반이라는 말이 있지 않은가? 이러한 마음가짐을 갖게 된 순간부터 나로 살아갈 수 있는 것 아닐까. 어쩌면 이런 마음을 가짐으로써 불투명했던 나의 존재에 뚜렷한 테두리가 점차 생기는 것 아닐까.

지금부터라도 나는 그렇게 살기로 다짐을 했다. 아주 단단히 박혀 있는 삶의 습관으로부터. 그 습관을 이어온 관습적인 태도로부터. 그 태도를 벗어나지 못한 미련한 마음으로부터. 조금씩 조금씩 그러나 언젠가는 반드시 변화하기로 다짐했다.

- 취미가 뭐예요?
- 아, 집에서 편하게 애니메이션 보는 거예요. 그 유치할 것 같은 애니메이션 영화가 때론 많은 것을 느끼게 해주더라고요.

옛날 통닭 :

거짓된 미소가 아닌 나 자체로 날 거야. 이 전기구이
통닭처럼. 그나저나 참 주기적으로 찾게되는 맛이야.

"나는 나로 살기로 했다.
기억되기 위해서 잊혀지지 않기 위해서.
또 나를 위해서."

어릴 땐 내가 좋아하는 걸 남들도 좋아할
거라고 막연히 믿었어.

나는 어렸을 때도 초콜릿을 좋아했거든. 그때 키우던
강아지에게 초콜릿을 주려고 했었어.

강아지에게 초콜릿을 주면 안 된다고 하더라.
그때 엄마에게 크게 혼나면서 깨달았지.

내가 좋아하는 거라고 해서 무작정 권하면
안 된다는 사실. 모두에게는 받아들일 수 없는
마음이 있다는 사실.

누구에게나
받아들일 수 있는 마음이 있다

긴 시간을 함께 자란 강아지가 있었다. 이름은 두부. 어릴 때, 그러니까 초등학교 저학년에 속해있을 때 두부는 무지개다리를 건넜고 그날이 그해 중에서 가장 오열하며 울었던 날로 기억하고 있다. 오랜 시간 함께했지만, 두부에 대한 기억은 그렇게 세세하게 남아있진 않았다. 너무 어릴 때에 함께 했던 탓일 것이다. 하지만 세세하진 않더라도 그 생김새와 귀여운 발가락, 걸음걸이 등의 실루엣은 선명했다. 기억나는 영화 같은 장면도 있고, 머릿속에 깊이 박힌 몇 가지 에피소드도 두부와 함께 기억되었다.

두부를 처음 보내게 되었을 때에 나는 이른 나이였기에, 사랑하는 것을 어쩔 수 없이 떠나보내는 슬픈 경험으로 인한 충격이 꽤나 오래 남아있었다. 하지만 시간이 약이라던가. 두부에 대한 슬픔이나 미련 같은 것은 시간이 지나면서 절로 흐려진 상태였기에 최근에 두부가 아닌 다른 반려견을 키우기 위해 이것저것 알아봤던 기간이 있었다. 혼자 사는 것이 꽤나 외로운 탓이었다. 그 도중에 문득 이 아이도 두부처럼 어쩔 수 없이 떠나간다면 나는 어떻게 이겨내야 하지 같은 일종의 트라우마 섞인 감정이 중간중간 나를 고민하게 만들었지만 그때 당시엔 그런 고민보다 나의 외로운 감정이 우선이었다. (물론, 알아보면서 내가 반려견을 키우지 못할 상황, 경제적 여건, 이 아이가 맞이할 외로움 등을 생각해서 결국은 키우는 걸 포기했지만 말이다.)

한동안 나에게 있었던 반려견에 대한 욕구는 반려견을 키우며 하지 말아야 할 것들, 필요한 것들, 먹이지 말아야 할 것 등등을 숙지하도록 만들어주었다. 인터넷을 샅샅이 검색 중에 강아지에게 초콜릿을 주면 안 된다는, 어쩌면 이제는 너무 대중화되어서 반려견을 키우지 않더라도 알고 있을법한 기본 상식들도 많이 있었다. 그중에서 '반려견이 초콜릿을 먹었어요.' 같은 다소 위급해 보이는 내용들이 눈에 들어왔다. 이런 내용을 보고 있자니 옛날에 있었던 조금은 따끔하지만, 지금 생각하면 다행이라고 생각되는 에피소드가 하나 생각났다.

나는 단 과자를 굉장히 좋아하는 아이였다. 그중에서도 단연 초콜릿과 관련된 과자들이 나의 어린 시절을 가득 메꾸었다. 우리 엄마는 두부에 대한 이야기를 할 때에 가장 많이 꺼냈던 충고가 있었는데, 두부에게 '사람이 먹는 것'을 함부로 주지 말라는 것이었다. 정 무엇을 주고 싶을 때에는 엄마에게 꼭 허락을 맡고 줘야 한다고. 그렇게 신신 당부를 했었다.

그러던 어느 날이었다. 거실에서 TV를 보며 초콜릿을 먹고 있는데, 두부가 내 옆으로 와서 초롱초롱한 눈빛을 하는 것이었다. 나는 그때 여느 아이들처럼 엄마의 말을 귓등으로 들었던 때였고, 초롱초롱하게 바라보는 두부가 너무 귀엽게 느껴진 나머지 내가 제일 좋아하는 초콜릿의 한 조각을 떼어내서 손을 내밀었다. 두부야~ 하면서. 엄마는 내가 '두부야~' 하는 어투에 담긴 '먹을 것을 건네는' 분위기를 알아챈 것일까. 이상하리만큼 그 상황에 대한 눈치를 챘고, 허겁지겁 뛰어와서 무엇을 먹였느냐고 추궁에 가까운 질문을 던졌다. 나는 두부에게 내밀었던 초콜릿 조각을 재빠르게 뒤로 숨기면서 "뭐가?"라는 식의 제법 아무렇지 않은 듯 말을 뱉었는데, 엄마는 그런 어색한 행동을 보고 내가 허락 맡고 주라고 했느냐 안 했느냐면서 나를 심하게 꾸짖었다. 나는 금세 시무룩해졌다. 두부를 생각한 마음이었는데, 되려 혼나야 하는 이 상황이 너무 서러워서 급기야 눈물을 흘리면서까지 속상함을 호소했다.

엄마는 비록 그 자리에선 나를 심하게 꾸짖었지만, 내가 두부를 생각하는 마음을 알고 있었는지 저녁밥을 먹는 자리에선 내 머리를 쓰다듬어 주며 차분하게 말을 건넸다.

"두부는 약해서 받아들일 수 없는 것들이 있단다. 앞으로 무언가 주고 싶을 땐 꼭 엄마에게 먼저 말하렴. 약속."

'두부는 약해서 받아들일 수 없는 것들이 있다.' 그때는 어려서 몰랐지만, 이제는 어떤 의미인지 알게 되었다. 또 의미를 정확히 이해하게 되면서 아, 엄마가 말한 것에는 틀린 부분이 있었구나 하고 생각되었다.

두부에게 내가 좋아하는 것을 주었지만, 그것은 두부가 받아들이지 못하는 것 중에 하나인 초콜릿일 뿐이었다. 누구에게나 그런 것들이 있다. 선천적이든 후천적이든 간에 받아들이지 못하는 것들을 분명히 가지고 있다. 내가 정말 좋아한다고 하더라도 상대가 그것을 똑같이 좋아하리라는 법은 없다. 예로 누군가에겐 힘내라는 응원이 세상에서 가장 잔인한 주입으로 들릴 수 있고, '요즘은 어때'라는 안부가 세상에서 가장 기피하고 싶은 인사말로 들릴 수 있는 것이다.

우리가 삶을 살아가는 방식은 나 혼자만의 방식이 아닌 관계라는 것들이 세밀하게 이어져 있는 방식이기 때문에 내가 좋다고 해서 남에게도 좋을 순 없다는 것을 잊지 않고 살아가야 한다. 반대로 나는 싫다고 하지만 그것이 남도 똑같이 싫으란 법도 없다는 것까지.

초콜릿은 단지 '두부'라서 받아들일 수 없던 것뿐이었다. 엄마의 말처럼 두부가 '약해서' 받아들일 수 없는 것이 있는 게 아니었다.

생각해봤는데, 두부는 약해서 받아들일 수 없는 것들이 있는 게 아니었어 엄마. 두부도 나도 엄마도 내 친구들도 그들만의 받아들일 수 없는 것들이 있잖아. 그러니까 누군가 상처를 입는다면, 주변인의 말과 행동으로 시무룩해지고 또 그것으로 무너지는 일이 있더라도 그 사람이 약해서가 아니야. 단지, 우리 마음은 받아들일 수 있는 것과 없는 것이 각자에게 있을 뿐이야. 그치?

반려견을 키우기 위해 알아본 여러 기사와 포스팅에는 강아지가 초콜릿을 먹으면 안 되는 이유와 강아지의 체중에 비례해서 초콜릿이 허용되는 허용범위까지 세세히 나와 있었다. 물론 강아지에게 초콜릿은 무조건 좋지 않은 것이겠지만, 어느 정도 허용이 된다고는 되어있었다. 또 정확히는 초콜릿의 농도에 비례해서 강아지에게 독이 되는 것이니, 꼭 초콜릿의 중량 따위의 무게 단위로만 따져서 허용범위를 판단하면 안 된다는 말까지.

어쩜 생각했다. 누군가에게 받는 상처 같은 것들, 정말 아무렇지 않게 지나갈 수 있는 하나의 몸짓이더라도 그 마음에 깃든 농도만큼이나 상처일 수도 있겠구나. 내가 그 사람을 생각하는 그 농도만큼이나 오히려 강한 독이 될 수 있겠구나. 하고 말이다. 서로를 생각하고 사랑하는 마음의 깊이만큼이나 말이야.

나는 표현에 있어서 서투른 사람이었다. 사실 완벽한 사람은 없으니, 나뿐만 아니라 모든 사람은 어느 부분에서 표현이 서투를 것이다. 이번 생은 처음 살아보는 것이니까, 당연한 이치일 것이다. 서투르다는 것이 '우물쭈물'하거나 '표현을 쉽게 표출하지 못한다'거나 하는 '답답함'을 뜻하는 것이 아니다. 표현에 서투르다는 것은 내가 좋아하는 것을 남에게도 좋은 것으로, 내가 싫어하는 것은 남에게도 싫은 것으로 인식하는 자기중심적 사고이다. 정말이지 답답함이 없지만, 답답하게도 서투른 것이다.

나는 어릴 적에 두부에게 서툴렀다. 그리고 또 지금은 두부가 아닌 다른 누군가에게 무던히도 서투르다. 내가 좋아하는 것을 베푸는 행동, 애정하는 사람에게 건네는 다정은 사랑이 녹아있는 깊은 마음이지만, 그 방식이 너무도 서툴러서 깊은 마음일수록 상대에게 쉽게 상처를 입히고 극기야 서로가 멀어지는 상황까지 몰아가게 만들기도 했다. 그 과정을 통해 시무룩해지기도 하고 깊게는 속상함에 엉엉 우는 일이 잦았다. 하지만 괜찮다. 사람은 누구나 실수를 하며 살아간다. 이러한 사실을 배우고, 실수하는 일이 없도록 성장을 하고자 한다면 우리가 가지고 있는 고유의 서투른 표현이 서서히 교정되지 않을까.

혹여나 누군가에게 상처 입힌다고 해서, 내가 악한 것은 아니다. 내가 가장 좋아하는 것을 떼어줄 만큼 그 사람을 생각하는 마음이었으니 말이다. 또 그것으로 상처받는다고 해서 당사자가 약한 것도 아니다. 단지, 그 사람이었기에 받아들이지 못한 것뿐이었지.

어떤 사람을 만나던, 어떤 관계를 이어가던 잊지 말아야
할 것이었다. 누구나 받아들일 수 있는 마음과 받아들일
수 없는 마음이 있다는 것. 그것을 나의 기준에서 판단하
는 것은 우리를 표현에 서투른 사람으로 만든다는 것. 그
러한 실수를 무조건적으로 면할 수는 없다고 생각한다. 내
가 당사자 본인이 아니기 때문에 상대를 100% 이해할 순
없을 것이다. 하지만 이러한 과정으로 점차 옳은 표현의
기준을 배워가는 것 아닐까. 완벽하진 못하더라도 상대의
관점에서 바라보는 시선을 배우고 받아들일 수 없는 것들
을 이해하다 보면 나의 서투른 표현이 상대에게 어느 정도
받아들일 수 있을 법한 마음으로 맞춰질 수 있지 않을까.

"모두에겐 받아들이지 못하는 것들이 있다는 것.
그것을 꼭 명심하고 살아갈 것."

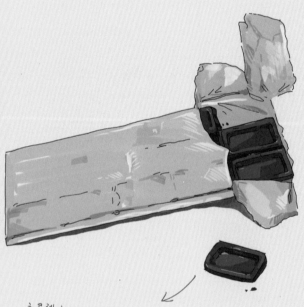

초콜렛 :

나는 좋아하지만, 누군가는 받아들일 수 없는.
내가 좋아하는 것과 타인이 좋아하는 것은
당연히 다를 수 있으니까.

강아지가 초콜릿을 받아들이지 못하는 것처럼, 모든 사람에게는 받아들이지 못하는 마음이 하나쯤 있다. 받아들이지 못한 사람이 약한 것은 아니다. 또 그렇다고 주는 사람이 악한 것도 아닌 일이었다. 단지 그 사람이라 그런 것이 있고, 서툰 마음이 있었을 뿐이지.

걔는 받아들이는 방식이 틀려먹었어. 꼭 내 말에 대해 이상하게 받아들이더라.

무슨 마음인지 이해해. 하지만 서로의 방식이 다를 뿐이지 틀린 건 없지 않을까?

서로의 받아들이는 방식을 인정하고, 각자 다른 두 방식의 중간 점을 맞춰 가야 해.

지금 먹고 있는 탕수육을 생각해봐. 부먹과 찍먹에 잘못된 방식은 없잖아. 단지 각자 먹는 방식이 다를 뿐이지.

부먹과 찍먹 그리고 깔먹

 중국음식 하면 생각나는 것에는 대표적으로 세 가지 음식이 있다. 짜장면과 짬뽕 그리고 탕수육. 이 세 가지 음식은 많은 사람들의 결정 장애를 불러일으키는 대표적인 음식에 속한다. 하지만 그렇다고 해서 이 음식들이 같은 유형으로서의 결정 장애를 유발하는 것은 아니다. 〈짜장면과 짬뽕〉 그리고 〈탕수육〉 이렇게 두 집합으로 나눠본다면 각 집합마다 결정 장애를 불러일으키는 요소에는 다소 차이가 있다.

 중국음식점에서 음식을 주문하다 보면, 짜장면과 짬뽕 두 개를 두고 여러 차례 고민하는 것은 나 자신을 포함해 다른 이들까지도 흔하게 경험하는 상황일 것이다. 짜장면을 먹는 것이 좋을까, 짬뽕을 먹는 것이 좋을까? 오늘은 기름진 음식이 먹고 싶다면, 짜장면. 속풀이로 국물 음식이 먹고 싶다면 짬뽕. 이렇게, 짜장면과 짬뽕에 대한 선택의 문제는 그 음식 자체에 대한 고민에 속한다. 단순히 어떤 음식이 더 끌리는지에 대한 선택과 고민인 것이다.

그에 반해 탕수육의 경우 사뭇 다른 선택의 고민이 있다. 음식 종류 자체의 선호도보다는 먹는 방식에 있어 호불호가 나뉜달까. 부먹, 찍먹. 이 두 개의 선택지는 한동안 인터넷에서 재미있는 논란을 몰고 온 적이 있다(물론 지금까지도 이어오고 있다). 그만큼 개개인마다 먹는 스타일이 다르다는 것을 의미한다. 어떤 이는 부먹. 즉, 튀김에 소스를 부어 먹는 것으로 소스의 새콤달달한 매력을 느끼고 튀김이 소스에 흠뻑 적셔지면서, 부드럽게 넘어가는 식감을 즐기는 방식이다. 이에 반해 찍먹. 즉, 소스를 붓지 않고 찍어 먹는 것으로 소스 자체의 새콤달달한 매력보단 탕수육 고유의 고소함과 소스에 적셔지지 않은 바삭한 튀김의 식감을 즐기는 방식이다.

설명한 것처럼 '짜장면과 짬뽕' 그리고 '탕수육'이 가지고 있는 결정 장애를 유발하는 요소에는 다소 차이가 있다. '음식 자체' 혹은 '먹는 방식' 정도로 방향성이 나뉜다고 생각하면 된다.

이러한 선택에 대한 방향성이나 선호도는 관계에 관해서도 비슷하게 스며들어 있다. 짜장면과 짬뽕에 대한 선택의 경우, 선호하는 사람 그 자체에 대한 스타일이 나뉜다고 볼 수 있다. 단편적인 예를 들자면 '달콤한 사람' 혹은 '칼칼한 사람' 정도. 다른 두 분류의 사람 중에서 조금 더 선호하는 스타일을 고민하는 것이다. 사람들은 이를 '이상형', '호감형' 등의 단어로 정의하여 자신이 선호하는 스타일의 확고함을 구축해간다. 많은 이들이 그러한 '선호하는 스타일'에 대해서 개인마다 성향이 다름을 명백히 이해하며 살아가고 있는 것이다. (물론, 자신이 처한 상황에 따라 어느 순간 선호하는 스타일이 변하는 경우도 있다.)

탕수육의 부먹/찍먹의 경우 그것을 먹는 방법의 선택에 있다. 관계로 예를 들자면 '마음을 흡수하는 방식' 정도일 것이다. 좋아하는 이상형이나 호감형과 같은 맥락으로 '마음을 흡수하는 방식'에도 각자만이 가지고 있는 선호하는 스타일이 있다. 흡수하는 방식을 예로 들면, 사랑이라는 그 새콤달달한 매력을 충분히 적셔서 마음을 흡수하는 것을 선호하는 것. 사랑에 폭 담겨져 있어서 씹는 것이 쉽고 부드럽게 넘길 수 있는 것을 좋아하는 부류가 있는 반면, 흠뻑 적셔 흡수하는 것이 아닌 담백한 맛을 즐기면서, 약간의 사랑을 찍어 바삭하게 씹히는 질감 있는 마음을 선호하는 사람이 있다는 것이다. 〈대부분의 집중을 사랑으로 맞추어 흠뻑 적셔지며 만나는 방식〉과 〈우선적으로 개인의 삶을 존중하는 담백하며 다소 딱딱해 보일 수 있는 방식〉 정도가 될 것이다.

부먹, 찍먹에 비유해 단편적인 두 가지 예를 들었지만 관계에 있어 마음을 흡수하는 스타일은 셀 수 없이 많으며 비슷한 맥락일지라도 세세하게 들어가면 확연한 차이가 있을 수 있다. 하지만 많은 이들이 이러한 먹는 방식 즉, '마음을 흡수하는 방식'에 다름은 인정하는 것을 거부하는 성향이 있다. 흡수하는 스타일이 개인마다 다르다는 것은 대부분 어느 정도 인지하지만, 인정은 하지 못하고 자신이 선호하는 방식이 옳다 생각하며 그 방식만을 강요하는 것이다.

짜장면과 짬뽕의 선택지는 자신만의 방식을 강요하는 열띤 토론을 볼 수 없다. 무조건 짜장면이지, 짬뽕이지 하면서 강요하는 의견 싸움이 거의 없다는 것이다. 이러한 차이가 개인이 가지고 있는 선호도에 따른 취향임을 정확히 이해하고 인정하기 때문이다. 하지만 부먹, 찍먹의 경우는 다르다. 인터넷에서부터 이러한 의견 차이가 분분하게 있다. 탕수육은 부어 먹어야지, 찍어 먹는 것이지 하면서 자신의 방식이 옳다는 것을 남에게 설득시키기까지 이른다.

이유는 한 가지에 있다. 짜장, 짬뽕과는 다르게 탕수육은 '함께' 먹는 것이기 때문에 이렇게 합의가 어려운 상황이 발생한다. 짜장면과 짬뽕은 1인 음식이기 때문에 나눠 먹는 경우가 드물다. 그에 반해 탕수육은 2인 이상의 음식이라는 인식이 강하며 그만큼 같이 먹는 이들의 의견이 중요하기 때문에 이러한 의견 차이가 생기는 것이다. 함께 공유하며 먹는 것이기 때문에 부먹으로 먹어야 한다느니, 찍먹으로 먹어야 한다느니 하면서 서로의 방식을 강요하기에 이르는 것이다.

개인의 이상형이나 호감형의 경우 굳이 그것을 함께 공유할 필요가 없는 것이기 때문에, 그것을 단순히 '선택'하고 그러한 취향을 확고히 내세우면 그만이다. 하지만 관계라는 2인 이상의 메뉴를 고른 당신은 '부먹'과 '찍먹'같이 서로의 취향이 나눠짐을 존중하며 나아가야 한다. 잊어선 안 되는 것이 있다면 그런 선택지에 '옳은 방법'은 없다는 것이다.

기껏해야 부먹, 찍먹 이 두 가지 방식인 탕수육의 경우 사실은 너무 간단한 선택지이다. 그럼에도 두 가지 선택지에서 의견이 분분하며 서로 강요하고 대립한다. 하물며 이러한 선택지가 다수 얽혀있는 '관계'의 경우 당연히 더 많은 논쟁이 우리의 인생 앞에 기다리고 있다. 그러기 때문에 더욱 강요해선 안 되지만, 사람들은 이런 상황에 대해 서로의 방식만을 무던히 강요하며 살아간다. 옳은 것이 없는 선택지임에도 서로의 방식이 옳다며 설득하는 것이다.

선호하는 대화방식, 받고 싶은 응원과 같이 사소한 선택지부터 마음을 낼 수 있는 여유, 받아들이는 깊이 같은 큰 맥락까지. 그래서 우리는 매일같이 서로 얼굴을 붉히며 살아간다. 서로 설득이 안 되어 서운해하며 상처받고 멀어진다. 많은 이들이 사회생활보다도 인간관계가 어렵다고 하는 것엔 이러한 이유가 있는 것이다.

그렇다면 해결할 수 있는 방법이 없는 것일까? 아니다. 아주 단순한 방법이 있다. 다름을 인정하는 것이다. 요즘은 탕수육을 먹는 방식에 새로운 것이 하나 더 생겨났다. '부먹' '찍먹'을 동시에 만족시킬 수 있는 '깔먹'이다. 탕수육을 먼저 두고 소스를 붓거나 찍어 먹는 것이 아닌, 먼저 소스를 깔아놓은 다음 그 위에 탕수육을 부어 먹는 방식으로 '부먹' '찍먹'을 동시에 만족시킬 수 있는 방법인 셈이다.

사람들은 새로운 방식인 '깔먹'에 대해 부먹, 찍먹을 고민할 필요가 없다며 기발한 아이디어에 만족한다는 웃음을 지어내는 게시글을 올리는 추세이다. 어쩌면 이 별것 없는 탕수육을 먹는 방법으로 우리는 알 수 있다. 마음을 흡수하는 방식에 있어 최선의 대안이란, 이런 것이 아닐까? 서로의 방법을 우기고 몰아가며 설득시키기보단, 그 두 가지 방법의 중간점으로 서로를 충족시킬 방법을 고민하고 대안을 찾는 것이다. 물론 자신이 추구하는 방법에 100% 만족은 못 하겠지만, 서로가 어느 정도 만족하고 수긍할 수 있는 중간점 말이다.

2인 이상이 함께하는 관계에서의 중요성은 이러한 '방식의 다름'을 인정하는 것이다. 이것은 '나는 원래 이런 사람이야.' 식으로 이해를 강요하거나, 우기자는 맥락이 아니다. 서로 마음을 흡수시키는 방식의 다름을 인정하고, 각자가 원하는 방식의 중간을 맞춰가는 것. 양보의 개념보다도, 둘을 만족시킬 수 있는 방법의 새로운 대안을 찾는 것이다. 한쪽에 치우친 양보를 지속하다 보면 언젠간 둘의 희생의 척도에 대하여 잘잘못을 따지게 되는 상황이 오기 때문이다. '깔먹'이라는 방법은 '부먹'과 '찍먹'의 방식을 인정한 덕분에 생겨나지 않았을까? 둘 중 한 가지 방식에만 치우치고 다른 방식이 잘못되었다는 생각을 가졌다면 '깔먹'은 생겨나지 않았을 것이다.

당신의 관계의 방식은 찍먹에 가까운가, 부먹에 가까운가. 그렇다면 상대의 방식은 찍먹에 가까운가, 부먹에 가까운가. 그것에서 옳고 그름을 따지고 있는 가 아닌가. 어쩌면 우리는 두 가지 선택지에 대해 옳고 그름을 따질 것이 아니다. 깔먹이라는 새로운 방식을 위해선 각자의 방식이 옳다며 끈질기게 설득하는 과정보다, 가벼운 마음으로 다름을 인정하고 우리만의 방식을 개척해 가는 과정이 필요하지 않을까?

당신은 부어 먹고, 나는 찍어 먹으니 이 두 개를 함께 할 수 있는 방법을 함께 찾아볼까? 이렇게 하면 어떨까? 탕수육을 먼저 두는 것이 아니라, 소스를 먼저 깔아 보는 거야.

탕수육 :

부어 먹는 사람과 찍어 먹는 사람. 누구도 틀리지 않
았어. 그저 선호하는 방식이 다를 뿐이지. 이 두 개를
함께 찾 수 있는 방법은 없을까?

새콤달콤 탕수육 소스 :

탕수육을 먹다 보면 상대가 나를 얼마나 존중하는지
알게 돼. 그저 본인의 방식을 밀어붙이는 게 아니라
한 번씩 서로의 의견을 물어보잖아.

탕수육을 먹는 방식의 선호도가 '부먹' '찍먹' 이렇게 나누어
져 있는 것처럼, 마음을 흡수시키는 것 또한 사람마다 선호
하는 방식이 다르다. 잊지 말아야 하는 것은 다르다는 것을
인정해야 한다는 것. 그로부터 우리는 새로운 방식을 찾을
수 있다. 예로 들면 탕수육의 '깔먹' 정도랄까.

예전에는 말하지 않아도 내 마음을 알아주던
그 사람이

이젠 내가 어떤 말을 해도 내 마음을 알아주지 못한
다고 느꼈을 때, 나는 기어코 이별을 결심했지.

슬픈 일이었어. 여전히 사랑하는 사람을 내가
먼저 끊어내야 하는 상황이.

식은 짬뽕이 짜게 느껴지는 것처럼, 식은 사랑을
벌컥 마셔버려야 했던 너무 짠 내 나는 이별이었지.

음식은 식으면
짜게 느껴진다

그 사람과 헤어진 후, 한동안은 몸을 가누지 못할 정도
의 슬픔이 몰려왔다. 나는 슬픔에 기대어 밤을 지새우는
날이 많았고 밤낮이 바뀌면서 나의 단단했던 일상은 바싹
마른 모래처럼 쉽게 으스러져 버렸다. 그 누가 보아도 온
기 하나 느껴지지 않는 우리의 사랑에, 짠내나는 이별을
해야만 했던 것이었다. 이별의 화두는 내가 먼저 던졌다.
예전에는 말을 꺼내지 않아도 내 마음을 알아주던 사람이,
이제는 내가 몇 번을 이야기해도 내 마음을 알아주지 못하
는 일이 너무 잦아지는 것을 원인으로 이 관계가 곧 막을
내릴 것을 알고 있었다. 내 서운함에 대해 얘기를 하게 되
면 나는 또 그 사람을 옥죄는 사람으로 몰렸고, 그 덕에 나
는 서운함을 차곡차곡 쌓아 놓게 되었다. 결국 그 서운함
이 목 끝까지 차오르면서, 더 이상 만남을 이어가지 못할
처지로 나를 몰아세운 것이었다.

여전히 사랑하는 사람을 먼저 끊어내야 하는 상황은 나에겐 너무 짠내나는 이별이었다.

나는 그 이후로부터 한참이나 울렁거리는 속을 움켜쥐며 살아야 했다. 그것이 '울렁거리는 마음을 움켜쥐며 살았다.' 같은 시적인 표현을 띠는 말은 아니었다. 정말 말 그대로 나는 속을 움켜쥐면서 살았다. 슬픈 마음을 이겨보고자 술에 허우적거리며 보낸 나의 하루 끝은 중력을 무시한 것처럼 안에서부터 뒤죽박죽인 속을 경험하게 해주었다. 나는 그럴 때마다 뜨겁고 칼칼한 국물 음식을 찾았다. 슬픔에 잠식하는 일은 생각보다 많은 에너지를 소모시키는 일이었다. 국물이 땡기지만, 국물만으론 배가 차지 않기에 두 가지를 동시에 만족시켜줄 수 있는 짬뽕을 시켜 먹는 날이 잦았다.

그날도 여느 날과 다르지 않았다. 중국집에서 주문한 짬뽕 국물을 한 사발 들이키고 나서야 아침이구나, 하고 알아챌 만큼 정신없는 울렁거림으로 맞이한 하루였다. 나는 국물을 몇 모금 들이키곤 멍하니 앉아 '이러고 살아도 되는 걸까' 같은, 이별의 후폭풍으로부터 벗어나고자 하는 다짐 섞인 한탄을 했다. 그러면서 "그 사람은 아무렇지 않게 잘 살고 있겠지" "어쩌면 나에게 했던 행동이나 말들을 누군가에게 그대로 하면서 사랑을 하고 있을 거야." 따위의 그 사람의 안부를 되새기는 일을 부질없이 반복했다. 좀처럼 정리가 어려운 이중적인 마음이 오갔다.

국물 몇 모금 들이켠 짬뽕은 긴 다짐과 생각을 하는 동안 그대로 방치되어 있었다. 짬뽕의 면은 어느새 내 눈처럼 퉁퉁 불어버린 추태를 부리고 있었다. 얘는 참 나랑 닮았다. 다시 입을 가져다 댄 짬뽕은 이미 식어있었고, 그 때문인지 뜨거울 때에 먹었던 것보다 짠맛이 강하게 느껴졌다. 요리를 할 때마다 들었던 엄마의 잔소리가 문득 생각났다. 국물 음식의 간을 볼 땐 약간 싱겁다 할 정도로 간을 해야 한다던 엄마의 잔소리. 그래야 식었을 때에도 짠맛이 강하지 않은 적정한 간의 국물이 완성되는 것이라고. 모든 음식은 식었을 때 짜게 느껴진다는 것을 알고 있으라고 그랬었다.

어쩌면 이 모든 상황이 엄마의 잔소리와 같은 이치였다. 우리의 관계는 싱겁다 할 부분이 전혀 없었다. 나에겐 아주 적정한 간이었고, 매일매일 입맛을 다시며 나는 그 사람을 맛보고 싶어 안달이 났던 내가 있었다. 하지만 여느 음식처럼 마음 또한 언젠가 식어버리기 마련이다. 둘 사이에 따뜻함이 식었을 때에, 아무런 준비가 되지 않았던 나는 짠내가 깊이 느껴지는 이별을 양동이째 들이마셔야 했다. 뜨거울 때 적정했던 마음의 간은, 식었을 때에 짠맛이 강한 마음으로 변해 버렸다.

왜 사랑과 음식은 식으면서 짜게 느껴지는 걸까 생각했다. 뜨거우면 입맛을 정확히 느끼기 어려운 것일까. 아니라면 과학적으로 어떤 현상이 있어서 그렇게 느껴지는 것일까. 예로 들면 안에 풀어져 있던 짠맛이 응고돼서 덩어리가 된다거나 하는 현상 말이다. 그 정확한 근거는 알지 못하지만 뜨거우면 얼른 삼켜버리게 돼서 라던가 뜨거운 탓에 입맛을 제대로 느끼지 못하는 것이라는 생각이 들었다. 어찌 되었던 사랑도 마음도 음식도 다 같은 맥락이었다. 갓 조리를 마친 찌개처럼 뜨겁고 온기 가득한 날엔 몰랐다. 이렇게 짠내나는 이별이 될 줄이야. 뜨뜻하고 적당한 간이 배어있던 만남은 서로의 마음을 충족시키며 살아갈 수 있도록 해주었다. 그때는 그것이 하루를 버틸 수 있는 온기가 되어 주었다. 나를 감싸 안아 주는 적정한 온도와 간이었다.

오늘은 아침부터 시켰던, 이제는 다 식어버린 짬뽕의 면을 먹다 중간에 끊어내고 버렸다. 따뜻하지도 않고 짜기만 한 것이 그 사람과 나의 관계를 대변하듯 온전히 비워내지 못했고, 나는 속을 달래지 못한 채 다시 발라당 누워버렸다. 언젠가 엄마의 잔소리처럼, 뜨거울 때 싱겁다 할 정도의 간이었어야 식었을 때 짜서 물을 벌컥벌컥 마시는 일이 없었을 것이다. 사람도 관계도 전부 싱겁게 만나야 내가 상처를 덜 받는 마지막을 만들 수 있다는 사실. 술을 벌컥벌컥 마신 다음 날, 식은 짬뽕으로부터 다시 새기게 되었다.

나는 우리가 식어버린 것을 온몸으로 체감했고, 스스로 끊어냈다. 그것처럼 어려운 것이 어디 있다고, 당신은 끊어내려는 나의 손을 붙잡지 않았는지에 대한 원망스러움에 오늘 밤은 또 술을 벌컥벌컥 마실 것만 같았다. 늘 모르고 지냈던 새로운 원망과 새로운 미움이 나의 침대 위에 날을 세운 채 박혀 있다. 그런 것들은, 생각을 포기하고 발라당 누워버릴 때마다 나를 콕 하고 찔러댔다.

이렇게 강한 입맛의 만남은 다신 하지 않아야지. 나를 위해서라도 꼭 그렇게 해야지 다짐했다. 조금은 편하게 생각하자는 부질없는 조절을 하면서. 내가 예상하지 못한 탓이라고, 내가 다 그렇게 만들었다고. 차라리 당신을 원망하기보다 나를 원망하면서 살아내는 하루가 더 편했다. 당신과 나를 동시에 원망하는 이중적인 마음이었다. 다시는 스스로 끊어버리는 일 없이 사랑하고 싶다. 앞으로 나의 삶에 있어 이렇게 짠 이별을 스스로가 목구멍에 부어버리는 일은 절대 없어야 한다고.

식은 음식과 이별에 차이가 있다면 식은 음식은 먹는 것을 포기할 수 있지만, 이별은 그만 삼킬 수가 없다는 것이었다. 그것을 끝까지 비워내지 못한다면 앞으로 다신 누군가를 만날 수 없을 것 같은 막연한 두려움 때문이랄까.

500mL 생수 :

사랑이 짜게 느껴질 때는
시원한 생수를 마시고 속을 달래줄 것.

식어버린 짬뽕 :

뜨거울 땐 미처 몰랐지.
이렇게 짠내나는 이별을 하게 될 줄은.

"음식도 마음도 식으면 짜게 느껴진 다는 사실. 앞으로 사람
도 싱겁다 느껴질 정도로 만나야 아픔이 덜하겠구나. 하지만
그런 조절이 내 마음대로 될까? 문득 자신감이 없다."

예전엔 안정적인 삶을 위해 사랑을 찾아다니곤 했어.

그런 사랑을 겪고 실패를 하면서 느낀 것이 있어.

사랑이란 것은 삶을 안정적이게 하는 것이 아니고, 사랑을 한다고 해도 삶은 늘 불안정하고 흔들리기 마련이라는 것.

하지만 진정한 사랑은 그런 나의 삶이라도 제법 버틸 만하게 만들어 주는 느낌이 들게 해주곤 해.

여전히 흔들리는 불안정한 나의 하루를 좋아해 줄 만한 내가 되게끔 이끌어 준달까.

사랑과 교정기

어쩌면 우리의 삶은 각자의 흐름대로 쭉 자라나는 치아와 같았다. 어릴 때에는 꽤나 많은 성향이나 신념이 시시각각 바뀌는 것이, 꼭 발치 되고 다시 자라는 탈피의 과정을 겪는 것과 같았다. 그런 일련의 아픈 성장기를 무던히 겪고 나면, 다시는 빠지지 않는 어떠한 삶의 맥락이 영구치처럼 꽉 하고 자리 잡는다. 가볍게는 버릇이라던가 깊게는 신념 같은 것들이. 하지만 그러한 것들은 나에게 꽤나 엉성하고 가지런하지 못한 정도의 삶이었다.

그래, 나의 삶은 가지런하지 못했다. 이것의 뜻은 고르지 못한 치아처럼 나란하지 못한 삶을 안고 살아간다는 것을 뜻했다. 나의 감정 기복은 영상과 영하의 기온을 하루에 수십 번 오갔고, 영 앞뒤가 맞지 않는 마음들이 치근처럼 깊숙이 뿌리내려 있었다. 가벼운 예로 들자면 술자리의 분위기는 좋아하는데 술은 좋아하지 않는다 정도의 뒤죽박죽인 성향 정도. 다소 무거운 예로는 시간을 거듭할수록 혼자가 되는 것을 두려워하지만, 새로운 만남은 자꾸 손을 저어내며 멀리하게 되는 그러한 정도의 엉망진창인 성향.

언젠가부터 이런 가지런하지 못한 삶에 교정이 필요하겠구나 생각했었다. 그것은 나의 성향들을 앞뒤 딱딱 맞는 가지런함이 보이도록 바꿔 치우겠다는 의미보단, 이렇게 뒤죽박죽 꼬여있는 나의 삶을 하나의 줄 같은 것으로 안전하게 속박시켜 버리고 싶다는 의미였다. 어쩐지 그렇게라도 한다면 나의 못난 구석이 혼자 툭 튀어나와 '나 여기 있소' 하면서 추태 부리는 것을 막을 수 있을 것만 같다는 막연한 기대 정도로. 감정 기복 없는 하루를 원했고 외로운 것을 두려워하지 않는 삶을 원했고 새로운 만남을 꺼리지 않는 삶 같은 것을 원했다. 하나라도 툭 튀어나와 내가 모난 사람처럼 보이는 것이 아닌 한 가닥을 묶인 것 같이 아주 가지런한 사람의 삶처럼 안정권을 되찾고 싶은 마음이었다.

하지만 그런 것을 스스로 해낼 용기가 없던 나는, 사랑이라는 안정제를 찾아다녔다. 나의 누렇고 가지런하지 못한 치아에 교정기를 매달 듯 나의 삶에 사랑을 줄줄이 이어 붙여서 그것을 안정권으로 교정하고자 했었다.

내가 제일 좋아하는 음식은 카레이다. 돈가스를 먹어도 카레가 얹어진 돈가스를 고집했고 도시락을 먹는다 해도 OOO카레 도시락을 찾는 카레 마니아에 속했다. 누가 보면 카레 집착증이라도 있냐는 듯이 특별한 날에는 전통 인도식 카레를 먹는 낙으로 특별한 기념일을 기다리는 일도 적잖게 있었다.

실제 나의 삶과 비슷하게 나의 치아 또한 고르지 못했다. 덧니도 툭 튀어나와 있었고. 이런 고르지 못한 치아 덕에 이를 훤히 내비치며 자신감 있게 웃는 날이 없었다. 이런 나의 콤플렉스를 없애보고자 취업을 한 후 일주년이 되었던 해엔, 치아 교정을 다짐했다. 스스로가 스스로에게 주는 선물이라 생각하며 모은 돈을 탈탈 털어서 비싼 금액에 대해 나름 용기 있게 결제를 했었다. 어쩐지 이런 중대한 일을 저지르고 나면, 언젠간 나의 치아가 가지런하게 교정될 것이라 믿었고, 자신 있는 웃음을 보일 수 있다는 생각에 무던히도 들뜨면서 말이다.

하지만 그런 들뜬 마음도 얼마 지속되지는 못했다. 치아 교정기를 달고 다니면서 '스스로에게 주는 선물'이라 생각했던 것도 잠시, 나 자신에게 스스로가 지옥을 선물했구나 하고 우스꽝스런 후회를 시작했다. 교정기를 다는 순간 익숙지 않은 불편함과 함께 찔끔찔끔 신경 쓰이는 통증이 있다는 것을 뒤늦게 알게 되었다. 몸이 어디 한구석이라도 불편하면 어떤 일도 잡히지 않고 잠도 편하게 들지 못하는 나의 예민한 성격은 몸에 안경을 포함한 반지 따위의 악세서리를 꺼리는 수수한 사람으로 만들었고, 그런 나의 몸 중에 유일하게 치장되어 있는 것은 반짝이는 메탈의 치아 교정기가 되었다. 나에게 가장 오래 달고 다닌 악세서리인 것치고 정말 별로인 악세서리였다.

교정기는 그러한 불편함 말고도 나의 삶에 있어 다른 결의 불편함을 가지고 왔다. 교정기를 하고 카레를 먹는다면, 카레 작은 입자들이 교정기에 끼는 사태가 벌어져 나는 카레를 더 이상 먹을 수 없게 된 것이었다. 고기 같은 것을 먹는다 해도 먹은 후에 이쑤시개로 연신 치아와 교정기의 주위를 쑤셔대는 전투를 벌여야만 했다. 어쩐지 이런 세상을 앞으로 2년은 더 인내해야 한다는 가혹한 사실에 문득 자신이 없어졌다. 결국, 얼마 지나지 않아 교정을 중도 포기했고, 애지중지 모았던 돈만 버린 셈이 되었다. 그 돈으로 맘 편하게 카레나 더 먹을걸. 내 생에 가장 후회하는 일 중에 하나로 자리 잡은 해프닝이 되었다.

나는 미련한 사람이었다. 그런 교정에 실패한 사례를 겪고도 하나를 알면 둘은 모르는 사람처럼, 나의 삶에 많은 부분을 교정하고자 하는 욕구를 주체하지 못했다. 치아교정을 다짐했을 때에 '맘 놓고 웃어보고 싶다' 정도와 '가지런해지고 싶다.' 정도의 욕구는 나의 삶에도 연신 묻어 있었다. 예컨대 사랑. 이른 봄날에 한강에서 돗자리 하나를 깔고 사랑하는 사람과 하하 호호 웃는 달콤한 상상이라거나, 나의 삶이 어느 정도 결속되어서 꽉 하고 안정화 되어있는 그런 상상. 나는 그런 것들 때문에 늘 충동적인 사랑을 찾아다녔었다. 치아교정을 결심하고 당당하게 치과에 들르듯, 그때마다 충동적인 사랑의 시작과 그것으로부터 익숙지 않은 불편함을 느끼는 것을 반복했다.

사랑하는 일은 교정기를 끼는 것보다 더한 불편함을 동반했다. 교정기를 낀 이빨처럼 가장 별 볼 일 없는 치장을 했으나 나는 그러한 불편한 치장을 매번 꺼리게 되었다. 혼자가 아닌 둘이라는 기간은 예민함과 불편함의 끝이었다. 그것은 혼자일 땐 모르지만 꼭 둘이 되면 느껴지는 묘한 심리였다. 혼자일 때에는 둘이 되면서 불편해지는 생활이 꿀 떨어지는 것처럼 달콤하다는 상상을 하게 되지만 꼭 '우리'라는 수식어가 붙게 되면 그런 것들이 답답해져서 새장 밖을 도망치려는 새처럼 허덕이기를 반복했던 것이다.

'함께'라는 것은 곧 나의 행복을 어느 정도 포기해야 하는 것을 뜻했다. 카레를 좋아했던 내가, 카레 입자가 끼어서 걸리적거리게 하는 교정기 때문에 한동안 카레를 포기한 것처럼, 사랑이라는 교정기는 늘 나에게 무언가로부터의 행복을 포기하게끔 요구했다. 그것도 그나마 남아있는 최소한의 작은 입자만큼의 행복까지도 하나, 둘 사라지게끔 말이다.

한참을 방황했었다. 사랑이라는 교정이 필요한 나의 삶 안에서, 그런 교정으로부터 느낀 불편함과, 결국 불행으로 마무리되는 날이 선 기억들은 사랑이 결국 '부정적인 본성'을 가지고 있구나 생각하게 만들었다. 그렇게나 예민한 사람이, 삐뚤빼뚤한 사람이 아무런 준비도 없이 사랑으로 속박되길 원했으니 결과는 뻔한 것이지만 그때의 나는 사랑에 무지했다. 교정하는 행위는 사랑이 아니다. 그것은 나를 묶어 버리고 가둬 버리는 미련한 행위에 지나지 않았다. 나의 삶을 타인으로부터 결속시켜 버릴 생각 자체가 이미 행복을 포기하는 길이었다. 어느 날은 결속됨이란 것에 깊은 고뇌를 했다. 어쩐지 결속됨을 그토록 원했던 내게 그러한 고뇌는 지금까지의 미련함에 대한 진실을 알아 가는 과정이었다. 결속은 '묶고 싶어서 묶이는 것'이 아닌 '서로 어떠한 상황이나 신념으로 묶이게 되는 것'이라는 정의가 정확했다.

사랑과 교정 그리고 결속과 안정감. 나는 이 네 가지 단어에서 늘 혼돈을 하며 살아왔고 그 의미도 정확히 모른 채로 충동적으로 행하기를 반복했었다. 제 앞날도 모른 채 불에 뛰어드는 불나방의 미련한 행위처럼.

삐뚤빼뚤한 치아를 교정기로 교정하듯, 사랑이라는 교정기로 어지러운 삶을 꽉 결속시키고 싶었던 내가 어리석었음을 이젠 알게 되었다. 사랑으론 감히 나의 삶을 가지런하게 만들 수 없는 것이었다. 사랑은 나란하지 않은 나의 삶이라도, 제법 좋아해 줄 수 있는 자신이 되게끔 만들어 주는 감정이라고 생각한다. 안정제랄까. 어느 정도 이런 생각의 전환과 발전을 꾀할 수 있다는 것에 대해 지금은 그래도 안정된 삶을 살아가고 있구나 하면서 요즘은 무던히 느낀다. 지금 나의 옆에는 나를 단단하게 묶어주는 사람과 함께하고 있다. 더 이상 교정이란 표현을 쓰긴 싫지만, 지금 이러한 어느 정도의 삶의 안정권에 도달하기 위해 교정을 원했다거나 하는 마음은 절대 없었다. 그런 마음이 아니었으니 이렇게 단단하게 묶인다 해도 불편함이 없었다. 서로의 행복을 존중하면서 흔들리지 않는 안정제를 맞는 그런 기분이었다.

곁에 있으면 왠지 모르게 웃음이 나와서 추태스러운 치아를 드러내며 웃어도 나의 웃음을 좋아해 주는 사람이 옆에 있다. 나의 웃음을 좋아해 주는 그 사람 덕에 나도 나의 웃음을 좋아하게 되었다. 이런 나의 삶이 정말 교정되어서, 가지런한 것은 아니었다. 아직도 나의 삶의 온도차는 영하와 영상을 오고 간다. 또 뒤죽박죽인 성향과 신념도 가지런하지 못한 삶에 한몫 돈독히 차지하고 있다.

하지만 그러한 하루 끝에 카레를 함께 먹을 수 있는 당신이 있었다. 왠지 천방지축이었던 나의 삶에, 엉망진창이었던 나의 하루에, 듬성듬성 구멍 나있던 나의 마음에 당신이라는 물컹거리는 액체를 부어버리는 것 같았다. 교정의 과정은 사라졌지만 대신 당신으로부터 나의 어긋남을 메꾸는 그런 느낌이랄까. 서로가 무던히도 어긋나 있게 자라버려서 겹치면 딱 들어맞는 느낌. 어쩐지 이런 삶에는 결속이란 단어가 어울리지 않았다. 그보다는 채움이랄까. 뭐, 정의해보자면 이제 나에게 진정한 안정과 사랑은 그런 종류가 되어 있었다.

돈이 꽤나 모이면 치아 교정을 다시 해볼 참이다. 나에
겐 카레보다 좋은 당신이 있으니까 가능할 것만 같았다.
나의 웃음을 좋아해 주는 당신에게 주는 작은 선물이랄까.

카레돈카츠 :

내가 제일 좋아하는 카레에
돈까스까지 같이 먹어주는 네가 있어서 더 좋아.

"교정기를 끼면서 내가 좋아하는 카레를 먹지 못하게 되었
던 것처럼, 사랑이란 교정기는 나의 삶에 있어 여러 가지 행
복을 포기하도록 만들었다. 아니, 정확히는 내가 그런 의미의
사랑 만을 찾아다닌 것이었구나."

내 성격은 소심한 거 같아. 걱정이야.

음. 내 생각과는 달라. 난 네가 세심하다고 생각해왔거든.

너도 너의 성격을 소심하다기보단 세심하다고 생각해 보면 어떨까? 무조건 단점만 있는 성격은 어디에도 없어.

어쩌면 네가 생각하는 너의 소심한 성격도, 세심하다는 장점이 될 수 있다는 자신감을 가졌으면 좋겠어.

모든 성격에는
단점만 있지 않다

모든 고유의 성격에는 장단점이 함께 녹아내려 있다. 어떤 성격이라도 그 밀도가 장점에만 몰려있거나 단점에만 몰려있는 것은 없다. 상황에 따라 그것이 장점으로 나타날 수 있고 단점으로 나타날 수 있는 것이다. 그리고 우리의 생활에 그러한 성격이 발휘되는 상황 자체의 빈도가 높거나 낮거나 할 뿐이다.

예를 들어 집착성이 강한 성격이라면, 그것은 한 가지 사건을 끝까지 해결해낸다는 장점이 있겠지만, 그것을 해결할 때까지 다른 많은 것들을 놓칠 수 있다는 단점이 있다. 이러한 성격들은 언제나 양날이 세워져 있어 장점이 될 수도 단점이 될 수도 있다. 자신이 어떠한 상황에 처했는지를 이해하고, 장점이 발휘될 수 있게끔 조율해간다면 단점보단 장점이 돋보이는 성격이 될 것이다. 이는 관계에서도 눈에 띄게 적용된다.

친구 A는 나에게 고민을 털어놓는다. "내 성격은 너무 소심해." 본인의 소심하다는 성격 때문인지 아무것도 아닌 일을 크게 받아들이고 걱정을 하는 것에 대한 고민을 달고 살아왔다고. 또 그런 성격이 사회에서 떼어낼 수 없는 새로운 사람들과의 관계에서 단점으로 발휘된다는 것에 대한 고민을 털어놓는다. 그로 인해 혼자만 덩그러니 떨어져서 잘 어울리지 못하는 경우가 생기고, 그런 경우가 쌓일수록 스스로의 자신감이 사라진다고 했다. 나는 그 친구에게 말했다.

"소심한 것보단 세심하다고 생각하는 건 어때?"

소심, 세심. 앞 글자 하나의 차이지만 그 차이는 실로 대단하다.

"너의 성격은 세심해. 그래서 어떠한 상황에 대해 누구보다 유하게 풀어갈 수 있지."

"너의 성격은 세심해. 그래서 남의 심정을 잘 헤아릴 수 있지."

상황은 매번 다를 것이다. 소심한 성격이 정말 단점으로만 발휘되는 상황이 있을 것이고, 그러한 성격이 장점으로 발휘되는 상황이 있을 것이다. 하지만 사람은 늘 단점이되는 상황에 다가가야 자신의 성격을 알기 시작한다. 그러기 때문에 자신의 단점만을 인식하게 되는 것이다.

소심과 세심의 차이는 간단하다. 그 친구가 소심한 성격임에도 세심함으로 인지하고 자신감을 갖는 것에서부터 차이가 나온다. "나는 소심해."라는 생각으로 그 상황에 대해 자신감을 잃어버리면, 나는 그 상황에 적절한 사람으로 변할 수 없다. 하지만 "나는 세심해."라는 생각을 갖는다면, 소심과는 어느 정도 맞지 않는 상황이라도 특유의 세심함으로 그러한 상황을 나름대로 잘 풀어갈 자신감을 가질 수 있다. 물론, 소심함과 맞지 않는 상황에는 '소심하지 않은 성격'이 가장 적합하다. 하지만 사람의 성향은 한순간 변하기 쉽지 않다. 그러기에 어쩌면 소심한 나의 성향을 그 상황과 가장 적합할 수 있도록 '세심함'이라는 성향으로 약간의 방향을 트는 것이다. 자신감이 있다면 이는 충분히 가능한 일이다.

포도주에 관련된 이야기로 풀어 보겠다. 그리스 로마신화에 나오는 술의 신 '디오니소스'와 관련된 신화가 있다. 포도를 가득 담아둔 바구니를 실수로 밟은 그는 밟혀서 짓눌린 포도를 먹지 못할 것을 알고 구석에 두었다. 그러나 시간이 지나 밟힌 포도가 발효하여 포도주라는 술이 된 것을 발견했고, 이를 세상에 알려 사람들에게 사랑받는 술로 만든다. 어쩌면 신화라는 허구의 이야기겠지만, 포도주는 이러한 '먹지 못하게 된 포도'의 단점을 습도나 시간 효모 같은 요소로 인해 장점으로 변화하여 내세운 것이다.

또 우리가 쉽게 만날 수 있는 누룽지도 이와 같은 사례이다. 사람들은 태운 밥에서 그 고유의 고소한 맛을 찾아

냈고, 적정히 물에 불려 누룽지라는 음식을 만들어 내었다. 누룽지를 발견하고 먼 시간이 지난 지금, 이제는 일부러 밥을 태우는 지경이 되었을 정도로 그 레시피는 널리 알려졌다. 어쩌면 누룽지가 하나의 음식으로서 인정받기까지는 수많은 사람들의 실패와 적절한 요리법을 거쳤겠지만, 결국 탄 밥이라는, 어쩌면 영원히 단점으로 남을 수도 있던 것이 적절한 상황을 더해 장점이 되도록 만든 것이다.

이 두 가지 사례에서 알 수 있는 것은 어떤 음식의 발견이라는 관점보다 '단점'을 '장점'으로 바꾸는 생각의 전환이다. 밟힌 포도는 짓눌려 먹을 수 없지만, 시간의 흐름이라는 상황을 맞이하여 포도주가 되었다. 태운 누룽지는 잘 씹혀야 한다는 쌀 고유의 성격에서 벗어나버린 탄 음식이지만, 물에 불리면 맛있게 먹을 수 있다는 상황을 더해 누구나 쉽게 즐길 수 있는 고소한 음식이 되었다. 이러한 생각의 전환은 꼭 음식뿐만 아니라 당신의 성격에도 충분히 적용할 수 있다. 저 보잘것없는 음식도 가능한 일을 당신이 하지 못할 일이 없다.

모든 성격이 그렇다. 장점만 있을 수는 없을 것이다. 곧 그 말은, 단점만 있을 수도 없다는 것이다. 여기서 놓치지 말아야 할 것은 장점도 단점도 어떤 상황에 맞게 변화할 수 있다는 것이다. 그러한 상황을 이해하고 포도주의 '시간', 누룽지의 '물'처럼 상황과 요소가 더해진다면 당신이 단점이라고 알고 있는 그 성격도, 그것만이 가지고 있는 장점으로 나타날 수 있다.

그렇다고 해서 즉각적인 변화는 바라지 말자. 그것은 불가능에 가까울 것이다. 당신이 십몇 년, 길게는 몇십 년을 안고 살아온 성격일 것이고 또 그 성격에 대해 단점만을 바라보고 살아왔을 것이다. 우리는 가지고 있는 고유의 성격이 즉각 장점으로 전환될 수 있다는 변화를 기대하기보다, 먼저 작은 생각의 전환이 필요하다. 소심한 성격이라고 해서 바로 소심함을 세심함으로 변화시킨다거나 하는 기대보다도, 세심함으로 변화할 수 있다는 자신감을 갖는 것이 우선이다. 이는 단점만이 눈에 띄던 성격을, 장점이 빛나도록 변화시켜줄 핵심 요소를 찾을 눈을 갖는 것과 같다. 무조건적인 단점이 없다는 것을 알고, 나의 단점을 장점으로 나타낼 수 있다는 그 자신감. 단점을 단점으로만 바라보고 자책하는 것이 아닌, 이러한 단점이라도 장점으로 나타나게 할 만한 요소가 무엇일까 찾게 되는 것. 그것이 핵심이다.

작은 생각의 전환 하나로부터 모든 적절한 관계는 시작된다. 당신의 성격이 상황에 있어, 관계에 있어 모나거나 부족한 성격이 아니다. 그 성격의 주인이 그 성격에 대해 그런 어두운 면만을 바라보았을 뿐이다.

"네 성격이 소심하긴 하지. 근데, 내가 느낄 땐 세심한 것에 조금 더 가까워 보여."

늘어붙은 누룽지 :
늘어붙은 밥과 누룽지. 어느 쪽으로 생각하느냐에 따라
단점이 될 수도, 장점이 될 수도 있어.'

처음 누룽지를 발견한 사람은 엄청 긍정적인 사람이었
을 거야. 늘어붙은 밥이라는 편견을 버린걸 테니까.

단점뿐이었던 다 타버린 밥에 물을 부어 고소한 누룽지가 되도록 장점을 이끌어내듯, 단점만 보이는 나의 성격이더라도 그것을 장점으로 이끌어내는 어떤 요소가 있을 것이다. 그것을 찾는 것은 우리 스스로의 몫이다. 잊지 말아야 할 것이 있다면, 자신감을 가져야 그것을 찾을 수 있다는 것. 이런 나의 단점의 성격이라도 언제나 장점으로 변할 수 있다는 자신감 하나로부터 모든 것이 이루어진다는 것.

음식과 영화를 동시에 좋아하는 나로선, 그 두 분류에 대해 이해가 안 가는 점이 어느 순간 생겨 있었다. 음식과 영화 둘 다 공통적으로 평점이 따라붙는다는 것이다. 뭐 하긴 사람에도 소고기인 것 마냥 등급이 찍혀 나오는 시대에 무엇을 더 바라겠나.

개인의 입맛과 취향이 있으니 평점을 매기는 것은 당연하다지만, 이해가 가지 않는 것은 그 잣대에 휘둘리고 있는 불안한 나의 모습이었다. 그런 평점들을 볼 때마다 내 입맛과 취향이 흔들린다. 아주 얇은 팔랑귀처럼 부들부들. 그러다가도 별점이 낮은 식당에 가서 맛있는 식사를 하거나 평점이 낮은 영화를 재미있게 보게 되면 나는 다시 나의 곧은 입맛과 취향을 되찾는다. 이제 나를 억지로 되찾아야 하는 시대가 온 것인가 하는 쓸쓸함과 안도감이 동시에 밀려온다. 두 감정 사이에서 또 나를 어디서 찾아야 하지 하면서 방황한다.

홍어를 먹을 수 있는 비위

　오랜 기억으로는 우리 집의 친가는 충남 보령 쪽에 있었고, 설이나 추석 같은 대명절엔 일 년에 한번 꼭 친가 집에 들렀다. 친가에 들려서 아버지는 웃어른들과 삭힌 홍어를 자주 드셨는데, 저녁 시간만 되면 온 거실에 홍어 냄새가 지독하게 풍겼던 탓에, 냄새가 침투하지 못하는 2층 다락방으로 또래 친척들과 피신을 했다. 비릿하면서도 코를 자극하는 암모니아 냄새는 그야말로 고역이었다. 하지만 다락방에 숨는다 해도 그 냄새를 완전히 피하는 것은 불가능했다. 친가 집의 2층 다락방은 꽤 넓은 평수에 비해 화장실이 따로 있지는 않았기 때문에 거실로 내려가서 볼일을 봐야 하는 이유 때문이었다. 우린 화장실에 가면서 거실의 홍어 냄새 때문에 코를 막고 후다닥 뛰어갔고, 문틀에 걸려 넘어지기도 하면서 깔깔거렸던 기억이 있다.

　우리는 모이기만 하면 다락방에서 이런저런 이야기를 하며 그것이 질릴 때에는 역할을 정해 재미있는 게임을 했다. 우리 중에 장난기 가득했던 한 동생은 어른들이 먹고 있는 삭힌 홍어가 도대체 어떤 맛인지 궁금하지 않으냐며 궁금증을 유발했고, 여론은 너도나도 이 궁금증을 풀기 위해 대표를 뽑아 맛보자는 쪽으로 흘렀다. 그러나 우리 중에 그 역한 냄새를 풍기는 홍어를 선뜻 먹을 수 있는 용기를 가진 아이가 없었기에 결국 가위바위보 게임을 통해 홍어 먹기 챌린지의 대표자를 결정했고, 운이 나빴던 벌칙자는 멈칫멈칫하며 어른들이 반주를 하고 있는 상 자리에 가서 홍어를 먹어보고 싶다고 말했다. 코를 막으며 다가와 먹어 보겠다 하는 그 반응이 웃겼는지, 어른들은 아이를 놀리면서 홍어를 건네주었다. 혹시나 했는데 역시나였다. 그 애는 용기 내서 홍어를 입에 넣었지만, 넣자마자 연신 콜록콜록 거리며 뱉어내기 바빴다. 나는 그 장면을 보고 저런 것을 굳이 돈 주고 사 먹는 어른들을 이해하기 어려웠다.

어느 날은 밤 7시쯤이었다. 내 방에 이불 안까지 새어 들어오는 익숙하지만 별로 반갑지 않은 친가 집 거실 냄새에 방문을 살짝 열어, 무슨 일인지 확인했다. 아니나 다를까 우리 아버지는 회사 동료 중에 같은 동네에 살았던 후배를 집으로 초대해 한잔 기울이고 있었고, 상위에 올라간 안주는 삭힌 홍어였다. 나는 역한 냄새 때문에 나갈지 말지 한참을 고민하다, 코를 막고 방문을 열어 아버지의 동료에게 인사를 드렸다. 내가 처음 보는 그 아저씨는 '많이 컸네'라는 말과 함께 나에게 악수를 청했다. 술에 취하셨는지 나의 손을 잡으며 또 언제 이렇게 커버렸냐고 했고, 나는 아저씨의 입에서 나는 술과 홍어가 섞인 찌릿한 냄새에 얼굴을 잔뜩 찡그렸다. 나는 대체 언제 만났는지 기억에도 없는 아저씨가, 나를 안다면서 반갑게 인사를 건네었을 때에 영문을 모르고 홍어 냄새에만 집중했던 것이다. 아저씨는 그런 나를 보며, 너도 아빠 나이 정도가 되면 홍어를 먹을 거라고 하면서 아이에게 홍어 교육을 시켜야겠다며 웃으며 말했고, 아빠와 아저씨는 연신 나의 표정을 보며 뭐가 그렇게 웃긴지 하하 호호 웃음을 터뜨렸다.

사실은 그동안 궁금했었다. 이해하지 못하는 것에 대한 인간의 본능이랄까. 얼핏 보면 약간 누리끼리한 회처럼 보이기도 하고, 내가 어릴 적부터 가장 좋아하는 음식을 꼽으라면 피자나 햄버거가 아닌 회였기 때문에, 갑자기 근거 없는 자신감이 생겼다. 나는 아저씨에게 조심스럽게 "저도 한번 먹어 볼래요!"라고 말했다. 아저씨는 새침한 표정으로 "어른들만 먹을 수 있는 건데~"따위의 말을 꺼내며 홍어 중에 가장 작은 한 점을 건네주었다. 이번에도 예상했겠지만, 넣은 지 얼마 지나지 않아 입 밖으로 '우웩'하고 뱉어버렸다. 그런 당연한 나의 반응이 너무 웃겼는지 아빠와 아저씨는 뒤이어 하하 호호가 아닌 깔깔깔 웃고 있었고 나는 바로 화장실로 달려가 입을 헹구면서 연거푸 헛구역질을 반복했던 기억이 있다.

시간이 흘러 취준생의 고비를 넘기고, 취직을 해선 어엿한 직장인이 되었다. 그런 나에게 신입 생활의 첫 위기는 얼마 지나지 않아 도래했다. 입사한지 얼마 지나지도 않아 회사의 회식이 있었고, 나는 신입이라는 이유로 부장님에게 붙잡혀 2차 3차까지 반강제적으로 따라다니게 되었다. 분위기로 봐선, 내가 여기서 뺀다면 앞으로의 회사생활이 무던히도 힘들겠구나 생각이 들어 정신을 바짝 붙들고 부장님 뒤를 졸졸 따라다녔다. 우리는 골목에 있는 허름한 '전' 가게로 들어갔고, 부장님은 옆 테이블에서 먹는 삭힌 홍어가 먹고 싶었는지 나에게 "자네 홍어 먹을 줄 아는가?"라고 물어봤고 나는 거짓말을 했다. "네. 어릴 적에 아버지 덕에 맛을 보았습니다."

그렇게 총 4명이 있던 우리의 테이블엔 모두가 즐기지만, 나만 즐기지 못하는 홍어삼합이 안주로 테이블 위에 놓이게 되었다. 그 이후를 기점으로 우리 회사에 몇 안 되는 홍어를 먹을 수 있는 사람으로 낙인찍혀 부장님과의 술자리가 잦아졌다. 그날은 된통 취한 날로 기억하는데, 역한 홍어를 집어먹고 입을 헹구느라 소주를 들이부었던 탓이었다. 어쩜 이 일을 계기로 나의 회사생활은 보통의 신입사원이라 칭하기엔 편해졌지만, 오히려 퇴근 후 술자리가 고역이 된 셈이었다. 이것은 뒤늦게 안 사실이지만, 다들 신입 때에 그 전 집을 한 번씩 거쳤고 부장은 전을 시킬 것처럼 하더니 결국 홍어를 시켰다고 했다. 부장은 곰같이 우람한 체격에, 은근 여우 같은 사람이었다.

우리 아빠가 홍어를 먹는 것을 처음 본 날이 내가 초등학교 다닐 때에 친가 집에서니까, 그때쯤 아빠의 나이가 30대 후반이었을 것이다. 지금 나이의 나와도 십 년 정도 차이 나는 나이. 신입 때의 나 그리고 신입사원에서 벗어나 1년 차가 훌쩍 지난 나의 입맛은 사뭇 달라져 있었다. 최근 얼마 전까지도 고역이었던 안주 '삭힌 홍어'는 부장님을 따라 네댓 번 보쌈처럼 싸먹으니 은근 먹어줄 만한 안주로 느껴졌고, 어느새 홍어에 대한 부담감이 많이 사라지면서 맛이 꽤 괜찮다는 생각도 들었다.

그러다 보니 자연스레 자주 보지 못하는 울 아버지가 생각났다. 아빠가 그 나이 되어서야 홍어를 즐겨 먹을 수 있던 이유에 대해 지금은 좀 알 수 있을 것 같았다. 어쩌면 나와 비슷한 시기부터 사회생활을 겪어 나갔고, 그러면서 누군가의 비위를 맞추게 되는 날이 늘었던 것 아닐까 라는. 그러면서 아빠의 비위는 한계를 넘어 역한 홍어를 먹어도 괜찮을 정도로, 거기서 나아가 홍어가 기호음식이 될 정도로 발전한 것은 아닐까. 우리 아빠도, 그때에 나에게 많이 컸다며 미소 지어 주던 그 아저씨도 그리고 이어서 나까지도 전부 그렇게 된 것 아닐까 하는 생각. 문득 아빠가 홍어를 씹을 때 생기는 입가의 주름이 늘어났다는 사실을 떠올리며 나는 울컥, 했다.

어느새 나도 부사수가 생길 만큼의 어엿한 선배가 되었다. 부사수는 나에게 뜬금없이 물었다. 선배는 어떻게 회사에서 이쁨 받는 사람이 되었느냐고. 나는 가장 먼저 홍어를 먹는 비위를 키워보라는 조언 아닌 조언을 해주었다 (웃음). 뭐, 농담 반 진담 반이었으니 그렇게 진지하게 받아들이진 않았으면 했다. 직접 겪으면서 헤쳐 나가는 것이 좋을 것 같다는 의미이니까.

누구에게 선뜻 이야기하지 못할 웃긴 사실이었다. 나의 첫 사회생활을 다름 아닌 홍어 덕에 어느 정도 적응할 수 있었다는 사실. 나의 기준이지만, 어느새 상사의 이쁨을 받는 사람으로 후배의 존경을 받는 사람으로 성장했다. 그보다 홍어 냄새만 맡아도 사람 앞에서 얼굴을 찌푸리던 꼬마는 어느새 커서 그것을 입에 넣어도 웃을 수 있는 어른이 되었다. 부장도 누군가에겐 욕을 먹고 미움을 받는 사람이지만 술자리를 하면서 이야기를 나눠보니, 그것을 스스로가 알고 있더라. 그래도 이 홍어처럼 계속 마주치고 겪어보니 속을 훑어주는 그런 사람이었다.(물론 여전히 부장이 싫긴 하지만 말이다.)

무튼, 어쩌면 사회와 관계라는 것은 그렇지 않을까 한다. 언젠가는 마주치기 싫고 손을 절레절레했던 것일지라도 언젠가 어떤 상황을 만나 적응하면서 시간이 지나게 되면 되려, 찾게 되는 것 아닐까. 삭힌 홍어처럼 말이다. 우리 아빠도 그렇게 살아왔겠지. 부장도 자신의 부장에게 그렇게 홍어를 배우고 사람을 알아갔겠지. 다들 그렇게 부딪치고 구역질하고 또 손을 절레절레하며 살아왔고 앞으로도 기필코 그렇게 살아가리라는 것.

언젠가, 아직까지도 좀처럼 적응하기 어려운 이 관계의 찌릿함과 비릿함을 느끼기 위해 다시 뛰어들어가고 싶을 수도 있다는 느낌과 확신 아닌 확신이 생겼다. 그렇게 생각하려는 것을 보면 어쩌면 나도 이러한 관계에서 나오는 비위에 대해 조금은 여유가 생겼나 보다. 홍어를 먹을 때에 코를 막지 않고 삼킬 수 있는 입맛의 담력은 덤으로.

"이모 여기 홍어삼합 한 접시 주세요."

삶은 돼지고기와 김치 :

참 잘 어울리는 익숙함이야. 이것들은 그저 홍어의 비위를
맞추기 위해 존재하는 것들일까?

홍어회 :

계속 마주치고 겪어보니 괜찮더라. 익숙해짐이랄까?

모두가 나름대로 비위를 맞춰가며 살아간다. 그러면서 점차 점차 마음에 담력이 생기곤 한다. 뭐 예전에는 손을 저어내며 걸러냈던 사람도 이젠 어느 정도 눈 꼭 감고 받아줄 수 있는 만큼의 담력이랄까. 비위가 좀 강해진다는 느낌을 받는다. 살아내면 살아 낼수록.

아, 우리 엄만 맨날 잔소리만 하고
귀찮아 죽겠어 정말.

얘는 말 버릇 봐. 있을 때 잘하란 말이 있잖아.

살아보니까, 꼭 필요할 때 없는 것들이 생기더라.
있을 때 잘하란 말이 무슨 말인지 알 것 같아.

사람이 소모품은 아니지만 있을 때 잘해. 필요할
때 없으면 세상에서 제일 서럽고 후회스러워.

뉴욕에서 느낀
김치의 소중함

"김치 먹고 싶다. 김치."

작년 이맘때쯤, 나는 뉴욕으로 여행을 떠났다. 딱히 즐기러 간다거나 SNS에 올릴 인생 사진을 건지러 간다거나 하는 계기는 아니었다. 조금은 무거운 계기일 수 있지만, 삶에 있어 일종의 공백을 만들고 싶다는 작은 바램 차원이었다. 일도, 관계도, 부담도 전부 한계까지 치달았던 나의 삶에 있어 가장 자유로운 시간을 보내고 싶은 '하나의 짧은 방랑기' 정도의 의미. 그러니까, 기피에 가까운 여행이었다.

뉴욕으로 긴 시간 여행을 가면서 가장 많이 들었던 생각은 누군가 간절히 보고 싶다거나, 어떠한 것에 대해 깊은 사색을 하는 것보다도 단순히 '김치 먹고 싶다'라는 생각이었다. 뉴욕에 다녀온 이후로 한동안은 음식점에 가선 김치를 옆에 두게 되는 일종의 김치 강박증에 시달릴 정도였다. 언뜻 보면 여행을 가서 '김치'를 가장 많이 떠올릴 만큼 단순한 사람이라 생각할 수도 있지만, 김치 강박증은 오랜 외국 여행에서 얻은 여러 깨달음 중 가장 값비싸고 무거운 깨달음이었다.

한국에서의 나는 김치 없인 못 사는 사람이 아니었다. 오히려 김치가 식탁에 없다고 해도 눈치채지 못할 정도로 김치에는 무심한 사람에 속했다. 단지 느끼한 음식을 먹으면 가끔가다 한두 번 생각나는 밑반찬 정도의 의미거나 라면을 먹을 때 같이 먹으면 좋은 반찬이거나 하는 정도. 한국에서의 김치는 그 어디에서든 흔하게 찾을 수 있는 반찬이었고, 요즘은 편의점에서도 한 끼 분량으로 김치를 구입하는 것이 가능해질 만큼 내가 원하면 그 어디에서든 가질 수 있는 흔한 것이었다.

하지만 뉴욕은 한국과 너무도 달랐다. 한인 식당을 가지 않는 이상 그 널려 있던 김치를 맛보는 것이 불가능에 가까웠고, 한국에서의 마트나 편의점과 다르게 김치는 눈을 씻고 찾아볼 수 없는 희소한 것이었다. 점차 뉴욕 특유의 기름지고 느끼한 식사는 나에게 위기를 불러일으켰다. 기름에 찌들어 입안이 눌어붙은 것만 같았다. 그때부터 김치찌개나 김치볶음밥 같은, 즉 김치로 만든 칼칼한 음식이 그리워지기 시작했다. 아니, 그보다도 만약 김치가 내 백팩에 들어있다면 뉴욕의 기름진 음식들도 무난히 헤쳐 나갈 수 있을 것만 같았다. 일종의 안도감 차원이랄까. 마치 부적처럼 김치 쪼가리를 들고 다니기만 하더라도 말이다.

이렇게 김치에 대한 니즈는 나의 발걸음을 '한인 타운'으로 향하게 만들었다. 한인 타운까지만 도착한다면 내가 원하는 김치를 마음껏 먹을 수 있단 생각에 그 어느 유명한 스팟보다 가슴을 두근거리게 하는 그곳으로 향했다. 한국에 있을 때엔 느끼지 못하는 것들을 느끼고자 떠나온 외국에서 결국 익숙함을 찾는 사람이 여기 있었다.

　일단 맛집이고 뭐고 한인타운의 아무 식당이나 들려 기름기에 찌든 내 목구멍과 위장을 청소하고 싶었다. 하지만 내가 상상한 한인 타운과 실제 한인 타운의 실정은 조금은 달라 보였다.(지금은 한인 타운에 한인들이 더 밀집되어 있어 식품의 조달이나 복지가 예전보다 나아졌겠지만) 식당의 메뉴판엔 대문짝만한 문구로 '사정상 김치의 공급이 부족하여 리필이 불가한 점 양해 바랍니다'라는 안내문이 붙어 있었다. 나는 크게 실망했다. 기름진 음식에 지친 한국 관광객들은 대부분이 한인 타운의 한국 식당을 찾았고, 그때마다 급속도로 없어지는 김치 때문에 온 식당들은 김치의 수요와 공급의 생태가 파괴된 것이었다. 그곳의 김치의 양은 나의 만족을 메꿀만한 양이 아니었지만 이 정도라도 감사히 받아들여야 했다. 혹시나 하고 김치 리필을 요구하면, 인상을 잔뜩 찌푸린 주인장의 눈살이 '메뉴판에 쓰여 있는 김치와 관련된 안내사항'을 확인하라는 제스처임을 알 수 있었다.

　다소 부족한 감은 있었지만, 김치를 먹는 순간 속이 뻥

뚫린 기분을 받을 수 있음에 만족스러웠다. 김치를 입안에 넣고 기름진 음식이 아닌 얼큰한 찌개류를 먹을 수 있다는 것만으로도 메마른 사막에 단비가 내리는 것 같은 상쾌함을 누릴 수 있었다. 그 이후로 한인 타운에 머무르게 되는 날의 비중이 늘어났고, 긴 타국 생활에서 고향의 정거장을 들린 듯한 느낌을 받았다.

어느새 정신을 차려보니 김치와의 전쟁이 끝나갈 무렵이었다. 여행이 끝나고 다시금 원래의 생활로 돌아갔을 때엔, 긴 휴식기를 가지려 퇴사했던 안정적인 직장에 대한 아쉬움이나 월세가 나가는 것이 아까워 정리한 나의 집보다도, 먼지 수북이 쌓인 나의 인간관계에 대한 불안이 시차 적응이 필요하다는 듯 나를 어지럽게 만들었다. 나의 삶을 한 단계 정리한다는 계기로 긴 시간 자리 비움이라는 상태를 유지했던 내가 어떻게 다시 돌아왔다는 이야기를 꺼내야 할까 깊은 고민이 들었기 때문이었다. 그러면서 메모장에 적어둔 친한 사람들의 번호를 하나둘씩 핸드폰에 다시 저장했다.

"말도 없이 잠수타서 놀랐지? 나 한동안 여행 좀 다녀오느라고 그랬어."

고작해야 10명 남짓한 사람들이었다. 일종의 인맥 다이어트랄까. 이번 공백기를 기점으로 쓸모없는 감정 소모를 쳐내고 싶었고, 나의 인생에서 꼭 가져가야 할 사람들만 챙기고 싶은 마음이 들었다. 문자에 대한 답은 생각보다 빠르게 도착했다. 어쩜 한결같이, 너라면 꼭 그랬을 것 같았다는 반응들과 함께.

나는 그동안 삶에 대해 참 방임적인 태도로 일관했었다. 어차피 내가 신경 쓴다고 하더라도 나의 세상이 티 나게끔 변하는 것 하나 없을 것이었고, 인간관계에 대한 태도 또한 내가 애지중지한다고 해서 그들이 내가 만족하는 사람으로 바뀌어 줄 것이란 기대도 안 했기 때문이었다. 늘 흘러가는 대로 살았고, 이번 긴 공백기 또한 그 흐름 중 하나였다. 흐름 중 하나라고 하기엔 꽤나 특별한 변화가 있던 시간이었지만 말이다.

"미안해. 이건 혼자 유난 떠는 것일 수도 있는데, 그래도 말도 없이 사라져서 미안."

내가 꺼낸 사과의 말이었지만 그것은 누가 봐도 유난 떠는 것이 맞았다.

"얘는 여행 갔다 오더니 거기다 너는 두고 왔어? 갑자기 웬 유난이야 됐어. 별로 안 서운해. 이번 주에 볼까."

어쩌면 그랬다. 어릴 적에 아버지가 입에 달고 살았던 말처럼, "꼭 있어야 할 때 없더라"라는 리모컨을 향해 내뱉는 투덜거림. 내가 뉴욕에 가서 꼭 있어야 할 때 없는 것 같이 느껴졌던 김치와 같이, 어쩌면 나도 그들에게 긴 공백기 동안 '있어야 할 때 없는 존재'처럼 비춰지지는 않았을까 연신 사과를 하기 바빴다. 좀처럼 사과하는 것을 꺼려 왔던 내가, 내키는 대로 살았던 내가 긴 공백기를 가지더니 사과를 연신 해대는 모습을 보고 주변인들은 어색하다느니 원래대로 하라느니 낯설다는 둥의 반응을 보였다. 하지만 그러한 나의 변화는 '진짜 모습'을 여행지에 버려두고 온 것이 아니라, 나라는 사람 자체가 여러 상황을 겪게 되면서 그렇게 변화한 것이었다. 어쩌면 변화라기보다 한 단계 진화했다는 표현이 적절할 수도 있지만 말이다.

여행 중간중간 김치뿐만 아니라 '필요하지만, 지금의 나에게 없는 것' 또는 '언제나 닿을 수 있었지만, 지금의 나로선 닿을 수 없는 것'들의 부재로 인해 골머리를 썩인 상황이 무던했다. 이런 상황들에 부딪히면서 나의 입이나 행동으로부터 나오는 '내 식대로의 삶'이라는 날카로운 칼날이 제법 뭉툭해졌다. 나의 삶에 녹아져 있던 사람들이 어느 순간 없어진다면. 그러니까, 꼭 미국에서 겪었던 '김치'와 같이 내가 사는 공간에는 늘 존재하는 이러한 사람들이, 어떤 계기로 인해 내가 찾을래야 찾을 수 없는 사람들이 된다면 나는 어디서부터 그런 것들을 구할 수 있을까라는 막연한 두려움과 긴장감을 배웠던 것이다. 만약 정말이라도 그렇게 된다면, 뉴욕에서 '김치 먹고 싶다. 김치.'라는 문장을 연신 중얼거렸던 것처럼 '보고 싶다. 보고 싶어.' 따위의 말밖에 할 수밖에 없지 않을까라는 묘한 긴장감. 꼭 나의 주변에 있는 것들이 소중한 것임에도 그것을 당연하게 생각하는 일이 많았다. 어쩐지 당연하지 않은 것들이겠지만, 당연한 듯 알고 살았다. 아니, 모자란 사람인 나는 '당연한 듯 잊고 살았다'에 가까웠다.

오랜만에 만난 친구는 여지없이 파스타를 먹자고 했고, 나는 김치 강박증을 한창 겪고 있던 터라 피클이 아닌 김치가 있는 파스타 집에 가자는 의견을 던졌다. 친구는 그 말을 듣고 얼굴에 물음표를 그린 표정으로 '얘가 미쳐서 돌아온 게 분명해.'라는 말을 대신하고 있었다.

어디선가 양식을 파는 집에서도 김치를 본 것 같았는데, 인터넷으로 〈김치가 있는 파스타집〉을 검색해도 좀처럼 나오지 않았다. 이런 경우는 아마도 앞으로 나의 인생에 있어서 일종의 징크스로 남지 않을까 싶었다. 꼭 찾으면 없는 상황들 말이다.

믿기지 않을 정도로 이상한 강박증인 김치 강박증과 같은 맥락으로 생긴 강박증이 하나 더 있었다. 내 주변인들의 안부를 챙기려는 '주변인 강박증'이라는 것이었다. 물론 두 개의 강박증 모두 의학 사전엔 없고, 나의 사전에만 있는 강박증이겠지만.

우리의 삶에는 찾을 때 꼭 없는 것들이 있을 것이다. 없으면 불편하기도 하며 허전함을 몸소 체험할 수 있는 것들. 하지만 그런 사실 자체가 무섭거나 긴장감 있거나 한 것은 아니었다. 그보다도 '찾을 때 없는 그것'이 '대체 불가한 것'일 때라는 상상을 하면, 나의 마음은 한층 무겁고 무서워진다. 나의 삶과 관계에 중압감을 더해주는 모진 상상이었다.

리모컨이나 김치 따위는 대체할 수 있는 물건이었지만 사람은 달랐다. 그것이 가장 슬프고 무서운 일이었다. 그들은 그 무엇으로도 대체될 수 없다는 사실이. 예로 들면 '건강 생각해서 술 좀 그만 마셔'라는 엄마의 뻔한 잔소리라던가 '우리사랑하는딸잘지내지?'같은 아빠의 띄어쓰기 없는 문자. 집 앞까지 찾아와서 귀찮게 카페를 가자 조르는 친한 동생의 집착성 담긴 전화. 김치가 있는 파스타 집을 가자고 하면 욕 대신 전해지는 친구의 우스꽝스러운 표정. 어쩌면 낮잠을 자고 있는 나를 깨우는 우리 집 강아지의 귀여운 발길질까지도. 전부 나의 삶에 있는 듯 없는 듯 조용히 녹아내려 있다가 꼭 내가 찾을 때면 없어질 것만 같은 불안감이 생겨버렸다. 가만 보면 늘 곁에 있었지만 대체될 수 없는 그러한 것들에 대한 불안이.

생각해 보면 내가 살아온 30여 년의 익숙한 식탁에는 늘 김치가 있었다. 아이러니하게도 그것을 깨닫게 된 것은 30여 년을 살았던 삶에게 쫓기듯 도망쳐 도착한 타국의 식탁에서였다.

배추김치 :

대체 불가능한 것은 곁에 없을 때 더 간절한 법이야.

외국 여행에 가면 가장 먹고 싶어지는 음식 1위
는 아마 김치 아닐까? 아, 이건 한국인이라면
너무 당연한 사실인가.

"늘 나의 식탁에 올라왔던 김치에 대한 소중함을 뉴욕 여행에
서 알게 되었던 것처럼, 늘 나의 곁에 있던 사람에 대한 소중
함을 뒤늦게 알아버릴까 하는 무거운 마음이 들었다."

저기 혼자 밥 먹는 사람 진짜 용기 있다. 고깃집에서 혼밥하는 게 쉬운 일은 아닐 텐데

대박 진짜 그러네… 근데… 나는 용기가 있다 해도 혼밥은 안 할 것 같아.

혼자 먹으면 마음은 편하지. 하지만 그런 편안함이 습관 되면 좋은 사람과의 건강한 식사가 사라질 것 같아.

각박한 사회 속에서 이렇게 밥을 함께 먹는 것으로나 마 많은 이야기를 하며, 정을 나눌 수 있는 거니까.

혼밥은 마음 건강의 불균형을
유발시킬 수 있다

　최근 '혼밥'이라는 키워드가 유행을 타고 있다. "혼자 밥을 먹는다."라는 의미를 지닌 이 신종 단어는 예전에야 "혼자 밥을 먹다니 안타깝다." 정도의 편견이 씌어 있었지만, 근래 들어서의 혼밥은 욜로(YOLO : You only live once!), 마이웨이 같은 단어와 함께 어느 정도 패키지화되면서 효율적이며 멋있는 문화로서 인식되고 있다.

　"꼭 밥을 누구와 함께 먹어야 해?

　"혼자 밥 먹는 것이 창피한 일도 아니고."

　"남 신경 쓰며 먹는 것보단 혼자 맘 편히 먹을래."

　맞는 말이다. 꼭 누군가와 함께 밥을 먹어야 할 이유는 없으며, 혼자 밥을 먹는 것은 창피한 일이 결코 아니다. 혼밥은 확실히 효율적인 문화이며, 그런 혼밥을 어디에서나 강행할 수 있는 마음은 복잡한 현대사회에서 살아남기 위해 필요한 '나 자신의 정체성'을 키우기 적당한 행위이다.

　하지만 그렇다고 해서 혼밥을 권유하고 싶지는 않다. 그것은 혼밥이 가져다주는 창피함 정도의 감정 문제 때문이 거나, 혼밥 행위에 대한 이유가 합당치 않다는 것은 아니다. 단지 식사 자리에서 나오는 끈끈한 '정'의 힘을 믿기 때문이다. 그로부터 나오는 마음의 안식 또한 믿는다. 옛말에 맛있는 건 나눠 먹어야 더 맛있다는 말이 있다. 함께 나누는 행위에서 나오는 마음의 안정. 그래서 나는 가급적이면 혼밥을 기피한다. 그것이 꼭 누군가와 함께 밥을 먹어야만 한다거나 혼자 밥을 먹으면 창피해서가 아니라, 밥을 함께 먹으며 생기는 관계의 정을 좋아하기 때문이다.

최근 뉴스 기사에선 〈혼밥이 목 디스크의 원인이 된다.〉 〈함께 먹는 밥보단 혼자 밥 먹는 사람의 비만율이 높다.〉〈혼밥 오랫동안 지속될 경우 영양 불균형 초래〉와 같은 혼밥의 단점이 속속들이 밝혀지고 있다. 기사 마지막에 "혼자 먹는 밥이 편하더라도 건강을 생각하자."라는 문구가 눈에 들어왔다. 이러한 뉴스 기사에서 느낀 것은, 혼밥에 대한 우려가 '건강' 문제로만 인식되고 있다는 것이었다. 대부분의 혼밥이 인스턴트, 영양 불균형을 초래하는 정크 푸드 그리고 폭식으로 인한 비만, 혼자 먹다 보니 미디어 매체를 보며 식사를 함으로써 생기는 자세의 불균형 정도로 인해 건강의 악화를 유발한다는 내용이었고, 이는 통계를 기반으로 입증된 사실이다.

만약, 내가 기자라는 직업을 가지게 된다면 〈혼밥, 오히려 마음 건강의 불균형을 유발한다〉 정도의 제목으로 기사를 내고 싶다. 깊게 고민해야 할 사회문제임을 알리고 싶다. 혼자 먹는 것이 맘 편할 정도로 우리는 사람들 간의 마음이 오가는 대화의 수가 줄어든 것이다. 맘 편한 식사의 의미가 사람과 함께하는 건강한 식사가 아닌, 혼자 하는 식사가 되어 버린 것이다. 또 이러한 건강한 관계에 대한 부재는 마음의 건강을 악화시킬 것으로 생각한다. 그러한 마음의 건강은 곧 우리 몸 자체의 건강으로 번질 것이라는 사실까지도.

최근 들어 마음이 건강해야, 몸이 건강하다는 사실을 느끼게 된 계기가 있다. 이것은 단지 '마음이 편하다'를 넘어서 건강한 관계에서 오는 속마음의 배출이라거나 고민을 함께 나눔으로써 해결해가는 삶의 방식 정도로 정의하겠다. 건강한 관계에서 나오는 건강한 식사 그리고 건강한 마음과 건강한 육체.

살이 쭉 빠져서 걱정했는데 먹는 거 보니 잘 먹고 다니는 구나. 안심이 된다.

예전에는 자주 들렸던 고향 집을, 이제는 설이 되어서야 들릴 수 있었다. 어머니는 잔뜩 부쳐놓은 전을 작은 접시에 담아 먼저 맛보라고 건네었다. 너무 많이 먹으면 밥을 많이 못 먹으니까 조금만 먹으라면서. 소파에 앉아 전을 금방 해치우는 나의 모습이 뿌듯했는지 엄마의 입가에는 미소가 잔뜩 피어있었다. 나는 생각했다. 매일같이 거울로 확인하니까 내 모습이 어떻게 변화하는지 느끼지 못하고 살았던 것일까. 엄마 눈에는 늘 내가 말라 보이는 구나.

어머니는 상다리가 후들거릴 정도로 갖가지 음식을 해주었고, 나는 그것이 담긴 접시 하나하나를 전부 설거지하듯 해치워 버렸다. 밥을 먹고 있는 도중에 아버지까지 나에게 말했다. 저번에 올 때보다 더 삐쩍 말라진 거 같은데 먹는 거 보니까 안심이 된다고 말이다.

그 말을 듣고 얼핏 느낀 것이 있다면 내가 살이 빠졌다는 사실 그리고 본가에 오면 이상하리만큼 밥을 많이 먹는다는 사실이었다. 엄마가 해준 음식은 정말 소화가 잘 된다는 것. 평소엔 아침을 거르는 것이 당연했고 점심을 먹고 나면 회사에 쭉 앉아 있느라 소화가 잘 안되는 탓에 저녁까지 거르기 일쑤였다. 미팅이라도 있는 날엔 커피 몇 잔을 들이켜는 탓에 물배가 차서 몸 안에 음식이 들어가기 거북한데, 집에 도착하기만 하면 밥 두 공기는 기본이며 그것도 모자라 과일까지 뚝딱 해치우는 내 모습이 거울을 보지 않아도 느껴졌다.

어머니가 해준 음식들이 죄다 저염식에 푸릇푸릇한 채소 반찬들이 참 많아서 그런 것일지도 모르지만, 사람이 음식을 먹을 때 참 예민하기도 하구나 생각했다. 그러면서 식사가 꼭 그 음식의 질과 맛만으로 좌우되는 것이 아니라고.

식사의 향미를 좌우하는 것에는 외형과 냄새 그리고 맛을 제외하고도 같이 먹는 사람, 그리고 먹고 있는 공간이 있었다.

함께 하는 사람이 편하고 공간이 편하면 이야깃거리가 많아지고, 음식을 꼭꼭 씹어 섭취하게 된다. 또 수다를 하며 느리게 밥을 먹으면 폭식을 면하게 된다. 혼자 먹는 밥의 적적함에서는 느낄 수 없는, 오가는 마음으로 인해 건강한 식사가 이루어진다. 마음이 편해지면 내 몸도 귀신같이 알아차리나 보다. 그래서 위도 더 활발하게 움직이고 입도 바쁘게 움직이나 보다. 내 장도 평소보다 더 제 역할을 잘하는 것 같고.

혼밥이 장기적으로 몸의 건강을 해친다. 이것은 혼밥 자체의 문제보단, 혼밥을 하면서 유발되는 혼자 있을 때의 행동들이 건강에 악영향을 준다는 것이다. 혼밥을 장기적으로 하게 되면 마음의 건강 또한 해친다. 본질적으로 '혼밥'의 편안함은 얽힌 관계의 상황을 회피하는 것에 지나치지 않는 것 아닐까? 삶을 살아가는 데에 있어 언제까지 혼자만 지낼 순 없기에 우리는 회피하는 것이 아닌, 그 마주칠 수밖에 없는 상황을 타파해가야 한다. 그 타파는 건강한 관계를 만들어 가는 것이며 그러한 관계를 찾는 것이다.

밥을 먹는다는 것은 즐거운 일이지만 어쩐지 요즘은 외로움을 뜻하는 것만 같았다. 마음이 식사를 외롭게 받아들이니 몸까지 참으로 외롭게 몰고 갔나 보다. 그동안 만성 피로에 다크서클이 주르륵 내려가 있는 내 눈을 보고 몸이 피곤하기보단 마음이 참 피곤했구나 생각이 들었다. 혼밥이 편하기는 했지만, 그것은 단지 관계를 피함에서 나오는 일시적 편안함일 뿐 실질적으로 건강한 식사는 아니었구나. '몸 건강도 좋지만 맘 건강도 챙겨야지'라는 다짐. 바쁘다는 핑계와 여유가 없다는 핑계는 잠시 접어두고, 마음이 확 트이는 곳에도 가봐야겠다. 자주자주 휴식을 가지고 그러한 곳에서의 식사를 중요하게 생각해야겠다. 무엇보다 피곤하다고 하며 내뺐던 마음 편한 사람들과의 만남도 자주 가져야겠다. 또 그러한 관계 안에서의 식사를 신경 써야겠다. 관계가 건강해야 마음이 건강해지고 마음이 건강해야 내 몸도 건강할 수 있다는 사실을 왜 잊고 살았을까. 제 아무리 보양식을 챙겨 먹어도 비타민제를 먹어도 피곤한 것에는 이유가 있었다.

내 마음에 영양이 되는 사람을, 장소를, 시간을 잊지 말고 살아가야지. 나의 삶을 지탱해주는 그런 비상약 같은 사람들과 장소 그리고 시간을 잊지 말아야지. 혼밥 보다는, 함께하는 식사. 함께 하는 식탁. 그것을 기억하고 살아가야지.

어쩌면 편한 마음을 위해 다짐한 혼밥이 오히려 마음 건강의 불균형을 유발할 수 있다. 함께 나누는 정이 결핍되어 생긴 영양부족이랄까.

스팸 구이 :

맛있지만, 너무 짜. 다른 맛들은 전부 없애고
짠 맛만 남게 만드는 외로운 반찬이야.

멸치볶음 :

내 건강 챙겨주는 건
우리 엄마 밖에 없나보다.

흰 쌀밥 :

가족들과 함께할 땐 밥만 먹어도 맛있었는데.

혼밥에 익숙해지지 않기로 다짐한다. 혼자의 식사로는 채우지 못할, 사람과 사람 사이에서 나오는 정을 믿기에. 또 그 정에서 나오는 마음의 안식을 믿기에. 마음의 안식에서 나오는 몸의 건강까지도 믿기에. 그렇기에 오늘도 누군가에게 밥 한번 먹자 말한다. "야, 있다가 저녁에 밥 같이 먹을까? 무슨 일 있는 건 아니고 그냥."

사랑하는 일과 밥 먹는 일은 닮았어요.

넣어도 넣어도 허기지는 것이 꼭 둘 다 채워지지 않는 마음 같아서요.

그렇다면, 우리는 더욱 멈추지 않고 사랑을 해야 하는 것 아니에요?

밥 한 끼 없이 삶을 살아갈 수 없는 것처럼. 그렇게 매일같이 사랑하며 살아가야 하는 것 아니에요?

나는 밥 먹는 일처럼 하루라도 멈추지 말고 사랑하며 함께 하고 싶어요. 좋아해요.

사랑하는 일과 밥을 먹는 일

"밥을 먹는 일과 사랑하는 일은 참 닮았어요."

무언갈 채워 넣는 것이 꼭 외로워 보인다는 그녀는 밥 먹는 것과 사랑을 하는 것이 참 닮아 있다고 했다. 어쩐지 한겨울에 길거리 한복판에서 성냥을 파는 성냥팔이 소녀가 죽어가며 음식을 떠올린 장면처럼, 사랑을 갈구하는 자신도 그와 같이 느껴진다고. 춥고 외로운 세상에서 따뜻하게 배를 불려줄 음식을 상상하는 성냥팔이 소녀처럼, 자신의 마음을 따뜻하게 감싸 안아줄 사랑을 상상하고 있는 것 같다고. 그러다 굶어 죽어버릴 듯한 외로움이 몰려오면 세상의 한복판에서 홀로 눈을 감는 기분이라고.

"사람이 살아있는 한 마음은 죽지 않아요."

나는 그런 그녀에게 위로랍시고 "성냥팔이 소녀처럼, 사람은 춥고 배고파서 죽을 수 있지만 마음은 그렇지 않을 거예요." 따위의 말을 건네었다. 성냥팔이 소녀가 죽은 것은 춥고 배고파서이지만, 사람의 마음은 외롭다 할지라도 절대 죽지 않을 거라고. 꼭 사랑받을 수 있다는 희망을 안고 살아가다 보면 당신에게도 그런 사랑을 채워 줄 사람이 있지 않겠느냐고.

사실은 그랬다. 외로운 쪽은 오히려 내 쪽에 속했다. 오랜 기간 연애의 공백기를 가졌던 나로선, 그녀와 연이 닿은 것은 가슴 한쪽이 두근두근하도록 만들기 충분했다. 지금 그녀를 위로한답시고 여러 말을 던지고 있지만 그건 오히려 설득에 가까운 위로였다. 당신에게 따뜻한 마음을 건네줄 내가 여기 있지 않으냐는 설득에 가까운 위로.

그녀를 처음 만난 것은 눈이 펑펑 내리는 한겨울이었다. 콕 집어 말하자면 두 달 정도 전의 일었다. 볼일이 있어 시내로 나가는 버스를 기다리고 있던 도중에, 정류장 벤치에 주인을 잃어버린 지갑이 놓여있는 걸 발견했다. 얼핏 보기엔 별 볼 일 없는 카드지갑이었고, 현금 또한 들어 있지 않았다. 그 때문인지 그 지갑을 누군가 가져가거나 하는 일은 없었던 것이었다. 단지, 버스정류장 의자 위에 눈이 소복이 쌓인 채 튀어나와 있었다. 어쩐지 도로 위의 방지턱 정도로 불룩 튀어나와 있는 것처럼. 꼭 여기에 내가 있다고 속삭이는 것 같이.

지갑 안에는 카드 몇 장과 코팅된 종이가 있었다. 그 누르스름한 코팅 종이에는 흘림체로 적힌 번호가 쓰여 있었고, 노란 개나리 잎이 함께 코팅되어 있었다. 나는 그 번호로 전화를 걸어 주인을 찾아 주려 했지만, 그 번호의 주인은 지갑 주인이 아니었다. 수화기 너머 들려온 것은 차분한 남성의 목소리였다.

"지갑 안에 써 있는 번호로 연락드려요. 버스정류장에 있더라고요."

"아, 제가 주인이 아니라서요. 연락이 될진 모르겠지만 주인일 것 같은 사람이 있어요. 연락 가게끔 해볼게요. 조금만 기다려 주세요."

얼마 지나지 않아 다른 번호로 전화가 왔다. 이번엔 다급한 여성의 목소리였다. "죄송해요. 제가 지금 택시 타고 거기로 가는 중인데 얼마 걸리지 않거든요? 사례는 할 테니 기다려주시면 감사하겠습니다." 나는 타고 가야 할 버스를 두어 번 정도 지나 보내면서, 지갑의 주인을 기다렸고 지갑의 주인은 다름 아닌 지금 내 앞에 있는 그녀였다.

그날 그녀에 대해선 두 가지의 느낌을 받을 수 있었다. 첫 번째. 내가 어디 있는지 말을 꺼내지도 않았는데, 지갑을 잃어버린 장소인 이곳으로 오고 있다는 그녀의 기억력에 대한 기묘함이었다. 어떻게 잃어버린 장소를 기억할 수 있었을까. 아니, 그것보단 모르고 잃어버린 곳을 유추한다는 추리력이 제법 탐정에 버금간다는 생각 정도의 느낌이었다. 두 번째. 살아오면서 영화같이 자연스러운 만남을 꿈꿔왔던 나에겐 그녀를 마주친 순간의 장면이 나름대로 영화 같다는 느낌이었다. 눈이 내리고 있었고, 버스 정류장엔 바람이 쌩하게 불었다. 우리는 꽤나 적막한 느낌의 장소에서 깊은 우연으로 인해 마주하게 되었고, 이는 영화의 주인공이 된 것 같은 그런 느낌이 제법 들게 만드는 장면이었다.

그녀와 나의 상황을 미뤄볼 때 감사를 받아야 할 쪽이 내 쪽이라서 그랬던 것일까. 평소에 낯을 많이 가리고 자신감이 없어 이성에게 먼저 말을 걸지 못했던 나의 성격이 어쩐지 그날에는 조금 더 용기가 있는 성격으로 바뀌게 되었다. 다소 버벅대며 말한 탓에 정확히 어떤 말을 전달했는지는 기억나지 않지만, 애인 있냐는 진부한 질문과 함께 "사례는 괜찮으니까 이 번호로 가끔씩 연락할 수 있게 해줘요." 따위의 나름대로 용기를 한껏 뽐낸 대시를 했다.

그날 이후로 우리는 서로가 가볍게 연락을 주고받는 사이가 되었다. 요즘은 제법 서로의 일상에 묻어나서 언제 일어났는지, 어디를 향하고 있는지, 어떤 식사를 했는지 등을 알 수 있는 사이로 발전했다. 혼자만의 생각일 수 있지만, 일종의 썸을 타고 있달까.

하지만 걸리는 것이 하나 있었다. 나는 그녀에게 이성으로서 다가가려 하지만, 어쩐지 그녀는 우리가 서로 고민과 걱정을 공유하는 사이로만 몰고 가려는 느낌을 얼핏 받았다. 사람으로선 가까워졌지만 이성으로선 조금씩 멀어지고 있는 느낌. 서로에게 상담사 같은 존재. 그러니까, 남사친 여사친 정도로.

언제부턴가 그런 애매모호한 우리의 관계에 뚜렷한 테

두리를 짓고 싶었다. 오늘은 내 마음을 확실히 전하기로 다짐을 했다. 오늘을 계기로 그녀와의 관계가 뚜렷해지거나 더 옅어지거나 둘 중 하나가 될 것이라는 생각에 무던히 긴장을 하고 있었다.

그런 도중에 그녀는 '밥 먹는 일이 사랑하는 일과 닮았다'고 말하며, 자신은 사랑을 갈구하는 사람이라고 의미를 전했다. 어쩐지 성냥팔이 소녀에 자신을 대입하여 '춥고 배고픈 세상에 굶어 죽어가는 성냥팔이 소녀'같다고 한 것이었다.

그런 그녀의 이야기는 의도를 파악하기 어려운 난제였다. 사랑을 원한다는 긍정적인 신호인지, 어떤 사랑도 자신을 만족시키지 못한다는 부정적인 신호인지 감을 잡을 수가 없었다. 하지만 그러면서 그녀와 내가 사랑에 관련된 이야기를 나눌 수 있다는 것만으로, 어쩌면 둘의 사이가 발전했지 않았을까 하는 안도 아닌 안도를 할 수 있었다. 소개팅에서 '제일 길게 한 연애는 얼마 정도에요?' 정도의 친구 사이가 아닌 연인 사이를 염두에 두고 있다는 표시랄까. 그렇게 자기합리화를 했다.

그러니까, "사람이 살아있는 한 마음은 죽지 않아요." 이 말은, 그녀에 대한 위로보단 설득에 가까운 것이었다. 그녀와 사랑을 하고 싶다는. 나는 준비가 되었다는 그런 뜻을 품은 돌려 말하기 식의 설득이었다.

"그런 근거 없는 희망은 오히려 독이 되는걸요."

그녀는 나의 설득에 가까운 위로에 대해 답을 했다. "성냥팔이 소녀의 사인이 밝혀졌을 때 놀랐어요. 지금껏 그 이야기에서 그녀는 추위와 배고픔에 시달리다 죽었다 정도로 알고 있었거든요. 하지만 그것이 아니었어요. 황린 중독이라더군요. 성냥에서 나오는 고유의 화학성분인데, 그 화학성분에 대한 중독이 그녀의 사인이라더군요. 참 잔인하기 그지없는 일이죠. 나는 생각했어요. 그녀에게 성냥은 '희망'이 아니었을까. 그것을 켤 때마다 따뜻한 온기의 음식들이 그녀에게 신기루처럼 다가왔으니까요. 그러니까, 성냥팔이 소녀에게 성냥은 희망 아니었을까.

때론 희망이란 것은 추위나 배고픔보다 더 위험한 것일 수 있어요.

나 답답하죠? 나도 당신이 어떤 걸 원하는지 알아요. 나로 하여금 어떤 마음을 채우고 싶은 것이겠죠. 다만, 그래요. 나에게 당신은 새로운 희망이 될 것 같아요. 이 쓸쓸한 세상에서 나에게 사랑을 베풀어 줄 것만 같은 그런 새로운 희망. 그래서 멈칫하고 멈춰 서게 돼요. 어쩌면 희망이라는 것은 추위와 배고픔보다 그리고 외로움보다 위험한 것일 테니까요.

그 지갑 또한 나의 작은 희망이었어요. 지갑을 찾으러 헐레벌떡 달려갔지만, 사실 그 지갑은 스스로 버린 희망이었어요. 버리고 왔을 때 계속 신경 쓰였어요. 신경 쓰여서 참을 수가 없더라고요. 어쩌면 누군가 다시 찾아주길 바라면서 보이는 곳에 버리고 온 것일지도 몰라요. 그것을 결국은 당신이 찾아내 주었죠.

잊지 않으려고 일 년이 넘게 가지고 다녔던 그 번호는 내가 세상에서 가장 사랑했던 사람의 번호에요. 우리가 과거형이라는 게 얼마 전까지만 해도 믿기지 않았던, 그런 사람의 번호요. 그 안에 코팅되었던 꽃잎은 희망이라는 꽃말을 지닌 개나리고요. 그 지갑도 그 사람에게 선물 받았던…. 그러니까, 그 사람이 다시 와주기만을 기다렸었던. 이제는 버리게 된 나의 희망이랄까."

지갑을 버리고 왔다는 그녀의 속사정은 이랬다. 내가 지갑을 찾아낸 덕에 전 애인에게 전화가 왔고, 일 년 동안 듣지 못하고 지냈던 그 목소리를 다시 듣게 된 것이었다. 지갑을 버리고 새 삶을 시작하겠다는 그녀의 다짐에 어쩌면 금을 가게 해버릴 수도 있는 것이었다. 다급하게 찾으러 온 이유는 어쩐지 그 지갑을 버리자고 다짐했지만, 계속 신경 쓰였던 것이었다. 괜히 희망을 툭 하고 버린다는 게 두렵고 무서웠다고. 그간의 모든 시간들을 잊어버린다는 죄책감 같은 것들이 자신을 콕 콕 찔렀다고. 하지만 지갑을 버리면서 그 사람에 대한 잔류 감정까지도 전부 버리고 왔다고 했다. 지갑을 되찾는 것과는 무관하게, 그만큼의 돌이킬 수 없는 다짐이었다고. 어쩌면 그녀는 지금껏 희망을 놓지 못하며 살았지만, 희망을 버릴 때쯤엔 갑자기 내가 나타나 그 희망을 되돌려주면서 또 새로운 희망으로써 자리 잡으려는 꼴이었다.

희망에, 희망에, 희망. 끝이 없는 희망의 연속. 어쩌면 그런 희망의 연속들이 그녀의 마음을 죽어가게 몰아간 것이었을까. 밥을 먹는 것과 사랑을 하는 것이 참 닮았다는 그녀의 말에 동감이 되었다. 우리들의 마음은 채워 넣어도, 채워 넣어도 결국은 허기질 마음이었기 때문이다. 마치 희망과 같았다. 어쩌면 성냥팔이 소녀와 같이, 맛있는 음식을 상상하며 눈을 감는 것처럼 모든 외로운 사람들이 하는 행위는 그것과 닮았다. 매일 밤 추운 새벽을 견디며 사랑을 떠올리다 눈을 감는다. 하지만 그 사인은 외로움이 아닌 헛된 희망이 대부분을 차지하겠지.

그날의 그녀는 속사정이나 마음 깊숙이 자리 잡은 염려 따위를 모두 털어놓았다. 나 또한 나의 마음을 돌리지 않고 이야기하는 솔직하고도 긴 밤이었다. 어쩌면 창피할 수 있지만, 위로하는 척하면서 그녀를 설득했다는 민낯 정도의 솔직한 이야기까지도 말이다. 그런 나의 말에 그녀는 처음으로 소리 내어 웃었다. 다 알고 있는데, 그런 애쓰는 모습이 참 귀여웠다고. 그러면서 원하는 것을 어떻게 해서든 얻어 가려는 나의 모습이 자신을 안정시켜주기도 했다고. 희망적인 사람이라기보다 현실적인 사람에 가까운 나의 모습이 좋다고.

그 이후로 우리는 약속을 했다. 한동안은 연락을 하지 말고, 서로의 희망을 전부 태워 버리고 오자고. 서로가 사인이 될 수 있는 희망 같은 것들을 전부 태워 버리고 다시 만나자고. 어쩌면 그녀의 희망인 지갑이거나 전 남자친구의 연락처 같은 것들. 또는 내가 지갑을 찾아줬다는 사실까지도 전부 까맣게 잊고 마주하자고. 나로선 오랜 연애의 공백기를 두면서 저절로 생겼던 사랑에 대한 희망과 만남에 대한 환상 정도를. 어쩌면, 영화와 같은 사랑을 하고 싶다는 헛된 바램까지도.

희망이 우리를 죽게 만들 수도 있기 때문에 우리는 새로운 사랑과 희망을 받아들이기 전에, 좀처럼 놓지 못하며 살아왔던 모든 희망을 즈려밟는 과정이 필요했다.

우리 희망에 지쳐 죽어 나가지 말자고. 그게 얼마큼이나 억울한 일이야. 외로움이나 고독 따위가 아닌 희망 때문에 죽어버린다니. 희망에 연속이었던 그녀에게 그리고 나에게 쉼을 주는 시간을 만들자고 우린 약속했다.

내일은, 우리가 다시 만나기로 약속한 날이다. 그 전날까지도 연락이 쭉 없는 것을 보면 서로의 약속이 잘 지켜지고 있구나 생각했다. 한동안 그녀와 연락의 공백기를 겪으며 쭉 생각했던 것이 있다. 밥 먹는 일이 사랑하는 일과 참 많이 닮았다는 그녀의 말. 그런 그녀의 말은 부정적인 의미에 가까웠고, 나는 그것을 반론할 수 없었다. 하지만 나는 그 말에 대해 생각의 전환은 할 수 있지 않을까 했다.

사랑하는 일이 밥 먹는 일과 다를 게 없다면, 그것이 우리를 얹히게 하더라도 더부룩하게 하더라도 꼭 해야만 하는 일 아닐까? 보고 싶었다. 정말 애절한 의미로 보고 싶다는 말이 아니었다. 단지, 희망 따위 없이 그녀를 온전히 바라보고 싶었다. 그런 의미의 '보고 싶다'였다. 그것도 그 언젠가 그녀가 해왔던 '밥 먹는 일처럼'이라면 아니, '사랑하는 일처럼'이라면 나는 더할 나위 없이 보고 싶었다.

　"맞아요. 밥 먹는 일과 사랑하는 일은 참 닮았어요. 그러니까 우리 하루라도 멈추지 말고 사랑해야 살아갈 수 있는 거 아니에요?"

각종 빵 :

저 유럽에서는 밥 보다 빵이 주식이라던
데. 뭐가 됐든 어때. 밥을 먹는다는 건 결
국 다 똑같은 건데. 사랑하는 것처럼

따듯한 수프 :

아마 성냥팔이 소녀는
따듯한 음식이 가장 많이 생각났을 거야.

"성냥팔이 소녀의 사인은 추위나 배고픔이 아니라 황린이라
는 성냥에서 나오는 화학성분에 대한 중독이라 하더라고요.
그녀에게 성냥은 희망이 아니었을까 해요. 그러니까 내 말은,
때론 희망이 그 어떤 시련보다 더 위험한 것일 수도 있다는
것이에요."

왜 그 사람은 항상 불만이 많을까? 난 정말 최선을 다하는데 말이야.

사랑을 하며 자신의 기준에서의 노력은 별 소용이 없지 않을까?

둘이 하는 사랑에서, 내 기준에서만의 노력은 병에 걸렸지만 도움이 전혀 안 되는 약을 먹는 정도의 노력이 될 수도 있달까.

최선을 다해 노력하기보단, 최선을 다해 문제가 무엇인지 진단을 먼저 해봐. 예로 들면 둘만의 깊은 대화 정도가 있겠지.

관계의 처방은
혼자 하는 것이 아니다

나에게 첫사랑은 고등학생 때의 일이었다. 뭐, 초등학교 저학년 때 좋아했던 아이 정도의 '첫'사랑을 넘어 정말 마음을 주고받으며 연인으로서 교제하는 '첫사랑'의 의미로 말이다. 그때는 너무도 사랑에 어설펐다. 처음 겪어보는 긴밀한 관계였고, 처음 만들어진 둘만의 세상이었기 때문이었다. 그 아이와 일 년 남짓한 사랑을 하며 아직도 마음에 남는 추억들이 있지만, 그보다도 사랑에 대하여 배우게 된 것들이 더욱 깊숙한 곳에 남아 있었다. 지금까지도 사랑을 배워가는 시기라지만, 나에게는 사랑을 하며 항상 염두에 둬야 할 사실 중에 한 가지로 꼽히는 것이 있었다.

사랑을 하며 내 기준에서의 노력은
효용가치가 별로 없다는 것.

그 아이에게서 배운 사실이었다. 때는 장마철이 한참인 여름이었다. 고등학교 2학년 여름에 사랑을 시작한 우리는 이제 1년 차에 겨우 다다른 커플이었지만, 그때 나이로 일

225.

년 동안 사귄다는 것은 제법 롱런을 하는 커플에 속했다.

고3이 되면서 고등학교 2학년 때와 다른 점이 있다면, 학업에 대한 압박이 몇 배는 심해졌다는 것이었다. 부모님의 기대치, 상대적으로 동급생에 비해 부족한 실력에 대한 박탈감, 스스로 꿈꿔왔던 대학의 기준점 등등 여러 압박감이 나의 목을 조르는 시기였다. 지금의 고등학생들도 똑같은 상황이겠지만 나에게 고등학교 3학년, 그 짧은 1년은 인생에 있어 가장 중요한 시기였다.

하지만 한창 사랑에 빠져있을 법한 1년 차의 커플이라는 상황과 인생에 있어 첫 번째로 다가온 '가장 중요한 시기'라는 것은 서로 반대되는 성향을 띠고 있었다. 사랑에 투자하는 시간이 많아질수록 학업이 떨어지는 것만 같은 불안감이 나를 힘겹게 했다. 하지만 나에게 그때 그 아이는 전부와 같았기에 감히 놓을 수 없었고, 사랑과 학업이라는 두 마리 토끼를 잡기 위해 애를 썼다.

그 아이는 고3이 된 이후로부터 많은 서운함을 표출해 왔다. 내가 시간을, 마음을 내지 않는 것처럼 말하면서. 나는 그때마다 우리 상황에 대한 탓을 했고, 버텨보잔 말로 사랑을 연명해 갔다. 이해를 구하겠다는 마음으로 차곡차곡 용돈을 모아 이것저것 선물을 했던 나날들. 알바를 하기엔 공부할 시간이 부족해, 아빠에게 학습지를 산다는 핑계를 대고 모은 돈으로 일주년 커플링을 선물할 생각도 가지고 있었다.

하지만 우리의 사랑은 일주년이 되기도 전에 막을 내렸다. 서운함이 쌓일 만큼 쌓인 그 아이. 그리고 어떻게 해서든 학업과 사랑을 유지하고 싶었던 나. 어떻게든 아등바등 버텨온 관계였지만, 그 아이는 이별을 선고했고 나는 그 어떤 것으로도 그 완연한 다짐을 깨뜨릴 수 없었다. 이별 통보는 단순히 서운한 마음에 툭툭 뱉는 '우리 헤어지자'가 아닌 오랜 마음의 준비에서부터 나온 통보였고 나는 그 것을 무마시킬 능력이 없었다. 얼굴을 보고 이 상황을 풀고 싶었던 나에게, 돌아오는 답변은 그만하자는 말이 전부였다. 전화 통화도 직접적인 대화도 아닌 문자로 받는 이별 통보가 나에게는 무척 허무한 이별처럼 느껴졌다.

그 문자를 받은 날, 하교하는 동안 미친 사람처럼 비를 맞으며 집에 도착했다. 어렸던 나에게는 그것이 이별의 아픔을 해소하는 나름의 방법이었다. 그때의 비는 잊을 수 없었다. 그해 가장 많이 내린 폭우였고 나는 집에 도착했을 때에 빗물과 눈물범벅이 되어 젖은 생쥐보다 더 젖은 생쥐 꼴이었다. 놀란 엄마에겐 우산을 잃어버렸다 대충 둘러대고 들어가서, 따뜻한 물줄기에 그날의 슬픔을 씻어내는, 안타까운 눈물 샤워를 해야 했다. 그러한 슬픔을 겪고도 펜을 잡아야 하는 그때 상황이 어쩌면 가슴 아픈 이별을 극복하는 유일한 방법이라는 생각에, 오히려 학업에 가장 집중할 수 있었다.

그다음 날, 나에겐 심적 변화보다 더 강한 육체적 변화가 있었다. 아침에 거울을 보니 온몸에 빨간 두드러기가 난 것이었다. 단순히 작은 두드러기를 넘어서 가슴 아래부터 온몸에 크고 빨간 얼룩이 생겼다. 밤새 가려웠는지 몸에는 손톱자국이 선명했다. 나는 두드러기를 안고 학교에 가면서 생각했다. '어제 맞은 비 때문에 이런 두드러기가 생겼나 보다.'

한참 대기가 오염되면서 '산성비'라는 키워드가 떠올랐고, 비를 맞으면 머리가 빠진다는 둥 말들이 많았기 때문에 나는 산성비를 잔뜩 맞아서 이렇게 되었다고 생각한 것이었다. 그 이후로도 날씨는 내 마음을 대변했는지 며칠 연속 거센 장마가 계속되었다. 나는 두드러기에 심하게 데인 탓에 맨살에 맞지 않기 위해 팔 토시를 착용하고 마스크를 쓰는 등 온 힘을 다했다. 휴대가 가벼운 접이식 우산 보단 넓게 펼칠 수 있는 우산을 들고 다니면서까지 비에 닿지 않기 위한 노력은 계속되었다.

하지만 일주일이 넘게 지나도 '붉은 두드러기' 증세는 완화될 생각이 없었고, 이 두드러기가 큰 병은 아닐까 걱정되어서 병원에 들렀다. 병원에서의 진료는 내 추측과 다르게 나왔다. 두드러기의 원인은 산성비 때문이 아닌 '식중독' 때문이었고, 원인은 매점에서 사 먹은 옥수수빵이었다. 내가 '식중독'에 걸렸다는 진단을 받고 나서야 생각난 사실이지만, 그때 옥수수빵을 먹으며 약간의 쉰내가 얼핏 났는데 별생각 없이 맛있게 먹었었다.

기름진 음식을 피하면 금방 두드러기가 없어질 거라는 의사 선생님의 말에 따라 그날은 기름진 음식을 피했고, 약을 먹고 일어난 다음 날엔 무슨 일이 있었냐는 듯 붉은 두드러기가 사라져 있었다. 의사 선생님은 한창 여름이라 사람들이 가벼운 식중독에 자주 걸려 오는데 알레르기나 다른 요인인 줄 알고 오랫동안 앓다 오는 사람들이 많다는 말을 했었다.

시간이 지나서야 어느 정도 감이 잡힌 것 같다.
그때 이별의 이유는 나의 두드러기와 닮아 있었다.

고3이 되면서 마음의 선물이 아닌 물질적 선물을 주기 바빴다. 어쩌면 그랬다. 그 아이는 일주년 커플링이 아니라, 각자의 집이 아닌 카페에서 함께 음악을 들으며 공부하는 것을 원하지 않았을까. '이해해 달란' 호소가 아닌 '함께하자'라는 말을 원하진 않았을까 하는 생각들. 고3이 되면서 편지 한 장을 제대로 쓴 적이 없었구나 이런 생각들.

산성비를 맞고 두드러기가 났다는 나의 확신과, 그에 대해 필사적으로 비를 피하려는 대처는 전부 잘못된 것이었다. 기름진 음식을 먹지 말아야 했고, 약을 처방받는 것이 정답이었지만 나는 잘못된 판단을 하고 잘못된 노력을 한 것이었다.

어쩌면 별거 아닌 해프닝으로 인해 사랑과 관계를 배운

다. 나는 사람을 만날 때에 꼭 중요하게 생각하는 일종의 법칙 같은 것이 있다. 그중에 일 순위는 '내 기준에서의 노력은 효용가치가 없다는 것.' 내 짧은 판단으로 실행한 노력은 그 관계를 이끄는 것에 별다른 가치가 없을 수도 있다는 것.

당신이 사랑을 하는 사람이라면, 앞으로 꾸준히 누군가를 사랑할 사람이라면 이 사실을 잊지 않고 살아갔으면 좋겠다. 꼭 사랑이 아니더라도 누군가와 만나며 살아가는 사람이라면. 어떤 관계에 대하여 혼자만의 처방과 그에 대한 노력은 상대에게 효용가치가 없을 수 있다. 가장 먼저 해야 하는 것은 서로의 노력의 효력이 발휘할 수 있게끔 지금 문제에 대해 진단을 하는 것이 우선시 되어야 한다.

물론 문제를 만들지 않는 것이 가장 좋은 방법이다. 나의 기억을 되돌려보면, 몸에 두드러기가 나게 만들었던 것은 식중독에 걸리게 한 상한 옥수수빵이었다. 하지만 그것은 나의 잘못이 아니었을 수도 있다. 여름이라 빵이 상할 수밖에 상황이었고 거기에 배고픔까지 더해져 아무렇지 않게 그것을 먹은 게 되었으니 말이다. 사람이 어떻게 실수 하나 없이 살 수 있을까. 관계에 대한 잘못이나 실수는 늘 우리의 곁에 있을 것이다. 어떤 상황으로부터 시기로부터 나의 실수로부터. 그러니 나의 몸에 났던 두드러기와 같은 '서운함과 헤어짐의 징조' 같은 것들을 스스로가 판단해서 고치려 하면 더욱 안 되는 것이다. 그보다는 병원에 들러,

진단을 받는 것. 즉, 깊숙한 대화로서 지금 우리 사이에 있는 문제점에 대한 진단이 필요한 것이다.

비와 식중독, 옥수수빵 그리고 두드러기처럼 우리에겐 그때만의 상황과 잘못된 노력이 있었다. 노력을 하기 전에 서로의 진단이 필요하다는 것. 진단을 함으로써 내 위주의 노력이 아닌 상대와 맞춰가는 노력을 할 수 있다. 그것은 첫사랑의 기억만큼이나 참으로 잊을 수 없는 사실이었다.

나는 그 이후로부터 한 여름날에 빵을 먹는 것을 피하게 되었다. 헛된 노력으로 인해 알게 된, 여름엔 빵이 잘 상한다는 값어치 있는 배움이었다. 그 아이와의 이별을 막을 수 없었던, 나의 헛된 노력으로 배운 '사랑을 하며 내 기준에서의 노력은 효용가치가 별로 없다는 사실'과 같은 이치였다.

포장 봉지 :

내가 그때 유통기한을 보지 않았었나?
이것만 확인 했었더라면….

옥수수빵 :

먹을 땐 미처 몰랐는데 나중에 가서야
아, 그거 상했던 거구나 알게 되는 것들이 있어.

사랑에 있어 내 기준의 노력은 효용가치가 별로 없을 수 있다는 것. 사랑은 둘이 함께하는 것이니까 그렇다는 것. 노력이 있어야 한다면 혼자만의 노력이 아닌, 이 만남과 상황에 대해 진단을 하는 노력이 적당하겠지. 우리가 어떻게 애써야 해야 할지, 또 어떻게 맞춰가야 할지에 대한 둘만의 진단.

외롭긴 한데, 다시 연애를 하는 건
꺼려질 땐 어떻게 해야 될까?

외롭긴 하지만 새로운 사람을 만나기엔 벅찬
시기라고 해야 할까.

응 그런 시기가 있지. 인생을 그래프로 본다면 그 어떤
사람과 관계를 맺지 않고 살아가고 싶은 구간이 꼭 있어.

지금 네 상황처럼 외롭긴 한데 새로운 관계를
맺기엔 거부감이 드는 그런 '실증'의 구간이지

난 그럴 때에 마음속에 보관해 놓은 사람이라는
기억을 꺼내 먹곤 해.

굳이 새로운 관계를 찾지 않더라도,
마음의 허기를 달랠 수 있는 나만의 방법이랄까?

모두는 간이 센 기억을
안고 살아간다

우리는 기억이라는 것을 필연적으로 안고 살아간다. 그러한 기억에는 시시때때로 망각되기도 하지만 또 어떨 때에는 죽기 직전까지 잊지 못하는 것들이 있다. 좋든 싫든 기억이라는 것은 우리가 살아가는 데에 늘 짊어지고 가야 하는 일종의 그림자 같은 존재이다. 최근 들어서 기억이라는 것에 생각해본 것이지만 어느 정도 맞는 말이라고 생각되는 일련의 단상 같은 것이 있었다. 그림자에게 짙고 옅고 따위의 구분이 있는 것처럼, 이러한 기억 또한 어느 정도의 짙고 옅음의 단계가 존재한다는 사실. 기억에도 얕은 밀도의 기억과 짙은 밀도의 기억이 존재한다는 사실. 음식으로 예를 들자면 심심한 무침류의 반찬처럼 간이 약해서 자극적이지 않고 금방이라도 상할 것 같은 기억이 있고, 장아찌처럼 간이 세서 자극적이면서 오래 두어도 상하지

않는 것들이 있다. 간이 세지 않은, 센 기억 정도로 구분해
두자.

얕은 기억, 그러니까 간이 세지 않은 기억의 경우 그
날의 날씨나 분위기, 향기 따위를 통해 머릿속에 주입되
는 기억이 대부분이다. 예컨대 좋은 곳에 가거나 좋은 향
을 맡거나 했을 때에 남은 어느 정도의 막연함으로 기억되
는 것들. 선잠을 잔 것처럼 선명하진 않아서, 그만의 느낌
으로 기억되는 것들. 그래서 이런 기억은 시간이 지나면
지날수록 뒤엉키는 경우가 많다. 어떤 사람이 좋아했던 노
래 그리고 내가 좋아했던 이름 모를 향기처럼 정확하지 않
아서, 흥얼거리는 정도이거나 비슷한 향을 맡게 되면 그때
의 기억인 것처럼 희미하게 떠오르는 것이다. 미풍처럼 흐
름이 느껴지긴 하지만 바람이라고 하기엔 부족하게 와닿는
정도의 심심함. 그래서 그와 비슷한 새로운 것들로 인해
잊혀지거나 금방이라도 상하기 마련인 기억들.

그에 반해 짙은 기억, 그러니까 간이 센 기억의 경우 날
씨나 분위기, 향기 따위의 추상적인 요소들보다 제법 테두
리가 뚜렷한 것으로 인해 주입된다. 예컨대 사람, 사람, 그
리고 또 사람. 어떤 사람 그 자체에 대한 기억. 우리 사랑
하는 엄마 아빠 그리고 나를 많이 혼냈었던 고등학교 담임
선생님 내가 제일 싫어했던 선배 그리고 애정했지만 그만
큼이나 깊은 배신감을 안겨주었던 나의 오래전 연인. 이
런 부류의 간이 센 기억. 그러니까, 흔들림이 없이 단일적

이고 유일한 기억 말이다. 대부분의 기억이란 시간에 닳아 낡아지거나 옅어지면서 그 끝은 뚜렷한 형태 없이 실루엣만 희미하게 남기 마련이지만, 이러한 사람에 대한 간이 센 기억은 시간이 지나도 짙은 유채화처럼 선명하고 색이 분명했다.

아 언젠가 들어본 적 있어, 언젠가 맡았었지, 언젠가 보았었지 정도의 구체적이지 못한 기억에 반해 간이 센 기억은 그 사람으로 인해 "그때는 그랬었어." "맞아 그때 나는 이 사람의 이런 걸 좋아했었어." "그 사람은 어떤 따뜻함을 가지고 있었어." 정도의 구체적인 성향을 띤다.

때로는 그 간이 센 기억으로 인해 다른 것을 갈증하기까지 이르기도 한다. 예로 들면, "아, 그때 그 사람은 이런 다정함이 있었는데, 아마도 이런 사람은 내 생엔 또 없겠지?"라거나 "아, 그때 그 사람은 이런 행동으로 나를 실망시켰었지. 이런 사람은 피해야겠다." 정도의. 간이 센 기억으로 인해 발현 되는 갈증.

우리의 머리가 냉장고라면 이런 다양한 부류의 기억이라는 음식을 보관하며 살아간다. 간이 약해서 금방 상해버리는 음식이 있는가 하면 간이 세서 상하지 않는 것들이 있는 것이다.

나의 좁은 방에 있는 냉장고엔 엄마가 몇 개월 전에 보내준 매실 장아찌가 있다. 간장이나 소금, 장 같은 것들로 염장을 해서 상하지 않고 오래 두고두고 먹을 수 있는 반찬이었다. 질긴 인연 끝에 생긴 사람이라는 기억만큼이나 짜고 자극적인 반찬이었다. 이러한 반찬처럼 자극적인 기억은 대게 슬프거나 짠내나는 또는 복수심 가득한 기억이 대부분이다. 물론 달콤한 설탕 같은 것들로 절여진 행복한 기억도 있겠지만 말이야. 사실 그러한 기억에 대한 맛의 분류는 그다지 상관없다. 달콤하건 짜건 한 가지의 공통점이 있다. 이런 기억들은 삶을 살아가는 데 있어 마음이 썩어나지 않도록 '방부제' 역할을 해준다는 중요한 공통점이었다.

삶에 있어 어느 구간은 더 이상 관계에 대한 필요성을 느끼지 못하는 구간이 있을 것이다. 필요성을 느끼지 못한다기보단, 그런 관계의 필요성에 지쳤다는 표현이 정확할 것 같다. 또 그것이 무작정 무기력하다는 느낌은 아니다. 굳이 어떤 사람과 관계를 맺지 않고 살아가고 싶은 그런 욕구가 무던히 생기는 구간이 있다. 스스로가 외롭지만 새로운 관계를 맺기엔 거부감이 드는 그런 구간. 참 묘한 감정이면서 애매한 구간이지만, 이런 시기는 우리의 삶에 꽤나 잦은 빈도로 그 얼굴을 내밀곤 한다.

그때에 굳이 새로운 관계를 찾지 않더라도 머릿속에 보관해 놓은 간이 센 기억이라는 반찬으로 끼니를 때울 수 있는 것이다. 배는 고프지만, 음식은 해먹기 귀찮은 날 냉장고에서 장아찌를 꺼내 간단히 저녁을 해결하는 것처럼, 간단하게 그런 구간에 대해 만족감을 누리며 헤쳐 나갈 수 있다. 사람이라는 기억을 떠올리면서 말이다.

어쩌면 오늘날 관계에 지친 나의 하루 끝이라도 무작정 외로움에 내몰리지 않는 유일한 이유일 것이다. 일종의 '추억한다.' 정도의. 굳이 좋은 기억이 아니더라도 슬픔으로 아픔으로도 충분히 추억할 수 있다 정도의.

지나갔던 모든 관계는 슬픔이나 아픔, 행복 따위의 양념으로 버무려졌고 세월을 만나 감칠맛 나는 기억으로 발효한다. 그중에 많은 기억은 간이 세지 않은 탓에, 쉽게 상해지고 버려지겠지만 나의 마음속에 버려지지 않고 남은 자극적인 기억들은 살아남아 발효하고 제법 맛있는 음식으로서 역할을 다한다. 그래서 쓸모없이 떠나간 관계는 없다. 그때 당시에도 나에게 깊은 인상을 주었으며, 지나간 세월에 빚어져 나의 하루를 채워줄 수 있는 든든한 반찬으로 거듭난다. 그러니 깊은 기억만 남기고 나를 떠난 사람이라도, 어떠한 상황으로 아쉽게 헤어져야 했어야 하는 사람이라도 낭비였던 관계는 없다. 설령 그것이 그때는 정말 싫고 미운 사람이었다고 하더라도 말이다.

모두가 기억이라는 의미로 냉장보관 되면서 살아가는 동안 쓸 만한 양분이 된다. 마음이 썩어나지 않도록 해주는 방부제 역할을 한다. 관계에 지쳐버린 나에게 하루를 무리 없이 보낼만한 심심한 위로가 된다. 그러한 사실을 믿고 나아간다면 앞으로의 관계도, 이미 지나쳐버린 관계도 조금 더 건강한 자세로 받아들일 수 있을 것이다. 울퉁

불퉁하게 느껴지는 관계도 제법 그 모난 부분을 이해하고 둥글게 느낄 수 있을 것이다.

오늘도 집에 들어와선 간단한 반찬과 즉석 밥을 데워 먹는다. 이젠 익숙해졌다. 허기진 나의 하루 끝에 새로운 관계를 욱여넣지 않아도 된다는 사실. 어쩌면 사람과 사람 사이 그 좁아터진 관계에 숨이 막혀 새로운 이어짐을 거부하겠지만, 그럼에도 외롭거나 쓸쓸한 것을 스스로가 인정하고 즐길 수 있는 이유는 간이 센 기억들에게 있다. 이렇게 자극적인, 자극적이었던 사람이라는 기억 덕분에.

사람에 대한 기억은 시간이라는 발효를 통해 삶의 양분이 된다. 그것은 쉽게 상하지 않으며, 쉽게 버릴 수도 없는 것이었다.

간편 즉석 밥과 장아찌 :
간이 써서 한 숟가락 당 한 점 정도면
금방 비워낼 수 있어. 정말 간편함의 끝!

"우리는 기억이란 냉장고에 장아찌처럼 간이 센 기억들 하나
쯤 보관하고 살아가는 것 같아. 쉽게 상하지 않고, 언제나 간
편하게 꺼내 먹을 수 있는 그런 기억 말이야."

사람들은 밥을 먹을 때 마주앉아 먹는 습관이 몸에 배어 있다. 나란히 일렬로 앉아 밥을 먹는 상상을 하면 이상하게 느껴질 만큼 마주앉아 먹는 식사는 당연한 문화인 것이었다. 그것은 어쩌면 밥을 먹는다는 의미가 '먹는다'로 시작하지만, 먹는다 보다 얼굴을 보고 이야기한다는 의미에 가깝기 때문이란 생각을 한다. 뭐랄까 돈가스 정식에 나온 우동이 돈가스보다 더 맛있다는 느낌 정도. 요즘 밥을 먹고 있자면 사이드 메뉴가 더 맛있게 느껴진다. 얼굴을 보고 이야기하는 맛이었다.

사랑에도 자꾸 욕심을 부리게 되더라. 내 마음의 총량보다 더. 더. 더 원하면서 넘치길 바라는 것 같아.

꼭 정신 차리고 보면 뷔페에 온 사람처럼 과식을 하는 내가 있더라고.

꼭 되돌릴 수 없는 지경에 와서야 후회하지. 아, 적당히 할걸. 하고 말이야.

나도 그래. 다 그렇게 후회하고 몸소 체험하면서 관계에 성숙해지는 것 아닐까.

뷔페에서의 폭식

　나의 식습관엔 다소 특이한 고집이 있다. 특이한 고집이라기보단 미련한 식탐에 가깝달까. 많은 양의 음식보단, 많은 종류의 음식이 놓여있는 것을 좋아하는 것이다. 그래서인지 가장 좋아하는 음식점의 종류는 일식이건 한식이건 양식이건 공통적으로 뷔페였다. 어릴 적부터 아빠가 꺼낸 뷔페 가자는 말에 설레었고, 맛있다고 소문난 맛집보다도 뷔페를 좋아하는 사람이었다.

　이러한 나의 식탐에는 큰 단점이 있었는데, 여러 음식이 좋아서 찾아간 뷔페에서 평소에 먹지 못할 음식들에 대한 아쉬움 때문에 폭식을 감행하게 된다는 것이었다. 그리고 또 그 폭식으로 인하여 뷔페를 다시는 오지 않겠다는 다짐을 했다. 참 미련한 짓이었다. 그러한 다짐은 시간이 지난 후엔 유효성이 사라졌고, 허기가 지는 날이면 나는 또 뷔페가 생각나는, 어쩔 수 없는 마음을 반복했다. '이번에 가면 꼭 적당히 먹어야지.' 따위의 자기합리화를 하며 뷔페로 향할 생각이 가득했다. 그것은 뫼비우스의 띠와 같은 반복이었다. '적당히'라는 것이 가장 어려운 것이라는 걸 알면서도 쉽게 다짐을 하고 또 쉽게 그 다짐을 져버리는 스스로가 우스워서 이번에 뷔페에서 나오며 피식 헛웃음을 지었다.

지나가는 사람 누군가를 붙잡고 "나만 이런 경험 있어요?"라고 물어본다면 십중팔구는 자신도 그런 경험이 최소 두어 번쯤은 있다고 할 것이다. 내 주변인들만 봐도 대부분은 뷔페에 나오면서 '다신 오지 않겠다.' 다짐을 하지만, 얼마 지나지 않아 유명한 뷔페를 검색하고 있는 미련함을 보인다. 이런 습관에 대해 생각을 해보면 여러 가지 복합적인 이유가 있겠지만 주된 이유는 단 한 가지일 것이다. 그 당시의 아쉬운 마음. 내가 이 돈을 내고 뷔페에 왔는데 겨우 이것만 먹고 자리를 뜰 수가 없어서. 이 널린 음식들을 두고 적당히 먹으면 괜히 손해 보는 것 같아서. 이미 무언가 들어가 벅찰 정도로 꽉 찬 뱃속이라도, 아쉬운 마음이 더 꽉 차서 억지로라도 욱여넣는 것이다. 어지간하게도 미련한 행동이었다. 더 미련한 것은 미련한 것을 알면서도 지금 아쉬운 마음 하나 못 이겨서 일단 입안에 집어넣는 것이다. 다 알면서도 말이다.

이런 아쉬운 마음은 꼭 뷔페가 아니라도 삶에 지독하게 스며들어 있었다. 다른 예를 하나 들어보자면 우리가 낭만이라 인식하는 여행에도 이런 습관이 무던히 배어 있었다. 여행을 가서 내가 맞이한 아름다운 풍경을 잊지 않으려,

수십 장의 사진을 찍지만 결국 찍은 사진의 대부분이 어디에 저장되어 있는지도 모르고 남에게 자랑하기 바쁜 용도에 그치지 않는 것을 많이 봐왔다. 사진을 찍느라 앞에 있는 아름다운 풍경을 온 맘으로 느끼지 못하고 겨우 SNS에 올릴 사진 몇 장만이 추억이라며 남게 되는 것이다. 너무 많은 것을 담아 가려는 욕심 때문에 말이다. 또 많은 스팟을 들르고 싶은 마음에, 단 한곳도 제대로 여행하지 못하고 얼마 지나지 않아 바로 장소를 이동하는 인스턴트 식 여행도 한 가지 예가 될 수 있을 것이다.

몸소 느끼게 되는 방식은 다르더라도 단 한 가지 마음 때문에 많은 상황에서 중요한 것을 놓치고 살아왔다. 아쉬운 마음, 그것으로부터 파생되는 욕심. 충분히 가질 수 있는데, 보관할 수 있는데, 받을 수 있는데 그것을 어느 정도 포기하고 적당선을 맞춰야 하는 아쉬운 마음 때문에, 우리는 미련하게 살아간다. 음식에 대한 욕심도, 경험에 대한 욕심도, 감정에 대한 욕심도 전부 다 받을 수 있을 것만 같아서 간직할 수 있을 것만 같아서 소화할 수 있을 것만 같아서 억지로 욱여넣은 것이다.

몇 년 전에 있던 뼈아픈 만남이 생각났다. 내가 정말로 사랑했던 사람에게 마음을 크게 체한 적이 있었다. 그 사람 입 밖으로 나온 말 한마디에, 지금껏 대해왔던 모든 감정에 대하여 반성하게 된 큰 계기였다.

나의 입장에선 늘 넘치게 사랑하는 줄 알았던 관계. 늘

다양한 마음들이 오갔고, 많은 사랑을 받았다고 생각되게
끔 해주는 사람이었다. 하지만 거기엔, 뷔페에 온 것처럼
널린 마음을 억지로라도 집어넣는 미련한 내가 있었다. 나
는 속이 꽉 찰 정도로 마음을 받아왔지만 늘 더. 더. 더.
더를 요구를 했고 어느 순간엔 서로 행복하자고 다짐했던
모든 순간이 무너질만한 불만족들이 속 안에서부터 얹히기
시작했다.

"그게 나에 대한 최선이야?"

우습지. 나는 사랑을 하면서 언젠가부터 상대에게 최선
을 바랬다. 더 많은 시간을 내기를 요구했고 더 많은 관심
을 요구했다. 나의 마음은 범람해야만 조금 만족했다. 그
끝에는 아직도 잊지 못하는 말이 나에게 돌아왔다.

"그만하자. 나를 사랑해서라고 말해왔지만, 결국 너 감
정 채우기 바쁜 거잖아."

그때는 그 말이 그렇게나 속상하고 정곡을 찔린 것 같아
괜히 노발대발하면서 네 잘못이니 내 잘못이니 서로 상처
가 되는 말을 참 쉽게 내뱉었지만, 그것조차 나의 아쉬운
마음 중의 하나일 뿐이었다. 이기적인 사람으로 남고 싶지
않은 아쉬운 마음. 결국, 욕심만 많은 사람으로 남기 싫은
마음.

그 사람과의 치열한 연애 끝에 나는 다시는 이런 사랑
은 하지 않겠다 몇 개월을 앓고 세뇌에 가까운 다짐을 했

던 기억이 있다. 다시는 이런 사랑하지 않을 거야. 욕심내서 이기적인 사람으로 보이기도 싫고 그것을 계속 요구하게 되는 나 자신도 꼴 보기 싫으니까.

하지만 그 순간 얼핏이나마 나는 예상하고 있었다. 언젠가는 세뇌하듯이 주입한 이 다짐들이 깨질 것이라는 것을. 참 아이러니한 마음이었다. 머리는 아니라고 하더라도 마음속 깊이 알고 있었기 때문에. 언제가 되어 그 사람만큼, 사랑하는 될 사람이 내 앞에 나타난다면 나는 또 상대의 마음을 퉁 퉁 퉁 두드리게 될 것이다. 더 많은 관심을 달라고 더 많은 사랑을 달라고 말이다.

그렇다. 이렇게 언제나 내 주위엔 이러한 미련한 반복이 머물러있었고, 앞으로도 나는 이런 미련한 일의 반복일 것이다. 하지만 생각했다. 내가 했던 다짐이 아무 소용없겠지만, 결국 어느 정도는 조절하게 되는 날이 올 것이라고. 마음이 더 성숙해질 때가 되면. 지금보다 더 어른이 될 때가 오면 말이야. 가슴 아픈 일이지만 이런 만남과 아픈 이별을 앞으로 무던히 겪다 보면. 다소 막연한 말이지만, 언젠간. 그렇게 생각하며 그 지독한 허무함과 아픔을 견뎌내 왔다.

당신이라고 해도 다를 것 하나 없을 것이다. 사랑을 하던, 식사를 하던, 또 그 어떤 사람을 만나던 늘 불필요한 욕심을 부리곤 부질없는 다짐과 미련한 예상을 하는 것에 어느 정도 익숙해진 당신이 앞에 있을 수도 있다. 어쩔 수 없이 욕심부리고 제 욕심에 못 이겨 더부룩한 마음을 안으며 후회하는 순간들에 익숙해진 당신이 말이다. 성숙한 사람이 된다는 것은 이런 것들의 빈도를 줄이는 일이 아닐까. 앞에 둔 것을 보고도 욕심부리지 않고 적당히 넘길 수 있는 절제력을 품고 사는 일. 생각해 보면 늘 뭔가 부족하기보단 오히려 넘치거나 욕심만 앞선 탓에 그르치는 것들이 많았다. 일도, 사람도, 사랑도.

이러한 절제력을 갖기 위해선 무엇을 해야 할지 감이 잡히지 않을 것이다. 머리로 알고 있어도 순간의 선택들은 늘 이런 식이었으니까. 머리로는 욕심을 부리지 말자고 하지만, 이미 그렇게 행하고 있었으니까 말이다.

나름대로의 위로를 건넨다면 나도, 당신도 그럭저럭 잘 해내고 있다. 그런 하나하나의 사건으로부터 그 절제의 중간점에 가까워지고 있을 것이다. 비록 지금은 아직까지도 미련한 행위를 반복하는 사람이라도, 과욕이 부른 더부룩한 순간들이 차곡차곡 쌓이고 쌓여 머리가 아닌 마음으로 그만 집어먹는 일을 다짐할 때가 올 것이다. 그렇다고 한 순간의 다짐으로 끝나리란 기대는 말자. 언젠가 그런 다짐들이 모여서 결국 마음에서부터 깊숙이 자리 잡는 절제력을 품게 되는 것일 테니까.

오늘도 여느 주말과 다르지 않게 동네 친구와 뷔페를 가서 평소에 한계치보다 훨씬 많은 양의 음식을 욱여넣고 돌아오는 길이다. 우리는 뷔페의 정문을 뒤로하고, 또다시

오지 말자는 다짐을 했다. 매번 같은 말과 행동을 반복하는 서로에 대해 머쓱했는지 헛웃음을 몇 번이고 지었다. 다신 오지 말아야지. 다신 여기에 오지 말아야지. 그러면서 언젠가는 또 오게 되겠지. 이런 쓸모없는 다짐과 미련한 예상을 하면서.

더부룩한 속을 해소시켜줄 소화제를 사 들고 집으로 가는 길엔 그런 생각이 들었다. 언제가 되면 나도 뷔페에서 나올 때 더부룩하지 않을 수 있을까? 그래 언제가 되면. 앞으로 많은 시간이 지나서 머리가 아닌 마음으로 이런 행위가 정말 미련한 짓이라고 깨닫게 되면. 비록 지금은 아니겠지만, 꼭 그렇게 되면 말이다.

오늘도 제 욕심에 못 이겨 미련하게 욱여넣었다. 정말 다신 이러지 말아야지. 정말 다시는 이런 욕심부리지 말아야지.

비운 접시 :
좋아하는 거….
좋아하는 거….
좋아하는 거….

너무 많은 걸 담으려는 욕심 때문에
정작 한 개도 제대로 즐기지 못한 건 아닐까?

늘 사랑이란 감정 앞에 서면, 뷔페에 들어선 사람처럼 감정
을 과식하는 내가 있었다. 그리곤 뒤돌아서 더부룩한 마음을
움켜쥐며 후회했다. 또 그런 후회로부터 미련한 다짐을 반복
한다. 다신 그러지 말아야지. 욕심내지 말아야지.

죽는 걸 알면서도 살아가는 사람들처럼

언제가는 이별을 할 수도 있겠지만, 우리는
사랑을 하는 거잖아.

우리 만남을 시작하기도 전에 마지막을
생각하진 말자.

그것보다도, 꼭 마지막이 없는 것처럼 사랑하자.

마지막을 생각했다면, 이별이 아닌
함께하는 마지막을 생각하자.

사랑해.

끝을 생각하지 말고 사랑하자

"먹힐 운명을 알고 자란다는 것은 어떤 느낌일까?"

먹힐 운명을 알고 자란다라. 그 사람의 질문은 방금 칼 갈이를 마친 주방용 칼처럼 날카로웠다. 근래에 연애를 시작한 나와 남자친구는 '요리사'라는 직업을 가지고 있었다. 우리는 같은 레스토랑에서 일을 하면서 자연스럽게 서로에 대해 이성적인 호기심을 가지게 되었다. 최근에는 서로에게 가지고 있는 호기심과 호감을 받아들이기로 하여 연애를 시작했고, 남자친구는 동시에 다른 레스토랑으로 이직을 했다.

그 사람의 물음은 단순히 의문을 던진 것처럼 보이지만, 실정은 달랐다. 추궁 정도는 아니었지만 나에게 묻는 저격심이 가득한 질문이었다. "먹힐 운명을 알고 자란다는 것은 어떤 느낌일까?" 요리를 하는 직업을 가지다 보니 필연적으로 많은 식재료를 다루게 되었고 그것을 아무렇지 않게 자르고 조리하면서 떠오른 생각이라고 했다. 애네들은 자신들이 이렇게 될 운명이란 걸 알고 자랐을까? 만약 그렇다면, 그 허무한 사실을 알고 있으면서도 어떻게 살아갈 수 있었을까? 나는 이에 대한 답으로 "설마 알기야 하겠어…" 정도의 가벼운 말을 툭 하고 뱉었지만 어쩐지 그의 질문을 곱씹어 보면 그렇게 간단히 답할 수 있을 정도로 가벼운 생각은 아니었다. 아마 그 사람은 몇 번이고 고민하고 걱정하는 마음을 품으며 꺼낸 물음임을 직감했다.

치매에 걸린 나의 엄마를 보며 생각했던 공상 같은 것이 있다. 사람이 치매에 걸리는 이유는 곧 죽는다는 사실을 억지로 잊어버리기 위해서 걸리는 것 아닐까. 밥 먹는 것을 종종 까먹는 우리 엄마. 자신이 나의 딸인 줄 알고 나를 엄마라고 부르던, 죽은 나의 엄마를 떠올렸다. 어쩌면 엄마 자신이 죽을 운명이라는 걸 기억하지 못하도록 자기방어를 했던 것 아닐까 하면서. 그런 일들을 떠올리면 종종 마음이 지끈거렸다. 마지막을 알면서 살아간다는 것은 꽤나 골치 아픈 일 아닐까. 아니 그것이 골치 아프기보단 그러한 사실을 자꾸 예상하고 떠올리는 인간의 본성이 참 골치 아픈 일이 아닐까 했다. 이런 나의 생각을, 실화는 아닌 것처럼 남자친구에게 전했다.

"… 그것을 까먹으려고 애쓸 것 같아. 사람이 늙어서 치매에 걸리면 자꾸만 어떤 사실을 잊으려고 노력하는 것처럼 보였거든. 곧 죽게 된다는 사실을 말이야. 아 물론 내가 직접 겪은 이야기는 아니고."

남자친구에겐 무거운 마음을 가지고 있었다. 그와의 미묘한 관계를 어느 정도 인정하게 된 날에는 가장 먼저 든 혼자만의 고민이 있었다. 이렇게 안정된 직장 안에 있으면서, 헤어지기라도 한다면 우리는 직장을 잃어버리는 것 아닐까? 섣불리 시작했다가 부질없이 헤어져 버린다면, 그 결과에 따른 책임이 우리를 너무 비참하게 만들지 않을까.

애인의 성격과는 다르게 현실적인 성격에 가까웠던 나로선 지금 내 안의 감정보다, 바로 앞에 놓인 상황의 걱정이 앞섰던 것이다. 하지만 그런 나의 걱정을 말끔히 없애 준 것은 나의 애인이었다.

"내가 다른 곳으로 가볼게"

그렇게 우리의 연애는 '남자친구가 다른 직장으로 이직을 한다'는 전제조건을 안고 시작했다. 사랑에 조건을 건다는 것이 너무 현실적인 사람이라 느껴겠지만, 애인은 나의 그런 부분까지도 서슴없이 안아 주었다. 그 때문에 나는 마지막을 걱정하지 않아도 되는 제법 자유로운 연애를 시작할 수 있었다.

어쩐지 식칼을 손에 쥐고 자르며 손질하고 그것으로 요리하는 일을 생업으로 삼는 사람이다 보니, 사람의 마음도 그렇게 요리할 수 있겠다는 오만함이 가득했었나 싶었다. 이는 우리 연애에 갑, 을이 있다면 나의 입장을 갑의 연애에 가깝도록 만든 것이었다. 나와 함께하기 위해 현 직장을 포기한 애인. 또 내가 마지막을 생각하지 않게 하려고 무던히도 마음을 베풀어 주는 나의 애인. 그에 비해 나는 그와의 사랑을 요리하려는 오만함이 가득한 요리사에 가까웠다.

'먹힐 운명을 알고 자란다는 것은 어떤 느낌일까?'라는 물음을 던진 애인은 그 뒤로 스스로가 질의응답을 했다.

"먹힐 운명이란 걸 식재료가 알고 자란다면 맛있는 식재료로 자라지 못할 거란 생각을 해봤어. 맞아. 식재료들이라고 해도 자신이 먹힌다는 사실을 모를 일이 없을 거야. 분명 자신이 먹힐 운명인 걸 알고 자랄 거야. 그러니까 자연산과 양식산 간의 질 차이가 분명한 것 아닐까. 자연산은 먹힐 운명을 모르고 사는 것이고, 양식은 먹힐 운명을 대물림해서 알게 된 것이지. 둘의 차이는 하나야. 어차피 죽을 것이고, 먹힐 것이고 그런 것들은 정해져 있는 일이지만 그것을 인지하고 있느냐 인지하지 못하고 있느냐 그 차이. 그 둘의 선택지에서 식재료의 질 차이가 나오는 것 같아. 그게 까먹으려는 노력 탓인지, 먹힐 것이라는 운명을 알고 있는 근심에서 나오는지는 몰라도, 분명 어떤 요소가 작용해서 자연산과 양식산 두 종의 맛에서 극명한 차이가 나오는 것일 거야.

네가 나와 만나기 전에 어떤 걱정을 가장 먼저 했는지 알아. 우리가 아직 만난 지 얼마 안 되었을 때 이 말을 꺼내야 할까 말까 고민이 많았는데, 가장 첫 단부터 확실히 하고 너와 만나고 싶어. 연애를 시작하기 전부터 이별을 생각한 너와, 그것을 생각지 않은 나의 이야기로 시시비비를 따지자는 것은 아냐. 단지, 앞으로는 우리가 살면서 이런 걱정을 하지 않고 살았으면 하는 마음이야."

시작부터 마지막을 생각하고 살아가지 않았으면 좋겠어. 우리의 사랑이 자연산 활어처럼 힘이 넘치고 파닥파닥 살아있는 사랑이길 원해. 마지막이 있더라도 그 마지막을 모르는 것처럼 사랑하길 원해.

그 점에 대해 남자친구에게 쭉 무거운 마음이었다. 그런 마지막에 대한 염려를 가장 먼저 꺼낸 것에 대해 이불 킥을 할 정도로 연애에 미숙한 사람이구나 하면서 며칠 밤을 앓았다. 그런 지난 이야기를 구태여 다시 꺼내는 남자친구가 밉기보단, 나의 미숙함과 오만함에 대해 사과를 할 구실을 만들어 주어서 고맙다는 생각을 했다. 그러니까, 이제 중요한 것은 내가 이전에 내뱉은 언행에 대해 어떤 내용의 시말서를 제출해야 할까 정도의 고민이 머릿속에 맴돌았다.

"그러니까… 잊진 못하겠지. 아니 잊으라고 말하면 내가 이기적인 거겠지. 나는 사랑에 미숙한 사람이야. 사랑을 앞에 두고 앞일을 걱정하다니 그것이야말로 오만함의 끝에 다다른 바보라고 생각해. 그래도 네가 해준 선택에 단지 감사할 뿐이야. 그러니까… 내 말은 …"

"연희야. 사과를 받으려는 게 아냐. 네가 했던 이야기처럼 우리 마지막을 생각했더라도, 치매 걸린 것처럼 잊어 버리자. 단지 그뿐이야. 어떤 생각을 했건, 하고 있건 나는 네가 거짓을 이야기한다면 그 거짓을 믿을 수밖에 없는 사람이잖아. 지금도 네가 마지막을 생각하지 않는단 확신은 하지 않아. 그래도 우리 잊어버리자는 거야. 잊어준다고 하면 나는 그것을 믿을게. 네가 그때 솔직한 심정을 먼저 이야기해줘서 고마워. 앞으로도 그렇게 솔직하게 말해줘. 그때마다 나는 치매 걸린 사람처럼 그 말들을 잊어버릴 테 니까."

서로가 정리가 안 되는 마음이 오갔다. 그 말이 끝난 뒤 나는 애인에 품에 푹 하고 안겼다. 마지막을 걱정한 나에 게 정리가 안 되는 마음으로 확신을 안겨준 애인에 대한 고마움과 '이 사람과 함께라면' 정도의 옅은 확신이 품 안으로 스며들어 왔다.

나는 생각했다. 시간이 지나서. 그러니까, 나와 이 사람이 결혼의 연을 맺는다면. 그러니까 이별이라는 마지막이 아닌 그런 종류의 마지막을 상상해 본다면. 우리 엄마가 있는 납골당에 손을 잡고 가서 우리 엄마는 오래전에 치매에 걸렸고 얼마 지나지 않아 돌아가셨다는 말을 꺼내는 날이 온다면, 그렇게 우리 엄마에게 그이를 소개해줄 날이 온다면 그이는 어떤 반응을 보일까. 아마 자신이 그때 '치매 걸린 것처럼 잊어버리자' 쉽게 말한 것에 대하여 당황한 표정과 함께 미안함을 말하겠지.

어쩐지 이 사람과의 마지막은 이런 종류의 마지막일 것처럼 상상되었다. 우리 제법 마지막이 해피엔딩일 것이라는 생각. 마지막을 생각했다면, 치매에 걸린 것처럼 잊어달라는 그 사람의 말에 대해 품에 안겨 고개를 끄덕거리는 미안함이 섞인 동의를 표했다.

하지만, 나는 우리의 마지막을 상상한 것에 대해 '잊지못할 것 같다'는 대답을 마음속으로 숨겼다. 어쩐지 이런 행복한 마지막을 상상하는 것까지 치매 걸린 것처럼 잊어버린다면, 오히려 내 삶은 양식장의 식재료처럼 기대도 의미도 없는 그런 퍽퍽한 삶이 되어 버릴 것만 같았다.

우리는 우여곡절의 시간을 견디면서 지금까지도 만나고있으며, 결혼을 앞두고 있는 예비 신랑 신부가 되었다. 약혼하기 전에 생긴 웃긴 사실이 있다면 그 사람과 일을 하는 행복을 느끼고자, 내가 오히려 그 사람의 주방에 신입으로 들어가는 선택을 했다. 일을 할 때에 서로 존칭을 부르며 내 위에 있는 남자친구에게 지도 받는 신입의 느낌은 짜릿함 그 자체였다. 어쩐지 내가 그 사람의 주방에 들어가기로 결정한 날에 그 사람은 안도의 한숨을 지었다. 그 안도의 한숨은 "이 사람이 처음과는 달리 우리의 마지막을 생각하지 않는구나." 정도의 의미를 품고 있었다.

하지만 당신은 틀렸다. 나는 당신과의 마지막을 자주 상상한다. 납골당에 가서 우리 엄마에게 당신을 소개하는 것을 지나, 우리가 결혼을 하고 또 아이를 가지며 또 우리의 아이를 대학교에 보내면서 그렇게 지나가는 시간에 걸터앉아 나란히 늙어가는 순간마다의 해피엔딩을. 이런 상상들은 내가 죽을 때가 되어 치매에 걸려도 기억하고 싶은 달콤한 마지막들이었다. 꼭 치매가 걸려도 잊지 못할 것 같은 그런 종류의 마지막들이었다.

당신에겐 비밀이었지만, 나는 당신과의 마지막을 늘 염두하고 있었다. 당신도 나와 같았다면 우리 치매에 걸려서 죽을 때까지 서로를 절대 잊지 말자고.

조개 :

언젠가 죽을 걸 알고도 계속 살아가는 것처럼.
우리의 마지막은 생각하지 말자.

새우 :

자연산 활어처럼 자유롭게. 힘이 넘치고 파닥
파닥 살아있는 사랑이길 원해

"양식산과 자연산 둘 사이에 극명한 맛의 차이가 있는 이유
는 어쩌면, 먹힐 운명을 알고 자라는가 아닌가에서 비롯되는
것 같아. 그러니까 우리 마지막을 생각하며 사랑하지는 말자.
우리의 마음이 파릇한 자연산처럼 자라나서, 맛있는 사랑으
로 만들어질 수 있도록."

엄마, 내 인생에 완벽한 남자는
언제쯤 나타날까? 기다리기도 지친다 이젠.

으이구. 심한 공복에 밥을 먹으면 자연스럽게 과식을 하
게 되고, 그런 과식은 쉽게 체하도록 만든단다.

오랜 만남의 공복기는 우리 딸 마음을 성급하게 만들
수도 있는 거야. 그 성급함은 마음을 얹히게 만들 수
도 있고 말이야.

우리 딸한테 맞는 완벽한 사람은 꼭 나타날 거야. 하지만 그때
만을 위해 만남을 비워놓겠다는 욕심은, 오히려 맛있는 만남을
방해하는 요인이 될 수 있지 않을까 우리 딸?

공부에는 오히려
음식이 잘 들어가지 않는다

"할아버지 생신 축하드려요."

우리 가족에게 있어 할아버지의 생신날은 한 해 중에 있는 여러 잔칫날 중에 가장 큰 잔칫날이었다. 매년 할아버지 생신날이 오면 온 친척이 모여 외식을 하거나 각자 해온 음식들을 한 식탁에 모아 푸짐한 식사를 했기에, 평소에 먹지 못하는 맛있는 음식을 먹을 생각으로 기대가 한가득이었다. 때마침 할아버지 생신이 토요일과 맞물려 있었기 때문에, 아침부터 밤까지 할아버지 댁에 있을 가능성이 높았으므로 나는 그날 먹을 맛있는 음식들에 대해 연신 기대를 하고 있었다.

할아버지 생신 3일 전쯤이었을까. 나는 늦은 저녁 아버지가 누군가와 전화 통화를 하는 소리를 들었다. 통화 내용은 내가 제일 좋아하는 한우구이 집을 예약한다는 것과, 한우를 먹은 후엔 유명한 빵 가게를 들려 다시 할아버지 댁으로 복귀하는 일정의 내용이었고 나는 어른들이 짜놓은 일정에 매우 흡족했다. 한우와 빵이라는 조합이 다소 맞지 않아 보일 순 있어도 내가 좋아하는 것들 중에서도 손에 꼽는 것들이었기 때문이었다.

우스꽝스러운 이야기지만, 그날부터 나는 토요일만을 바라보고 살았다. 물론, 할아버지를 사랑하는 마음도 많았기에 생신 축하 편지를 전달해 드리고 싶은 기대도 있었지만, 그런 기대감보다는 맛있는 음식을 먹을 것에 큰 기대를 했던 것이었다.

"오늘 속 안 좋아? 끝나고 떡볶이 먹으러 갈래?"

"아니 그냥 밥맛이 별로 없네. 다음에 먹자. 나 오늘은 일 있어서 먼저 들어가야 할 것 같아."

금요일이었다. 친구들은 평소와 다르게 소식하는 나의 모습을 의아하게 쳐다보았고, 속이 좋지 않냐는 걱정을 했다. 우리는 방과 후에 근처 떡볶이 집에서 떡볶이를 먹고 귀가하는 일이 잦았는데, 이날은 이런 떡볶이의 치명적인 유혹조차도 거부할 수 있었다. 이 밤만 지나고 나면 한우를 먹을 수 있었기에 나는 그날, 점심때부터 소식을 하고 저녁은 아예 굶을 계획을 세우고 있었다. 나는 하굣길에 들뜬 마음을 품고 엄마에게 전화를 걸었다.

"엄마, 나 오늘 저녁 안 먹으려고."

"왜? 내일 많이 먹으려고? 으이구."

"어…?"

"그러다 오히려 더 못 먹는 거야. 탈 날 수도 있고. 저녁은 먹지 그러니?"

"뭐야, 그런 거 아니거든!"

엄마는 최대한 속을 비워놓은 다음 맛있는 것들은 잔뜩 집어넣으려는 나의 욕심을 훤히 알고 있었다. 어쩐지 내 입으로 말하지 않았는데, 그런 사실에 대한 속마음을 들켜버린 것이 창피했다. 사실 따지고 보면 별것 아니었지만, 그땐 엄마 손바닥 안에 있어 보이는 내가 싫었던 탓이었다.

내가 식탐이 참 많은 사람이라는 것은 주변인 모두가 알고 있는 사실이었다. 맛있는 음식을 앞에 두면 좀처럼 조절이 안 되는 욕심쟁이의 내가 늘 있었다. 그놈의 식탐 때문에 많은 음식을 앞에 두어야지 안심하는 날이 많았고, 남기는 것이 싫어서 억지로 욱여넣은 적 또한 잦았다. 그 덕에 나는 소화제를 달고 사는 일이 많았다. 먹는 양에 비해 이상하리만큼 살이 찌지 않는 체질이라, 누가 보면 내가 음식에 욕심이 있는 사람이라고 선뜻 판단하기는 어려운 일이지만 말이다. 그런 나의 식탐을 알고 있는 엄마에게, 내가 또 욕심을 부린다는 것을 들키고 나선 괜히 짜증섞인 어투로 대답했다.

"만약 내일 많이 먹으려는 거면 내일 아침만 거르고 가도 충분하니까 저녁은 먹어라."

"아 그런 거 아니라고!"

집에 도착해서 방에 들어가는 나를 보고, 엄마는 또다시 나의 속내를 건드렸다. 엄마는 그날따라 유난히 저녁 식사에 집착을 하면서 조금이라도 먹고 들어가란 말을 했고, 나는 끝까지 그런 게 아니니까 괜찮다고 했다. 그때 방문을 평소보다 세게 닫으며 들어간 나는 씩씩대며 책가방을 정리했고, 정리를 하는 동안 엄마의 이해되지 않는 말을 되새겼다.

"그러다 오히려 더 못 먹는 거야. 탈 날 수도 있고."

가방에 있는 짐을 정리하며, 필통 안에 들어있던 필기구들을 책상 연필꽂이에 한 뭉텅이씩 꽂았다. 꼭 등교를 할 때엔 연필꽂이에서 필기구를 가져가는 습관 때문에 하교한 후, 내 방의 연필꽂이는 텅텅 비어 있었다. 이 연필꽂이처럼 텅 비어 있으면 그 빈 공간에 필기구를 많이 채워 넣을 수 있는 것은 너무나 당연한 이치였다. 하지만 엄마의 말은 내 속을 비우면 비울수록 오히려 많은 음식을 먹지 못할 것이란 뜻이었고, 내게 있어 그 말은 이 연필꽂이가 텅텅 비면 빌수록 많은 필기구를 담지 못한다는 뜻과 같았다. 나는 속으로 엄마는 아무것도 모르면서 괜히 저녁을 먹게 하기 위해 수작을 부린다고 생각했다.

할아버지 생신 당일이 되기 전까지는 이러한 엄마의 말에 부정을 했고, 쫄쫄 굶으며 속을 비워 놓은 후 그곳을 한우와 빵으로 채우려는 나의 완벽한 계획이 성공할 거라 잔뜩 기대를 하고 있었다.

하지만 대체로 삶은 나의 계획과는 엇나가게끔 흘러가게 된다는 것을 알게 되었다.

다음날이었다. 이번 한 주간 가장 기대했던 할아버지의 생신날을 맞이하게 되었고, 나는 어쩌면 축하받아야 할 기념일의 당사자보다도 더 많은 기대를 품고 집을 나섰다. 식당에 들어선 그 특유의 식탐과 걸맞게 뱃속에 거지가 든 것처럼 허겁지겁 한우를 해치우고 있었다. 중간중간 어른들은 나에게 '고 녀석 참 잘 먹네' 같은 추임새를 붙이며 놀라는 표정을 했고, 엄마는 저 멀리서 그런 나를 걱정스러운 눈빛으로 바라보았다.

결국 얼마 지나지 않아 엄마가 우려하던 일이 터져 버렸다. 나의 속은 꼭꼭 씹지도 않고 삼킨 다량의 음식들 때문에 심하게 체한 것이었다. 나는 어쩔 수 없이 유명한 빵집을 들르는 일정은 뒤로 미룬 채로 일찍 집에 귀가를 해야 했다. 음식을 먹는 중간 나는 평소보다 쉽게 배가 불러옴을 느꼈지만, 지금 먹지 않으면 언제 다시 기회가 올지 몰랐기에 폭식증에 걸린 사람처럼 마구마구 욱여넣었다. 문제는 그렇게 빠른 속도로 집어넣은 음식들이 속에서부터 차곡차곡 얹혀 버렸던 것이었다. 나의 미련한 행동 때문에 우리 엄마 또한 일정을 포기하고 중간에 빠져나오게 되었다. 깊게 체해서 고통스러워하는 나를 혼자 둘 수 없었기 때문이었다. 그렇게 기대하던 할아버지의 잔칫날은, 결국 엉망진창으로 마무리되었다.

"엄마 말이 맞지?"

집에 도착한 엄마는 나에게 소화제를 건넨 후, 소독한 바늘로 엄지손가락을 따주면서 말했다.

"엄마도 어릴 때 그랬어. 외할아버지 생일만 오면 그 전날부터 쫄쫄 굶곤 했지. 근데 그때마다 평소에 먹던 것보다 적게 들어가더라고. 굶은 탓에 위가 줄어들어서 그런 걸 거야."

나는 '오늘의 폭식을 위해 어제 굶었던 행위'가 잘못되었다는 것을 인정하는 의미로 고개를 끄덕거렸고, 손을 따준 엄마는 이후 내 등을 두드려 주며 말했다.

"딸아, 모든 욕심은 결국 모든 일을 망가뜨리는 거란다."

나의 등 뒤에서 제법 무겁게 다가온 엄마의 한마디였다. 모든 욕심은 결국 모든 일을 그르치게 만든다는 말. 어떤 뜻인지는 이해가 되었지만, 나의 가슴에 곧장 스며들지는 못했다. 그때의 나에겐 너무 무거운 말이었기에 툭 하며 방바닥으로 굴러떨어졌다.

나는 미련하기 짝이 없는 사람이었다. 그 이후로도 좀처럼 고칠 수 없는 이놈의 식탐 때문에 몇 번쯤은 더 이런 일의 반복되었다. 엄마가 그렇게 설명했건만, 맛있는 음식을 코앞에 두면 많이 먹을 생각에 미리 굶는 행위는 인생에서 빼놓을 수 없을 만큼 아픈 해프닝을 빈번히 남겼다.

이런 나의 욕심에 대한 계획은 음식뿐만 아니라 사랑에
도 그대로 녹아 있었다. 어렸을 때부터 백마 탄 왕자님을
꿈꿔왔던 소녀는 흔하디흔한 연애하나 제대로 해보지 못하
고 어느새 그때 나에게 엄지를 따주던 엄마의 나이에 제법
근접한 어른이 되었다. 아니, 사실은 연애에 있어서는 나
의 마음에 들지 않는다는 이유로 '굳이 공들여 해보지 않
았다.'라는 정의가 정확할 것이다. 서른이 훌쩍 넘은 나이.
결혼 적령기라는 시기를 이미 건너뛴 나이가 되어 세상과
사람을 너무 많이 알아버린 탓이었다. 딱 1년 정도 전까지
만 해도 언젠가 나에게 꼭 맞는 멋진 왕자님이 나타날 것
이라며 사랑하는 일을 미루기로 다짐하고 또 다짐했다. 그
런 다짐을 하면서 '사랑하는 일'이라는 표현을 한 것에 대
해 나도 참 닳고 닳아 버린 사람이라 생각했다.

분명 좀처럼 오지 않을 법한 기회였다. 얼마 전엔 몇 년
의 공백기를 깨버리고 나를 사랑에 빠지게 할 백마 탄 왕
자님이 드디어 나타났었다. 건축 일을 하는 사람이었고,
자신의 일에 대한 열정이 대단하여 어른스럽고 멋진 사람
이었다. 외모와 성실함 그리고 따뜻함까지. 내 인생에 언
제 다시 맛볼 수 있을까 싶은 생각을 지울 수 없을 만큼.

하지만 세상을 다 알아버렸다 생각한 어른은, 좋아하는
음식을 앞에 둔 식탐 많은 어린아이처럼 성급했다.

나는 그동안 굶주린 공복의 마음을 채우기 급급했고, 그

런 나의 욕심은 마음 안에서부터 차곡차곡 체하도록 만들었다. 조금 다른 점은, 예전에는 일방적인 욕심으로 스스로를 체하게 만들었다면 이번엔 쌍방으로 서로가 서로에게 체하는 지경까지 몰고 간 것이었다. '마음이 체하는 것은 어떤 느낌이에요?'라고 누군가 물을 때 "마음을 주는 것도 받는 것도 힘겨워지는 거예요."라고 답할 수 있겠다. 나는 '사랑을 요구하는 것.' 즉 집착에 가까운 사랑이었고 상대는 '사랑을 선물하는 것' 즉 대접에 가까운 사랑이었다. 우리가 서로를 성급함 없이 알아갔다면 이해와 이해를 거듭해 '요구와 대접이 적정히 오가는 사이'가 될 수 있었지만, 우리는 그러지 못했다.

우리는 서로를 잘 모르는 상태에서 사랑을 약속했다. 만난 지 얼마 되지 않았지만, 쫄쫄 굶은 상태로 음식을 성급하게 집어먹듯, 쫄쫄 굶은 마음에 사랑을 성급히 약속한 것이었다. 뒤돌아서 생각하면 처음부터 끝까지 너무 성급한 사랑이었다. 사랑이 끝으로 치닫게 될수록 서로의 방향은 극명히 갈라졌다. 어느새 속에 거지가 들어간 사람처럼 게걸스럽게 상대의 마음을 집어 들고 먹어치우는 내가 있었고, 그런 나의 요구에 숨을 헐떡이며 사랑이 무슨 마라톤인 것 마냥 힘겨워하는 상대가 있었다. 결국, 나의 욕심과 계획이 모든 것을 망쳐버린 셈이었다.

만남과 관계에 치밀한 욕심을 부리며 살아온 나는 고집 부리며 저녁을 걸렀던 어린아이와 다를 것 없이 미련한 사람이었다. 사람의 운명과 사랑의 순간조차 조종하고자 했던 거만함에서 비롯된 미련함이었다. 겨우 음식을 먹는 것조차 계획을 세운다 해도 마음대로 조절할 수 없던 부족한 사람이, 만남과 순간에 계획을 세우고 있는 것을 신이 보고 있었다면 개미가 하늘에 개미굴을 만들고자 하는 거라고 생각했을 것이다. 그만큼 말이 안 되는 일이었다.

한동안은 무기력함의 연속이었다. 이처럼 뼈아픈 사건을 계기로 엄마가 전에 말해주었던 '심한 공복에는 오히려 음식이 들어가지 않는다'는 말의 의미를 마음으로 이해하게 되었다. 위가 쫄쫄 줄어버려 많은 음식을 소화시키지 못하는 것과 같이, 마음 또한 쫄쫄 줄어버리면서 그 사랑을 전부 담을 수 없게 된 것이었다. 하지만 나는 계속 집어넣었고, 그러한 것들이 차곡차곡 쌓여 어쩌면 복통보다 아픈 마지막을 일으킨 셈이었다.

한동안 지속되던 무기력함을 어느 정도 게워낸 후엔 한 가지 걱정 비슷한 다짐이 생겼다. 나도 이젠 새로운 가족을 만나 새로운 삶을 살아야 하지 않을까, 더 이상의 부질없는 욕심은 없애고 새로운 계획을 세워봐야지 하고 다짐했다. 하지만 이번의 나의 계획은 예전과는 사뭇 다른 분위기를 풍겼다. 하루 전날부터 굶어버리고 다음 날 많이 먹겠다는 욕심 섞인 계획처럼, 나에게 굴러오는 사람도 모른 체하고 백마 탄 왕자님을 기다리겠다는 그런 욕심이 잔뜩 버무려진 계획이 아니었다. 단지 마음 가는 대로 거부하지 않고 흘러가겠다는, 욕심을 덜어낸 평범한 계획이었다. 저녁이 먹고 싶으면 먹고, 사람이 만나고 싶으면 만나면서 흘러가야겠다는 계획 아닌 계획에 가까웠다. 이런 것도 계획이라고 부를 수 있으려나 모르겠지만, 나에게는 큰 계획이자 다짐이었다. 미련한 사람인 나는 서른이 훌쩍 넘은 생을 살고 나서야 이런 욕심을 떨칠 수 있었고 마침내 다짐할 수 있게 되었다.

심한 공복에는 오히려 음식이 들어가지 않는다. 모든 욕심은 결국 모든 일을 망가뜨리기 마련이다. 엄마가 나의 등 뒤에서 했던 무거운 말들이 긴 시간을 돌고 돌아 나의 등을 관통하여 마음에까지 와닿는 순간이 오게 되었다.

그동안 부려온 나의 욕심과 계획대로 될 것이라는 오만함을 후회하며 이제는 나의 등을 두드려줄 힘이 없는 엄마를 목 놓아 불렀다.

세상을 손바닥 안에 둔 것처럼 내 욕심에 대한 계획을 세웠고 모든 것이 그 계획대로 흘러갈 것이라 확신했지만, 겨우 어머니 손바닥 하나 벗어나지 못하는 말괄량이처럼 모든 것을 스스로 망쳐버린 미련한 사람이었다. 나는 그런 사람이었다.

질 좋은 한우 :

내일 한우를 많이 먹겠다고 오늘 굶으면, 위가 줄어들
어서 오히려 많이 못 먹게 돼. 관계도 마찬가지야. 너
무 굶주려 있으면 허겁지겁 먹다가 체하게 되거든.

"심한 공복에는 오히려 음식이 잘 들어가지 않는 거란다. 맛
있는 것을 먹게 될 날을 기다리며 속을 비워두었던 욕심이
결국 쉽게 체하게 만드는 것처럼, 삶에서의 많은 욕심은 사
람의 마음을 쉽게 얹히게 만들기도 한단다. 결국 모든 욕심
은 모든 일을 그르치게 만드는 거야. 딸아."

열정이 예전 같지가 않다면 그 열정을 식히는 구간도 필요하다고 생각해.

우리의 삶은 언제까지고 갓 나온 국밥의 뚝배기처럼 부글부글 끓는 열정을 유지할 수 없으니까.

적당히 식은 음식처럼, 어떨 때에는 우리의 열정을 식게끔 두어야 맛있게 삼킬 수 있는 삶이 되지 않을까?

삶뿐만 아니라, 일도 사랑도.

적절히 식은 온도의 삶

오랜만에 만난 친구는 '열정이라는 것이 많이 식어버렸다'고 털어놓았고, 나는 그것이 삶에 군데군데 자리 잡은 어떠한 것으로부터의 '싫증'이라고 생각했다. 우리는 만나서 국밥을 먹기로 하고 늘 갔던 국밥집으로 향했고, 그 안에서 평소에 나누던 연애 문제나 마음에 들지 않는 사람에 대한 험담 대신, 꽤나 진지한 이야기를 나누었다.

"요즘 열정이 예전 같지가 않아. 뭐든지 말이야. 지쳐버린 것 같아."

그만큼이나 삶에 많은 부분이 싫증나 버린 사실에 대해 무거운 마음을 가진 탓이었다. 이에 대한 답변이나 해결책을 뚜렷하게 내릴 수는 없었다. 요즘의 하늘은 뿌연 미세먼지가 잔뜩 끼어서 옥상에 올라가도 바로 앞이 보이지 않을 정도였는데, 그 정도로 우리의 하루 역시 한 치 앞을 내다볼 수 없을 만큼 뿌옇기 때문이었다. 뚜렷하게 보이지 않는 미세한 것들이 군데군데 잔뜩 끼어서 하루가 흐린 날이 많았다. 삶에 대한 싫증. 열정의 고갈. 어떤 마음에 대한 회의감. 이러한 것들이 잔뜩.

그러한 문제는 우리뿐만 아니라 많은 이들의 삶에 따라오는 난제라 생각했고, 그에 대한 해답을 안주 삼아 우리는 술잔을 기울였다.

나와 친구는 꽤 열심히 사는 측에 속하는 사람들이라 스스로 자부했다. 하고 있는 일에 대해 열정을 다한다는 의미에서의 '열심히 산다'는 개념보다는 더 넓은 의미로, 속해있는 위치에서 모든 순간마다 열을 다하는 측의 '열심'이었다.

대학교 때에 만나게 된 친구는 나와 함께 과탑을 달리던 선의의 경쟁 상대였다. 그때 우리는 대학생이라는 위치에서 그 본분을 다했기 때문에 그만큼의 성적을 올릴 수 있었다고 생각했다. 또, 서로에게 연인이 생기기라도 하면 연락이 뚝 끊기는 일이 다반사였다. 서로에게 연애를 하고 있다는 사실을 알리는 순간부터, 연락을 자제하는 암묵적인 법칙을 가지고 있었다. 다소 생뚱맞은 법칙이지만, 그 시기만큼은 사랑에 열중하기 위해 서로의 만남과 연락을 자제하는 사람들이었다. 또 그러다 둘이 만나고 있는 순간에는 핸드폰을 내려놓고 서로에게 집중하는 그런 사소한 행동까지 열정이 스며들어 있었다. 그렇게 삶의 구석구석 열정과는 거리가 제법 가까웠던 우리에게, '열정이 식었다'라는 문제점을 직면하게 되는 순간이 올 줄 몰랐었고 나 또한 요즘은 무엇에 대한 열정이 쉽게 식어버리는 상황이었기 때문에 이러한 문제점에 대해 깊이 공감을 했다.

주문한 국밥에 반주를 하면서 우리의 이야기는 금방 무르익었다. 처음엔 국밥이 뚝배기에 나오는 탓에 부글부글 끓고 있어 선뜻 숟갈을 들지 못했지만, 뚝배기가 식을 만큼의 많은 대화로 인해 국밥의 온도는 목 넘김이 편해지기 이르렀다. 친구는 그 짧은 새를 참지 못하고 차가운 깍두기 국물을 국밥에 넣는 현란한 레시피를 보여주면서 나보다 먼저 숟갈을 들기 시작했다. 평소에도 웬만한 음식을 남기는 것 없이 해치웠던 둘의 식성처럼 오늘 식탁에도 설거지한 듯 깨끗이 비운 뚝배기 두 그릇이 있었다. 배가 부를 만큼 불렀던 우리는 깍두기 따위의 반찬을 간간이 집어 먹으며 이야기를 이어나갔다. 나는 깍두기를 오물오물 씹으며 말을 건네었다.

"식었다는 게 부정적이기만 한 것일까?"

나의 이러한 의문은 우리의 이야기를(열정이라는 것이 많이 식어버렸다는) 처음으로 되돌아가게 하는 의문이었고, 친구는 답이 없는 이 문제에 대해 지긋지긋한지 "또 왜 그래" 같은, 이제 지겹고 무거운 이야긴 그만하자는 의미의 답을 했다.

나는 국밥을 먹으며 그런 생각이 들었다. 식었다는 것이 꼭 부정적이기만 한 것일까? 어쩌면 이런 반전의 의미를 품은 의문은 자기합리화에 가깝게 느껴질 수도 있었다. 더 이상 어떤 상황에, 관계에 열정을 쉽게 내거나 유지하기 어려웠던 나에겐, 차라리 '식어버린 것'이 나쁘기만 한 건 아니라는 생각이 맘 편했기 때문이다. 하지만 이러한 의문을 제시함으로써, 자기합리화를 하고자 하는 건 아니었다.

"그러니까, 우리가 국밥을 먹을 때 뜨거워서 식을 때까지 기다렸잖아."

"입천장 다 까질 일 있어? 당연한 거 아냐?"

친구는 나의 말을 그대로 '국밥은 식을 때에 넘길 수 있다.' 정도로 느꼈는지 당연한 것 아니냐는 말을 던졌고, 나는 다시 생각했다. 그렇지. 아마도 우린 당연하게 생각해서 답을 찾지 못한 것 아닐까 하고. 모든 것은 맛있게 먹을 수 있는 적정한 온도가 있다. 뜨거운 음식은 넘기기 좋은 온도로 내려갈 때까지 기다리는 과정이 필수적이다. 어느 정도는 식어야 그 맛을 온전히 느끼며 먹을 수 있기 때문이다. '식었다'의 의미가 '식어서 맛없어졌다.'에 속하는 부정적인 맥락은 아니었다. '먹기 적정한 온도로 내려가기를 기다린다.' 정도랄까.

어쩌면 우리는 뜨거워서 부글부글 끓고 있는 국밥에 숟가락을 넣고 입으로 직행하는 행위를 반복해왔다. '음식은 뜨거울 때 맛있다.'라는 문장은 가만 보면 틀린 구석이 있었다. '음식은 적당히 먹을 수 있는 온도로 식으면 맛있다.' 정도로 교정된다면 납득할 수 있을 것 같았다. 뜨거울 때 성급히 숟갈을 든다면 친구의 말처럼 입천장이 다 까질 것이다. 그렇게 되면 밥을 먹는 내내 껄끄럽고 아픈 감각이 계속해서 느껴질 것이다. 그것을 다 먹고 난 후에도 한참을 말이다.

우리의 삶은 언제까지고 갓 나온 국밥의 뚝배기처럼 부글부글 끓는 열정을 유지할 수 없다. 또 그런 초창기의 열정은 '먹지 못할 정도로 뜨거운 음식'이 입천장을 헐게 만드는 것처럼, 우리가 하는 일들을 헐어버리게 만들 수 있다. 과도한 열정이 잘못된 영향을 미치는 것이다. 관계나 사랑 그리고 삶에도 이런 경우가 무던히 있었다. 과도한 열정이 불러일으키는 잘못된 방식이나 집착 같은 것들이.

하지만 우리는 무언가를 처음 시작할 때의 온도를, 그러니까 초창기에 뜨겁게 끓고 있는 온도를 잊지 못해 스스로가 계속해서 열을 올리고 있는 것이다. 그러니 풀릴 것들도 쉽게 풀리지 않는 일이 다반사이다. 나는 열심히 했는데, 열정을 다 했는데 그런데도 해결되지 않는 것들에 대해 이유를 찾는다. 그 이유에 대한 결론을 내기 위해 다시 온도를 높이고 열을 내는 식의 부질없는 노력이 많았다.

삶에 대한 열정이라거나, 관계에 있어서 애틋한 마음의 온도가 내려가면 우리는 식었다는 부정적인 의미로 치부해 버린다. 그리고 재발열 되도록 안간힘을 쓰며 살아왔다. 그 한 치의 쉼도 용납하지 못해 스스로가 계속 발열하기 위해 노력해왔고, 그것을 변화시키겠다고 죽을힘을 다

하는 것이다. 그것이 정답인 줄만 알고. 당연하다. 당연한 것이지만, 어쩌면 당연하면 안 되는 것이었다.

"이 국밥처럼, 어떨 때에는 우리의 열정을 식게끔 두어야 맛있는 삶이 되지 않을까? 삼킬 수 있는 삶이 되지 않을까? 그러니까, 우리는 너무 식었다는 것을 맛없는 삶으로만 치부하고 살아가는 것 아닐까?"

적당히 식었을 때에 더 맛있게 삼킬 수 있는 이 국밥처럼. 국밥이 아무리 맛있다고 한들 그것을 온전히 느끼지 못하면 말짱 도루묵인 것이었다. 국밥에 있어 가장 최적의 온도는 부글부글 끓고 있는 상태가 아닌 적당히 내려간 온도인 것이다.

우리의 노력은 때론 열을 올리는 것만이 정답이 아닐 수 있다. 가끔은 친구가 했던 방법인 '국밥에 차가운 깍두기 국물을 넣어 먹기 좋은 온도를 만든다.' 정도의 노력이나 '온도가 내려갈 때까지 수다를 떨며 기다린다.' 정도가 되어야 마땅한 순간들이 있을 것이다. 쉼이라거나 재충전 정도의 의미랄까. 어떤 때에는 일 걱정은 잠시 미뤄두고 머리를 식게끔 두어야 한다. 또 어떤 때에는 사랑에 대한 감정 소모 없이 혼자만의 시간을 가짐으로써 가슴을 충분히 식게끔 두어야 한다. 또 어떤 때에는 관계에 대한 소모적인 만남 없이 마음을 식게끔 두어야 한다. 이 모든 것들은 좀처럼 쉽게 행할 수 없는 어려운 일들이었다.

우리는 지치게 되는 순간 반자동적으로 스스로에게 질

책을 가한다. 자신을 한심해 하고, 채찍질한다. 그러면서 쉼을 주지 못한다. 그 뜨거웠던 온도를 이어가려고만 하는 식의 발열을 하는 것이다. 그러니까, 우리는 어떠한 사태들에 대해 뜨거운 국밥처럼 손을 대지도 못하는 것 아닐까. 또, 가끔은 그 뜨거운 것을 억지로 집어넣기 때문에 입천장이 다 까진 듯한 껄끄러운 하루를 살아가는 것 아닐까.

생각해 보면 늘 그런 식이었다. 우리의 삶도 언젠가는 내려간 온도를 원하는 기간이 있을 것이다. 우리의 관계도 그럴 것이다. 꼭 그때마다 무언가 식은 것 같아서 자꾸만 스스로를 몰아세운 것이다. 내가 그 정도의 그릇 밖에 안 되는 것 같아서 매일같이 끙끙 앓았고, 나의 감정이 메말라가는 것 같아서 오히려 감정을 쥐어짜 내느라 급급했다.

친구에게 이런 나의 단상을 자세히 설명하진 않았다. 그냥, 오늘은 더 이상 고민하면서 발열하고 싶지 않은 마음이었다.

그래. 우리 이제 그만 들어가서 쉬자. 곧, 시간이 지나면 추석 명절이 다가올 텐데 그때엔 친구에게 한마디 건네어야겠다고 생각했다. "완벽한 휴일 보내라." 좋은 휴일도 행복한 휴일도 아닌, 완벽한 휴일 말이야. 일도 삶도 사랑도 관계도 맛있게 삼켜버릴 수 있도록 어느 정도 내려간 온도로 두면서. 또 그것을 기분 좋게 인정하면서. 그렇게 완벽하게 쉴 수 있는 휴일이 되라고 말이야.

우리는 그 무거운 얘기를 끝내고 예전처럼 연애 이야기나 누군가에 대한 가벼운 험담을 주고받으며 웃고 떠들고 그 자리를 온 맘으로 즐겼다. 그래, 너와 나는 이러기 위해서 만나는 거잖아. 지금은 우리 깊게 생각하지 말고 적당히 식어버리게끔 두자. 오늘은 더 이상 발열하지도 말고, 깊게 생각하지도 말고 말이야. 너도 언젠가는 꼭 나와 같은 생각을 했으면 좋겠다. 내가 지금 설명한다고 해봤자 이해하지 못할 성격인 너이니까. 그만큼 뜨거운 사람이니까. 하지만 언젠가 너도 마음으로부터 이해하는 날이 왔으면 좋겠다. 가끔씩 이렇게 지칠 때가 오면, 더 이상은 애쓰지 말고 살자고. 그만 애쓰며 살아보자고.

조심히 들어가. 이번 주말은 완벽한 주말 되고.

순대 국밥 :
무조건 뜨거운 게 좋은 것만은 아니야.
적당한 마음의 온도가 중요해. 내가 삼키고
소화할 수 있는 정도의 적당한 온도.

"뜨거운 국밥을 먹을 땐 어느 정도 열을 식혀서 먹어야 하는
것처럼, 어쩌면 우리의 삶에도 열을 식힌 다음 소화해야 하
는 것들과 그런 순간들이 있지 않을까. 일에도 사랑에도 관
계에도 말이야."

난 말해야지 직성이 풀리는 사람이니까, 가서 내 감정을 말하고 풀어야겠어.

얘, 급하게 풀려고 하지 말고 차분히 기다려봐.

밥이 잘 되기 위해 뜸 들이기가 필요하듯, 관계에도 뜸 들이기라는 과정이 필요해. 일단 그 뚜껑을 덮고 감정이 천천히 식게끔 기다리는 거지.

때론 바로 말하는 것은 오해를 불러일으킬 수 있으니까.

관계에는 뜸 들이기가 필요하다

맛있는 밥을 짓기 위해선 뜸을 들이는 과정이 필수적이다. 비교적 근래에 와서야 전기식 밥솥이 등장하면서 자동으로 뜸 들이기를 하는 기술이 나왔지만, 그전까지 재래식 밥솥으로 밥을 짓는다면 수동적으로 뜸 들이기를 하며 인내를 가져야 하는 불편함이 있었다. *그러한 뜸 들이기는 우리가 무던히도 잊고 사는 하나의 과정이라고 생각한다.*

뜸 들이기에 대하여 요즘 젊은 세대에게 물어보기라도 한다면 그 과정의 필요성을 정확히 인지하지 못하고 있을 것이다. '그것을 해야 한다.' 정도로 얄팍하게 알고 있을 것이다. 밥을 지을 때 시간이 다 될 때까지 불을 켜고 있으면 쌀알이 밑바닥부터 새까맣게 타버릴 것이고, 그렇다고 급하게 뚜껑을 열어 밥을 완성시키면 밥솥 안의 온도가 금방 식어버려서 속까지 고루고루 익지 못할 것이다. 그래서 뜸 들이기는 맛있는 밥을 지을 때 꼭 필요한 과정이다. 불을 끄고 서서히 온도가 식어가게끔 시간을 두면서, 쌀알이 타지 않고 고루고루 익을 때까지 기다리는 것. '갓난아이가 울어도 뚜껑은 열지 마라'라는 옛말이 있을 정도로 들이기는 완벽한 밥을 짓기 위한 인내의 과정이다.

첫 문단에서 말했던 뜸 들이기라는 것에 대해 *그것은 우리가 무던히도 잊고 사는 하나의 과정이라고 생각했다.* 라고 표현한 것은, 말 그대로 '밥을 지을 때에 뜸을 들이는 과정을 잊고 산다'는 의미가 아닌 '우리는 관계에 대하여 기다려야 할 때를 잊고 산다'는 의미였다. 관계에 대하여 기다리는 때를 아는 것과 밥을 지을 때에 뜸 들이기를 하는 것에는 참 많은 것이 닮아 있다. 그리고 우리는 그런 것을 무던히도 잊고 사는 것이다.

사실상 밥을 짓는 과정으로서의 뜸 들이기를 잊고 사는 것이 무엇이 중요한가. 그 과정은 요즘 전기식 밥솥이 자동으로 해주는 과정 중 일부에 불과할 것이다. 하지만 밥솥과 우리의 삶이 다른 점이 있다면 우리의 삶은 전기밥솥처럼 자동이 아닌 수동식이라는 것. 전기 코드를 꽂으면 자동으로 끓여주고 뜸을 들여주고 식혀주는 삶이 아니다. 우리는 스스로가 끓여주기도 하며 저어주기도 하고 그것을 먹기 좋게 식혀주는 과정 또한 수동적으로 필요하다. 여기서 중요한 요점이 있다면 그러한 과정에 대해 어느 정도 알고 있지만 '인내해주다.' 혹은 '기다려주다.' 따위의 뜸 들이기 과정은 삶에서 그다지 익숙하지 않다는 것이다. 때론 기다려 주는 기간이 가져오는 완벽한 관계의 맛을 느껴보지 못한 사람들이 대부분이다. 어쩌면 이것은 당신과 내가 쉽게 해결하지 못하는 고질적인 문제일 수도 있다.

모든 감정에는

그 상황에 알맞도록 기다려야 할 시기가 있다.

펄펄 끓어 넘치는 서로의 감정을 죽이지 못해 우리의 관계가 밑바닥에서부터 다 타버리지 않게끔. 그것의 뚜껑을 열어 속을 들여다보다가 서로가 금방 식어버리지 않게끔. 우리는 어떤 사건과 감정으로부터 차분히 인내하고, 그것에 대해 열을 내거나 그것을 훤히 들춰보려 하지 않아야 할 때가 있다. 쉽게 말해 가만히 두면서 우리의 자잘한 감정들이 속까지 푹 익어 잘근잘근 씹어 넘길 수 있도록 인내하는 시간을 가지자는 것이다. 기다림의 시간을 맞이해 어느새 푹 익어버린 벼처럼, 서로의 빳빳했던 자존심과 고집이 고갤 숙일 수 있도록 기다리는 것이다.

사실상 이만큼 어려운 일이 없다. 사람이 느낀 감정에는 늘 호기심이 동반한다. 그것으로 상상하고 꿈꾼다. 그리고 예상하고 의문을 품는다. 그러한 인간의 본성은 잠시라도 끓어 넘치는 감정을 해결해야만 맘 편히 누워 잘 수 있을 것만 같은 미련한 생각을 가지게 한다. 그것에 대해 상상하며 화를 키우고, 그것에 대해 들춰보며 오해하고 실망한다. 전혀 해결에 가까워지는 방안이 아닌 것이다.

당신이 상대방의 마음에 들지 않은 행동이나 말 같은 것들에 대해 의심과 의문을 품었다고 생각해 보자. 어떻게 해결할 것인가? 그것의 진실을 안다고 해서 그 사실이 달라질 것인가? 그것에 대해 얼굴을 마주 보고 대화한다고 해서 바로 풀어질 수 있을 것인가? 아니다. 오히려 섣부른 행동으로 오해에 오해를 덧씌우는 결과만 초래할 것이다. 서로 생각과 감정에 정리가 완벽히 되지 않은 상태에선 정리가 되지 않은 의견들만 오고 갈 것이기 때문이다.

당신이 어떤 사건이나 감정에 대해 혼자 부글부글 열을 낸다고 생각해 보자. 그것은 상대에 대한 태도로서 나올 것이며, 갑작스러운 화를 당한 상대는 오히려 그러한 당신의 열에 대해 반감을 품을 것이다. 밑에서부터 새까맣게 타버린 밥처럼, 오해와 오해가 쌓여 맛없는 관계로 마무리될 것이다. 또 상대 마음의 뚜껑을 열어 그 내막을 확인하기 위해 노력한다고 생각해 보자. 그러한 노력은 오히려 설익은 채 끝나는 관계가 되게끔 만들 가능성이 높다. 상대 입장에선 의문도 모른 채 의심받는 기분이 들 수 있기 때문이다.

〈사건에 대해 의문을 품고 서운함을 표출하는 것. 그 과정을 다음으로 말로서 대화하고 풀어보려고 하는 것.〉 이나 〈사건의 사실에 대하여 알아보는 것. 그다음으로 그것을 바탕으로 오해를 풀고 서로의 잘못을 인정하며 보완하는 것.〉 이와 같은 방법은 정답에 가까운 관계의 정석이다. 하지만 그러한 정석에도 때가 있다는 것이다. 제아무리 완벽한 방법일지라도, 때가 아니라면 서로 소화시킬 준비가 되지 않은 채 욱여넣어 화해 아닌 반강제적 화해로 몰고 갈 때가 많다. 그러니 우리는 그러한 감정을 소화시킬 수 있을 때까지 푹 익히기 위해, 마음속 불을 끄고 뚜껑을 덮어 기다려야 할 줄도 알아야 한다는 것이다.

누군가 "관계를 완만히 유지하는 방법엔 무엇이 있을까요?"라고 물어본다면 "뜸 들이기라는 과정을 적절한 때에 넣는 것이죠."라는 답을 할 것이다. 그것은 어떠한 사건이나 감정에 대해 모른 척하라고 지나가라는 것이 아니다. 단지, 그것을 해결하는 일에 있어 적절한 시간을 두자는 것이다. 관계라는 맛있는 밥을 짓기 위해서.

관계에서 비롯된 감정에 대해 뜸 들이기를 하는 것. 불을 켜지도 않은 채로 포기하는 것이 아니라, 다 타들어 갔을 때에 뒤늦게 불을 끄는 것이 아니라, 각자의 머리가 식을 수 있도록 어느 정도의 시간을 두는 것. 뚜껑을 열어 확인하는 일을 건너뛰는 것이 아니라, 적정 기간을 두고 천천히 익어가게끔 둔 다음 뚜껑을 열어 내막을 확인하는 것. 그렇게 서로의 감정을 서로가 소화시킬 수 있을 때를 위해, 우린 잠시 호기심을 멈추고 인내를 가져야 하는 시간이 필요하다. 만약 기다리는 과정이 필요하지 않다 생각되는 관계는, 없어도 그만인 허울뿐인 관계일 수도 있다. 기다려 준다는 것은 믿는 것을 뜻하기 때문에. 이는 곧 적정한 시기가 올 때까지 당신이 소중하게 생각하는 사람을 믿으라는 말과 같다. 함께 뜸 들이기를 하는 과정에서 서로가 소원해지지 않을 것임을 믿는 것이다. 곧 사람에 대한 믿음이 기다림을 지어낼 수 있다. 뜸 들이기가 끝나고 맛있는 밥이 지어지듯, 인내의 과정을 겪은 후 잘 지어진 관계의 맛을 느끼며 살아갔으면 좋겠다.

우리의 관계는 어떻게 지어지는 중일까. 어쩌면 기다리는 과정을 무던히 잊고 살아왔던 것은 아닐까.

뜸을 들일 때 :

밥을 지을 때 뜸을 들이는 것처럼, 관계도 적당히 무
르익을 때까지 뜸을 들여야 해. 인내심을 가지고 기다
리지 않으면 금방 식어버릴지도 몰라.

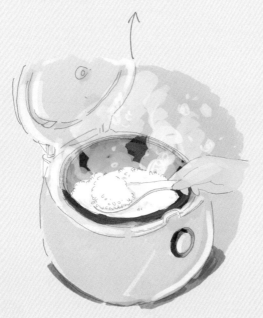

"맛있는 밥을 짓기 위해선 뜸 들이기의 과정이 필요하듯, 맛
있는 관계를 위해선 기다리는 시간이 필요하니까. 그러니까
우리 너무 열을 내지 말고, 급하게 뚜껑을 열어보지도 말고
서로의 감정을 꼭꼭 씹어 소화시킬 수 있을 때까지 서로를
믿고 기다려주자."

쉽게 잊고 살았던 건 아닐까?

오늘 누구와 함께 밥을 먹었는지, 그곳에서 어떤 이야기를 나누었는지.

사실은 함께 식사를 할 이들이 곁에 있다는 것만으로 정말 감사한 일이다. 함께 식사를 하며 서로의 안부를 묻고 감사할 사람들이 있다는 것 자체로.

나는 오늘도 마음속으로 감사의 기도를 한다.

"이 음식을 함께 먹는 이들이 있음에 감사합니다."

함께 먹는 이들이 있음에
감사합니다

"먹기 전에 두 손을 꼭 모으고 감사히 먹겠습니다 하고 숟갈을 들으렴."

"감사히 먹겠습니다."

어릴 적의 일이었다. 어머니에게 식사 예절을 배우게 되었을 때 언뜻 보면 기도를 하는 것 같이 두 손을 꼭 모으시면서 어머니는 말씀하셨다. "감사히 먹겠습니다." 감사를 하는 마음을 가지고 숟갈을 들어야 한다고. 어릴 적부터 배웠기 때문에 습관이 되어 버린 감사 기도는 학교에 다니게 되면서 서서히 사라졌지만, 꼭 가족들과의 식사에서는 두 손을 모으고 눈을 감은 후 감사의 의미를 뱉는 행위를 꼭 해야만 했다.

우리 집의 종교는 기독교가 아니었다. 그렇다고 불교도 아닌 무교였지만, 굳이 한 가지 종교를 뽑아보자면 그것은 유교에 가까웠다. 참 우스운 이야기일 것이다. 기독교는 아니지만, 꼭 기도와 비슷한 행위를 식탁에서만 하는 우리의 집안만의 규칙. 나는 이러한 규칙에 대해 학교를 다니기 전까지는 창피함이란 걸 가지고 있지 않았지만, 학교에서의 또래 친구들과 식사에서는 이러한 행위를 하기엔 창피함이 컸다. 이제 와 생각해 보면 부질없는 것이지만 무언가 그 나이에는 철없이 행동하는 것이 그 집단에서 '잘 나간다'는 것을 뜻했던 것 같았다.

나의 나이는 어느새 청년이 되어 군대라는 조직에 강제적으로 들어가게 되었다. 그때엔 두 손을 모으고 눈을 감는 듯한 기도 행위는 아니었지만, 앞의 음식을 두고 '감사한 마음을 가져라'라는 생각을 주입식으로 받게 되었다. 나는 그때, 아무 생각 없이 진행해 왔던 우리 집만의 법칙에 대해 골똘히 생각할 수 있었다. 식탁 앞에서의 감사함이란 무엇일까. 무엇에 대한 감사일까.

밥을 먹기 전에 감사함은 요리를 해준 엄마에게 감사하란 의미인가 하고 예전에 생각했던 적이 있었다. 하지만 나이가 들고, 내가 해왔던 감사는 그보다 조금 더 깊이 파고든 감사함에 가깝지 않을까 생각했다. 이 음식을 먹을 수 있도록 살아있는 상황에 감사하라는 의미인가? 정도의.

훈련소 조교는 이렇게 말을 했다.

"여러분들이 식사를 하기까지 여러 사람의 노력이 들어가 있다. 이에 감사하는 마음을 우렁차게 내뱉고 먹는다."

"감사히 먹겠습니다!"

이 감사는 어느 정도 이해가 되는 감사였다. 이 쌀알을 거두어준 농사꾼에게, 이 쌀알을 유통해준 유통자에게, 또 만들어준 요리사에게 감사해야겠구나. 정도의.

그렇게 군대 훈련소 과정을 무사히 마친 나에게는 어른스러움과 당당함 그리고 감사하는 마음이 가득했다. 사회의 공기를 맡을 수 있는 것만으로 감사한 마음이 한가득이었고, 이런 나 자신의 발전에 대해 제법 대견스러웠다.

"충 성 ! 어머니. 그간 잘 지내셨습니까?"

이런 것은 아직까진, 좀 부끄럽고 민망한 일이었지만 나는 어머니에게 나의 성장함을 보여주고 싶은 마음에 훈련소에서 배운 경례로서 인사를 했다. 그런 나를 말없이 꼬옥 안아주면서 어머니는 "배고프지?"라는 말을 꺼냈다. 어머니의 등 뒤로 보이는 다채로운 음식들은 군대에서 먹는 일명 '짬밥'과는 비교가 안 되는 색채와 향미를 풍기고 있었다.

그런 식탁을 눈앞에 두고, 당장이라도 음식을 집어넣고 싶었지만, 가족들과 함께 두 손을 모으고 눈을 감았다.

"… 감사히 먹겠습니다!!!"

나의 우렁찬 소리에 어머니와 아버지는 눈을 휘둥그레 뜨고 놀란 표정을 지으며 반응했고, 그 뒤엔 '허허' 정도 약간의 웃음을 보였다.

"아이고 아들, 뭐가 그렇게 감사한데?"

"이 요리를 먹게 해준 엄마에게, 재료를 사도록 힘써준 아빠에게 감사합니다!"

나는 그날, 엄마의 어떤 이야기를 듣기까지 "감사히 먹겠습니다."의 정확한 의미를 모르고 살았다는 것을 알게 되었다. 그동안 이유를 딱히 말해주지 않은 엄마였기에 나는 당연히 요리를 해준 엄마에게 감사한 마음을 가르치나 싶었고, 그렇게 아는 것이 당연했기 때문이었다.

"아들, 참 많이 배워 왔구나. 멋지다."

"응! 훈련소에선 맨날 이렇게 우렁차게 감사하면서 먹었으니까!"

"먹으면서 들으렴. 외할아버지가 알려준 것이란다. 두 손을 꼭 모으고 눈을 감은 후에 감사함을 표하며 식사를 하는 것 말이야. 그때 우리 집은 기독교였지만, 엄마는 무교잖아. 그땐 분위기가 신을 강제적으로 믿어야 하는 분위기였지만, 엄만 신을 믿지 않았지. 하지만 외할아버지가 알려준 사실만은 믿었고 지금까지도 따르고 있단다."

"그게 뭔데요?"

"이 음식을 함께 먹는 이들이 있음에 감사합니다."

이 음식을 함께 먹는 이들이 있음에 감사합니다. 엄마와 아빠의 식탁 위에서의 기도는 늘 이런 기도였구나 깨달았다. 하긴, 예전부터 식사를 두고 기도를 할 때엔 나야 엄마 아빠에게 감사하는 마음이 있었지만, 엄마 아빠는 늘 누구에게 그렇게 감사할 일인지 의문이었다. 신을 믿는 사람들이 아니었기 때문에 신에게 하는 감사는 아닐 테고. 그런 의문을 오늘에서야 풀게 되다니. 나도 참 그들에 대해서 모르고 살았구나 싶었다.

"함께 있는 사실 말이야. 참 고맙고 믿을만한 일이니까. 신이 있다면 참 고마운 일이야. 별 탈 없이 이 식탁에 늘 함께할 네가 있는 게. 너에게도 고마운 일이야. 이렇게 탈 없이 우리 집 식탁 위에 돌아와 준 게. 짧은 시간이지만 걱정 많이 했단다. 네가 훈련소에 가있는 동안에도 엄마의 기도는 한결같았단다. '이 음식을 함께 먹는 이들이 있음에 감사합니다'였단다. 고맙다 아들. 무사히 와주었구나."

"별 탈 없이 함께 있을 아들이 있기에 감사합니다."

나도 부모님의 성향을 받으며 무신론자로 자라났다. 어떨 땐 참 웃겼다. 신은 믿지 않았지만, 꼭 무슨 일이 있을 때엔 신에게 기도하곤 했었다. 우리 엄마가 아팠을 때에, 아빠가 직장을 그만두고 가게를 운영하실 때에 꼭 이런 중대한 일이 생길 때면 나는 구석에 숨어 기도를 했었다. 신은 없다 생각하면서, 소중한 사람의 안부에는 신을 불러 세워 기원하는 것이 참 이기적이기도 했다. 훈련소에서는 종교를 고르는 시간이 있었다. 나는 무교였지만, 초코파이를 얻어먹을 생각을 하며 아무 거리낌 없이 교회로 가선 우리 가족에 대한 기도를 했다. 사실, 그때 나의 기도는 감사의 기도보다 어디에 있을지 모르는 신에게 하는 일방적인 요구에 가까웠다. 엄마의 건강을 지켜달라는. 아빠의 하루를 보살펴달라는.

친척을 포함한 우리 집안은 나와 엄마 아빠만 빼고 전부 기독교였다. 어릴 때에는 명절날이 되면 친척들끼리 모여선 꼭 기도를 했는데, 그때마다 실눈을 뜨고 사람들의 자세를 빤히 바라보았다. 고개는 숙였고, 무릎은 꿇었으며 손을 모으는 경건한 자세였다. 하지만 그런 자세와 달리 기도의 내용은 경건함과는 거리가 멀었다. 앞으로 일어날 일에 대한 소망이나 바램 그리고 요구만 가득했던 것으로 기억한다. 이는 신에게 굽신거리는 자세로 명령과 요구를 하는 것과 같지 않을까, 어느 순간 의심을 했었다. 해달라고. 이뤄달라고. 고쳐달라고. 이렇게 말이다. 그런 의미에서 보면 엄마가 가르쳐 준 식탁 앞에서의 감사한 태도가 더 기도 다운 기도라고 생각했다.

그래서, 부모님이 가르쳐준 식탁 앞에서의 기도는 내 생각보다 더 뜻깊은 행위로 다가왔다. 우리는 소중한 사람에 대한 존재에 대해 감사하는 마음을 종종 잊고 산다. 그래서 소중한 사람들이 곁에 있다는 그 존재 자체의 감사함보다, 곁에 있는 이들에 대해 요구와 바램만이 가득할 때가 많았다. 엄마가 가르쳐준 기도 행위가 더 뜻깊게 다가온 이유는 여기에 있었다. 늘 곁에 있는 소중한 사람들에 대한 요구가 아닌 감사의 의미였기 때문에, 곁에 있어 주는 것만으로 버팀목이 될 사람들에 대한 요구가 아닌 감사하는 성숙한 마음이었기 때문에.

"이 음식을 함께 먹는 이들이 있음에 감사합니다."

어쩌면 소중한 사람들이라는 것은 그랬다. 함께 식사를 할 이들이 곁에 있다는 그 사실만으로 정말 감사한 일이 었다. 함께 식사를 하며 서로의 안부를 묻고 감사할 사람들이 있다는 것 자체로 말이다. 하지만 삶을 돌아보면, 그런 마음을 유지하지 못하고 늘 요구를 하기 바빴다. 늘 곁에 있었기에, 곁에 머무르는 사람들이기에, 오히려 감사한 마음보다도 가벼운 마음을 가지기 쉬운 것이 사람의 본성이었다. 그 사람에 대해 겉으로는 소중하다는 자세를 취하지만 겉으로는 요구하거나 바라는 것뿐인 관계로 변질되기 마련이었다. 신에게 공손한 자세로 드리는 요구와 바램이 가득한 기도처럼. "이것 좀 고치면 좋겠어.", "이렇게 말해줬으면 좋겠어.", "이렇게 생각해줬으면 좋겠어." 이런 식으로.

나는 부대에 복귀한 후, 그 어지러운 상황 속에서도 "감사히 먹겠습니다."를 빼놓지 않았다. 그 이후 전역을 하고, 사회에 내던져진 급박한 상황 속에서도 늘 잊지 않는 하나의 나만의 신념으로 자리 잡았다. 어떤 어려운 상황 속에서도 곁에 소중한 사람이 있음에 감사함을 잊지 않았고, 그러한 감사는 나의 삶을 지탱해주는 단단한 뼈대와 같았다. 아직도 신을 믿진 않지만, 신을 믿으면서 감사하는 행위는 어쩌면 이런 식으로 삶을 지탱하는 것에 많은 도움이 된다고 생각했다.

꼭 두 손을 모으고 눈을 감는 것은 아닐지라도 속으로 함께 있는 이들이 있음에 감사했다. 그 존재만으로 감사함을 가졌다. 이 음식에 대한, 또 노력에 대한 감사가 아닌 함께 이 식사를 하는 사람들이 있음에 감사했다. 이것은 나에게도 나만의 가족이 생긴다면, 대물림되는 사랑처럼 대물림하고 싶은 감사였다. 신이 정말로 있든 없든 그것은 상관이 없다. 서로가 감사한 마음은 잊어버리면서, 요구하는 관계가 되지 않기를 소망한다. 나의 소중한 사람들에게, 신에게, 이 세상에게 단지 그 사실만으로 감사할 뿐이었다.

이 작은 두 손을 모아본다. 그리고 눈을 감는다.
"이 음식을 함께 먹는 이들이 있음에 감사합니다."

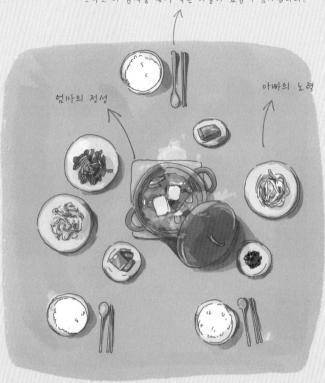

숟가락과 젓가락 :

그리고 이 음식을 함께 먹는 이들이 있음에 감사합니다!

엄마의 정성

아빠의 노력

"밥을 먹을 때 기도를 하는 행위는 꼭 이 밥을 주신 신에게
감사를 하는 의미가 아니라고 그랬다. 이 밥을 함께 먹는 이
들이 곁에 있음에 감사한다는 의미라고 엄마는 내게 말을 해
주었다. 나는 하루 세 번 두 손을 모은다. 함께 먹는 이들이
곁에 있음에 감사합니다."

남은 음식을 보고 아깝단 생각이 들 때마다. 엄마는 남겨도 되니까 과식하진 말라고 했다. "남겨도 되니까 과식하진 말거라." 하지만 만약에 그 말을. 요리해준 사람과 남은 음식이 듣는다면 기분이 나쁠 수도 있겠다는 생각이 들어 못 들은 척하고 남은 한 수저까지 해치우곤 했다. 어쩌면 그런 마음 때문에 속이 좀 더부룩한 순간은 있었지만, 맘 편하게 뒤돌아설 수 있었다. 꼭 그런 식탁을 뒤로 두면 아깝지 않게 먹었다는 안도감이랄까. 만들어준 사람에 대한 당당함 정도랄까.

사람도 같았다. 어떤 사람과 헤어지게 될 때에 최선을 다해 모든 마음을 주고받았는가 아닌가의 차이로 그 마무리가 아름답거나 아쉽거나 한다. 난 꼭 맘이 먹먹하더라도 최선을 다해 마지막 마음까지 남김없이 받아먹고 뒤돌아서는 편에 서 있었다. 그렇게라도 하면 내가 거리낌 없이 뒤돌아설 수 있을 것만 같았다. 당당하게. 후련했지만. 참 힘들고 미련한 행동이었다. 꼭 식사에서 마지막 한 숟갈이 가장 버겁더라. 꾸역꾸역 마지막 한 숟갈을 삼킨다. 꾸역꾸역.

내리는 글

: 모든 관계 속에서 어른이 되어간다

떡국을 먹어야 나이를 먹는다고 어른들에게 들어온 나로선 먹는 것이 꼭 그 삶의 깊이를 분간하는 기준이라 생각했었다. 예로 우리 아빠는 짜장 라면을 먹을 때에 파김치를 먹는가/아닌가로 내가 어른이 되었나/멀었나의 구분을 짓는 것만 같았다. 파김치에 전혀 입을 대지 않는 나를 보고 아직도 어른이 되려면 멀었단 장난스런 말을 하신 아빠를 떠올려 보면 말이다.

아빠는 나와 다르게 마늘이라던가 파김치 같은, 내가 못 먹는 것들을 곧 잘 드셨었다. 그것은 어린 나의 기준에선 더 이상 성장할 것이 없는 어른을 뜻했다. 나는 예전부터 그런 아빠를 따라 어른이 되고 싶었다. 어쩐지 아빠의 얼굴을 생각하면, 타임머신 같은 걸 타고 내가 사십 살이 되었을 때에 아빠의 마흔 살 얼굴을 바라본다 해도 '아빠'라는 말이 절로 나올 것 같이, 아빠는 나에게 무조건적인 어른이었다.

언제부턴 그런 아빠의 얼굴을 빤히 바라보면 원근감 비슷한 착시현상을 일으키는 경우가 있었다. 어느새 둘의 사이는 꾸지람을 주고받는 사이라기보단 마주 앉아 이야기를 나누는 사이가 되면서 아빠의 얼굴을 빤히 바라보고 있자면, 그 큰 얼굴이 갑자기 작은 계란처럼 느껴졌다. 혼이 나면서 고갤 숙였던 어릴 때의 나로선 알지 못했던, 묘한 부분이었다. 그러한 현상은 내가 나이를 먹을수록 빈도와 정도가 늘어났고, 요즘은 아빠의 얼굴을 빤히 바라보면 메추리알 정도로 작게 느껴지는 착시현상을 겪는다. '아빠가 점점 작아지고 있다.' 정도의 느낌이었다.

요즘은 꾸준히 사랑받는 노래인 '양화대교'를 자주 듣는다. 택시 운전을 하는 우리 아빠와 나의 상황이 언뜻 떠오르게 하는 멜로디와 가사였다. '행복하자'라는 노랫말이 어린아이였던 내가, 요즘은 가족과의 식탁에서 '이렇게 하자.' 또는 '우리 잘 살아 보자' 같은 독려를 하는 사람이 되었다는 사실이 간접적으로 이해되면서 마음이 뭉클해졌다.

아빠는 택시 운전을 마치면, 새벽에야 들어오셨다. 그때마다 나는 방문을 열고 "다녀오셨어요?" 정도의 인사를 건네곤 다시 방으로 쏘옥 들어갔다. 아빠에게도 강아지 같은 사람이 하나쯤 필요하겠구나 생각을 했었다. 새벽에 들어왔을 때 반기는 것이 어둑한 거실이 아니라, 등이 켜져 있는 거실 정도가 되어야 아빠도 숨통이 트인 것처럼 살 수 있겠구나 정도. 아빠는 퇴근을 하시면 찌개류 따위의 음식과 소주를 드셨다. 그래서 아빠를 생각하면 떠오르는 것은 초록색의 소주병이었다.

아빠의 삶을 간단히 말해 보자면, 삼십 년을 가까이 학원 원장으로 살아오셨다. 하지만 나는 아빠를 생각하면 분필이나 학원이라는 단어보다 '소주'와 '택시'가 생각난다. 이는 내가 아빠의 삶을 인식한 나이가 스물셋, 넷 정도. 그러니까 아빠가 자부심 느끼고 살았던 생업을 포기하시고 억지로 택시 운전을 시작하셨을 때부터였다. 그땐, 아빠의 그런 다짐과 결정에서 어른은 '책임지는 것'을 뜻한다거나 '내려놓는 것'을 뜻한다 생각했었다.

어쩐지 성인이 된 해에는 술을 먹지 않으면 어른이 되지 못할 것 같은 기분이 들어서, 그 해가 내 생에 가장 술을 많이 마신 연도로 자리 잡았다. 그 해엔, 술을 된통 먹고 냉장고에 토를 했던 적이 있었다. 그 새벽에 시끄럽게 토를 하며 울었다. 아빠와 엄마는 그 소리에 놀라 깼고, 나는 그들을 보며 내가 평생 일을 하지 않고 살게 해줄 거라며 앓음에 가까운 말을 했었다. 집안 사정이 생각보다 많이 어려웠던 시기였다.

나는 약속한 것을 지키고자 온 힘을 다했다. 공부와는 거리가 멀었던 내가, 군대를 전역하고 늦깎이로 학업에 뛰어들었다. 그때는 대학에 가서 취업을 하는 안정적인 방향으로 가야지 그들을 안전하게 지킬 수 있다고 생각했었다. 다난했던 수험생활을 마치고, 대학에 들어가 좋은 성적을 거두기를 반복했다. 하지만 언제부터인가 글을 쓰는 맛에 매료되어 버렸다. 결국 많은 반대를 뒤로하고 다니던 대학을 포기했다. 그때부터 나는 글을 쓰는 사람이 되었다. 그러면서 자연스럽게 출판시장에 뛰어들어 어엿한 출판사 사장님이 되었다. 물론 나 혼자 이룩한 일은 아니지만. 결과적으로 이제는 내가 스무 살 때 약속했던 엄마 아빠가 일하지 않고도 살 수 있을 정도의 능력을 갖추게 되었다.

출판사업을 시작하며 서울에서 지냈다. 사업이 한창일 시기 그 언제쯤, 내가 한창 불안에 떨고 있을 때 치유 차원으로 본가에 오랜 기간 머문 적이 있었다. 그날도 아빠는 택시 운전을 마치고 늦은 새벽 귀가하셨다. 나는 그날 또한 현관등을 밝히며 얼굴을 내비쳤고, 여느 날과 다르지 않게 아빠는 술과 라면을 끓여 드셨다. 나는 보통의 날처럼 불을 끄고 누워있었다. 그러자 거실에선 흑흑 따위의 울음소리가 들려왔다. 웬일인지 아빠는 서럽게 울고 있었다. 그땐 어떤 일이 있었는지 알고 있었지만, 지금은 무슨 일이었는지는 정확한 정황은 기억나지 않는 일이다. 그날의 기억은 생생하고 또 강했지만 꿈처럼 흐릿한 묘한 느낌이 있었다. 아빠의 흐느낌을 들었을 때 나는 어른이 되는 것이 '서럽게 우는 일'이라고 생각했다. 문틈으로 슬쩍 보았을 때 아빠는 고작 15센티 남짓한 소주병을 붙잡으며 울고 있었다. 당장 이유라도 묻고 싶었지만, 그가 우는 모습을 나에게 보이기 싫어하진 않을까 해서 불을 끄고 자는 척을 반복하며 새벽을 지새운 기억이 있다.

이런 일련의 시간들을 거쳐, 도착한 현재에 나는 어른이 되었다고 생각했다. 나 자신을 거울로 확인하곤 외모도, 마음도 제법 어른답게 성장했다는. 꼭 성장을 함이, 어른이 되어 가는 것을 뜻하는 것 같이 느껴지면서. 시간의 흐름을 타며 꼬마였던 아이는 파김치를 먹는 사람이 되었고, 술을 먹는 성인이 되어 이제는 가정의 기둥이 될 수 있을 것 같다는, 그런 막연한 상상을 했다.

그런 상상 속에서 나에게 언제나 가장이거나 어른인 아빠를 떠올렸다. 난 지금 어떤 이유로 아빠와 동등한 어른이 되었다 생각하는 것일까? 성장했다고 생각하는 것일까? 그 물음이 가슴에 와닿는 순간, 나를 이불에 숨겨두고 싶었다. 어른이 되는 것을 '먹는 것'이나 '시간'이나 '책임' 따위로 기준을 세웠던 나에 대한 창피함이랄까. 또 제법 어른처럼 성장했다고 생각한 나에 대한 부족함이랄까.

어른이란 기준은 삶에 있어 지속적으로 변하는 것이었다. 떡국을 먹으면 나이를 먹게 된다 생각한 어린아이에 대해서. 파김치를 먹으면 아빠에게 어른으로서 인정받게 된다 생각한 소년에 대해서. 술을 먹으면 다 책임지는 가장이 될 것만 같았던 스무 살 청년에 대해서. 점점 작아지는 그를 모르고 살았던 사람에 대해서. 그의 삶 대부분은 학원 원장이었지만 나에게는 택시 기사로 자리 잡은 것에 대해서. 어른은 책임지거나 내려놓는 일이라고 생각했던 나에 대해서. 서럽게 우는 일이라고 생각한 것에 대해서. 경제적으로 책임지면 어른이 된다 생각했던 나에 대해서. 이제야 조금씩 창피해지는 시간을 겪는다.

　오늘의 나의 단상. 성장하는 것이 어른이 되는 것이라는 생각에 의문이 들었다. 왜 내 생각과 반대로 어른이 되면 될수록 세상은 나에게 더 많은 성장을 요구한다고 느껴지는 걸까. 뭐랄까, 나의 성장판의 한계는 여기인데 세상은 그러한 성장판을 자꾸 건들면서 나의 뼈의 밀도를 가볍고 얇게 쭉 늘어뜨리곤 했다. 그래서 억지로 내가 커지도록 성장시키는 느낌을 받는다. 그때마다 나는 세상에 속아 주는 척하고 양보를 한다. 하지만 늘 염두에 둔다. 이러다 한 번쯤은 크게 무너지면 일어나기 어려울 것 같다는 무거운 마음을 가지고 살아간다. 어른이 되면 될수록 내 삶의 뼈대가 약해지는 기분 때문이었다. 내가 소중하게 생각하는 그 누구 때문에, 그 무엇 때문에 무너진다면 꼭 그럴 것 같았다. 이런 무거운 마음이 어른의 삶이라면, 타임머신으로 타고 꼬마였던 영욱이에게 삶의 뼈를 단단하게 지어 놓으라고 꼭 안아 주며 말해 주고 싶었다. 그리고 웬만해선 어른을 동경하지 말고 살아가라고.

에필로그 | 얼굴 좀 보자

밥 먹는 얼굴에는 모든 이야기가 담겨 있다.

깨작깨작 집어 먹는 힘없는 얼굴에는 근심이
그럼에도 꿋꿋이 씹어 넘기는 굳은 얼굴에는 삶이
꼬옥꼬옥 야무지게 씹어 넘기는 곧은 얼굴에는 다짐이
그러면서 힘겹게 넘기는 인상 쓴 얼굴에는 힘든 상황이
싱긋한 표정으로 집어넣는 웃음기 있는 얼굴에는 행복이
내 음식을 덜어주며 나누는 얼굴에는 사랑이

밥 한번 같이 먹으면,

말을 하지 않아도 사람의 이야기를 느낄 수 있다.

정말 밥이 먹고 싶기보단

그러한 이야기 한 번 들어보자고 밥 한번 먹자 하는 것이다.

그래서 우리 엄마가 밥 한 번 먹으러 오라 하나보다.

그래서 일 끝나고 밥 한 끼 하자고 하나보다.

그래서 주말에 밥 한번 먹게 나오라고 하나보다.

단지, 그 얼굴을 보기 위해서 이야기를 듣기 위해서.

우리 밥 한번 먹자.

그러니까 내 말은 우리 얼굴 좀 보고 살잔 뜻이야.

밥 한번 먹자 말하지만
얼굴 좀 보고 살잔 뜻입니다

초판 1쇄 발행 2019년 07월 10일

지은이 | 정영욱
발행인 | 정영욱
그 림 | 홍채은

책임편집 | 김 철
편 집 자 | 김 철
도서기획제작팀 | 김 철 여태현 김태은 정영주 정소연
디자인·마케팅팀 | 표인권 유채원 홍채은 김은지 김진희
영업팀 | 김한욱 정희목
인 쇄 | (주)예인미술

펴낸곳 (주)BOOKRUM | 주 소 서울특별시 구로구 구로동 237 지하이시티 1813호
전 화 070-5138-9972~3 (도서기획제작팀) | 이메일 editor@bookrum.co.kr
홈페이지 www.bookrum.co.kr | 인스타그램 bookrum.official
포스트 http://post.naver.com/s2mfairy | 블로그 http://blog.naver.com/s2mfairy

ISBN : 979-11-6214-282-0